LE VENIN DES SOUVENIRS

Sophie Lebarbier

LE VENIN DES SOUVENIRS

ROMAN

Albin Michel

À Mina et Esther.

« Nous ne mourons pas,
c'est le monde qui nous quitte. »

Edvard Munch,
carnet de croquis, 1930-1935

Prologue

La jeune femme progressait à la seule lueur de sa lampe frontale par une nuit sans lune. Ses raquettes transperçaient la croûte de neige à chaque pas, elle faisait corps avec la montagne. Elle n'était plus qu'à quelques mètres de son objectif. Plus que l'effort, le froid lui coupait le souffle.

Un mousqueton retenait six fléchettes en acier tout contre sa hanche, elle aimait en éprouver la dureté. Elle avait ce tic de toucher leurs pointes acérées, la douleur la rassurait. Aucune cause, si juste soit-elle, ne se défend sans armes. Elle l'avait appris à ses dépens.

La route du col de l'Échelle était fermée pour l'hiver. Sur ces hauteurs, au milieu des congères, plus rien ne passait entre l'Italie et la France. Officiellement du moins. En réalité, le flux des voitures avait été remplacé par un trafic moins recommandable.

Arrivée au sommet, la jeune femme ôta ses raquettes. Tous ses sens étaient aux aguets. Elle n'eut pas longtemps à chercher avant de repérer les traces. Ils étaient deux, et à en juger par leurs empreintes dans la neige, ils étaient jeunes. Elle suivit leur piste et débusqua les garçons derrière un bosquet de mélèzes, des frères visiblement. L'aîné ne devait pas avoir quinze ans. Leurs regards puaient la peur. La femme se dressait devant eux, athlétique et austère. Elle ne chercha pas à savoir d'où ils venaient, ni même comment ils allaient. Ils lui firent instinctivement confiance, pourtant. Sans elle ils mourraient de froid, ils l'avaient parfaitement compris.

Ils amorcèrent la descente en silence, il fallait faire vite. Si les gendarmes les interceptaient, ils risquaient gros tous les trois. La jeune femme n'avait pas peur d'eux. Elle savait que la montagne abritait des prédateurs beaucoup plus dangereux.

Elle s'arrêta net à la hauteur du refuge des Drayères. On n'entendait pas un bruit, pourtant ils étaient là, tout près. Elle sentait leur présence. Sans un mot, elle éteignit sa frontale et détacha une fléchette de son mousqueton. Le plus jeune des garçons lança une supplique à son frère ; d'un geste, elle leur intima de se taire. Elle tentait de repérer ses ennemis à l'oreille.

Soudain des bruits atroces déchirèrent le silence. Des bruits de choc, métal contre métal. Ils cherchaient à les effrayer. La jeune femme refusa de céder à la panique et se concentra sur les sons. Des barres de fer. Derrière chaque barre se tenait un homme empli de haine. Combien étaient-ils ?

Comme en réponse à sa question, les phares d'un 4 × 4 s'allumèrent dans la nuit noire. La jeune femme tourna sur elle-même et déglutit. Ils étaient huit et les avaient complètement encerclés. Huit mâles alpha sûrs de leur bon droit. Huit chasseurs avides de dérouiller les proies qui venaient de tomber dans leur filet. Fébrilement, elle recompta ses fléchettes. Elle n'en avait que six.

1

Mardi 16 juin 2020

Bastion, Paris 17e

Le 36 ressemblait au château de la Belle au bois dormant après le baiser du prince charmant. Confrontés à une flambée de violences intrafamiliales, les commissariats de quartier sortaient du confinement sur les rotules mais, pour la direction de la PJ parisienne, ces huit semaines avaient eu l'effet d'une cure thermale. De mémoire de flic, on n'avait jamais connu de période aussi tranquille. Le Covid avait maintenu les méchants à la maison et les équipes avaient pu boucler leurs dossiers en cours, même finasser la paperasse. Un virus plus fort que la police, ça remettait pas mal d'ego à leur place.

La chasse à la crapule reprenant en mode mineur, le Bastion sous-traitait dépôts de plainte et mains courantes pour désengorger les commissariats alentour. Le capitaine Sissoko était un des OPJ d'astreinte de la Crim. Il s'apprêtait à rentrer quand le téléphone sonna. Un homme demandait à être auditionné. Sissoko reposa sa veste – l'intégrale de Marin Marais au programme de sa soirée attendrait – et alla se poster au palier du troisième étage.

Quand les portes de l'ascenseur s'ouvrirent, un trentenaire au visage doux eut un imperceptible mouvement de recul. La silhouette massive de Sissoko se découpait dans la pénombre du couloir. Un mètre quatre-vingt-quinze de muscles, crâne chauve et regard fixe, le capitaine faisait toujours son petit effet.

– Arthur Ravel ?

L'homme acquiesça.

– Capitaine Sissoko. Suivez-moi.

Ils traversèrent plusieurs couloirs en silence avant de s'arrêter devant une salle de réunion gigantesque où trônait une table entourée d'une vingtaine de chaises. Ils s'installèrent l'un en face de l'autre. Arthur Ravel attendit une phrase d'accroche qui ne vint pas. Comprenant que personne n'allait lui tenir la main, il se lança.

– C'est à propos de ma compagne… Elle n'est pas au courant de ma démarche et je ne voudrais pas que… je ne voudrais pas vous faire perdre votre temps, déjà, et je ne veux pas qu'elle ait des ennuis.

– Son nom ?

– Thomas. Neige Thomas.

Sissoko écrivit le nom sur une feuille vierge et attendit la suite.

– Voilà… Je ne sais pas si on peut déposer une plainte contre X au nom de quelqu'un d'autre, mais je suis super inquiet pour elle. Neige est nerveuse depuis des semaines. Dans la rue, elle se retourne tout à coup comme si elle se sentait suivie. À la maison, elle sursaute au moindre bruit. Je lui ai demandé plusieurs fois si elle avait un problème. Elle prétend que non, mais je sais que c'est faux. Hier soir, ça a été la goutte d'eau. On prenait un verre avec des amis et une collègue a mentionné un truc qui s'est passé la semaine dernière. Elle pensait que Neige m'en avait parlé, mais je suis tombé de ma chaise. J'ai passé la nuit à me demander ce que je devais faire, et voilà. Je suis là.

Dans les yeux d'Arthur Ravel, Sissoko lisait l'angoisse et l'espoir d'être compris. Son costume sombre et ses manières mesurées témoignaient de sa maîtrise des codes sociaux. Il prenait le risque de passer pour un fou en faisant cette déposition, et il le savait. Un geste de Sissoko l'aurait sans doute aidé. Un signe d'empathie, une brèche dans cette masse de silence. Il pouvait se gratter. Le jeune homme ferma les yeux un instant.

– C'était jeudi. Neige et Carine, sa collègue, sortaient du boulot. Elles travaillent dans une résidence assez sélecte pour personnes âgées. Bref, rue Roger-Bacon Neige a pris à gauche vers la rue Bayen et là, une voiture garée le long du trottoir a démarré à toute blinde et tenté de la renverser. Carine a tout vu, elle est certaine que c'était intentionnel. Ce connard a vraiment voulu écraser Neige.

Sissoko nota la date et le nom de la rue.

– Vous avez la plaque d'immatriculation ?

– Les filles étaient trop choquées, elles n'ont pas eu le temps de la noter. Carine a compris qu'elle avait fait une gaffe en parlant de ça hier, on a vite changé de sujet.

– Pourquoi votre compagne n'est pas avec vous ?

– Elle refuse d'en parler. Elle me traite de parano, elle dit que je me fais des films. Mais j'ai vraiment peur pour elle. Je flippe, quoi. Vraiment.

– Autre chose ?

– Ça ne vous suffit pas ?

Pour toute réponse, Sissoko se leva. L'homme crut-il avoir échoué au test de la crédibilité ? Il s'empressa de préciser :

– Je suis journaliste. Je travaille pour *L'Hebdo*. J'ai tendance à chercher la petite bête partout, c'est mon métier qui veut ça, mais pas là. Je vous jure qu'il se passe quelque chose avec Neige. Il faut la protéger.

– Il y a plusieurs ambassades dans le quartier où elle travaille. On va récupérer les images de vidéosurveillance.

– Vous me direz ?

– S'il y a quoi que ce soit d'inquiétant, on prendra contact directement avec elle. Vous avez l'adresse de son employeur ?

– C'est la fondation Lalande, du côté de la place du Maréchal-Juin.

– Je vais prendre son numéro de portable aussi.

Sissoko fit glisser son carnet vers le jeune homme, qui s'exécuta. Puis il ouvrit la porte, l'entretien était terminé. Arthur Ravel lui emboîta le pas, avec l'air de se demander si tous les gens qui venaient déposer plainte se sentaient aussi misérables que lui.

– Merci. Enfin… je crois. J'ai l'impression de la trahir. Vous pensez que j'ai bien fait de venir vous voir ?

Sissoko estima la question rhétorique et n'y répondit pas. Ses neurones crépitaient déjà pour évaluer le danger qui pesait sur Neige Thomas.

*Daumesnil, Paris 12e*

Arthur Ravel attendait Neige à la terrasse de leur brasserie préférée. Il avait beau avoir dépassé la trentaine depuis plusieurs années, elle était sa première vraie histoire d'amour. Tout ce qu'il vivait avec elle avait le goût des découvertes. Il la vit émerger du métro bien avant qu'elle ne l'aperçoive. Arthur adorait ces instants qui lui permettaient de l'admirer sans qu'elle se dérobe à son regard. Des instantanés d'elle malgré elle.

Grande, élancée, Neige dégageait une impression de force et de « santé » – il n'avait pas d'autre mot. La jeune femme ne portait ni bijou ni maquillage, pas le moindre signe de coquetterie. Son regard franc et direct valait tous les artifices. On sentait chez cette femme une absence totale de duplicité. Alors pourquoi refusait-elle de se confier à lui ? Que pouvait-elle avoir de si terrible à craindre ? Il n'aimait pas ce que ce silence disait de leur couple et de son impuissance à la secourir. Tenaillé par le besoin d'agir, il s'était décidé à intervenir. En la voyant avancer vers lui, il se demandait à présent s'il avait bien fait. Depuis son départ de la PJ, un sale goût clapotait dans le fond de sa gorge, comme une aigreur.

Neige le vit enfin et son sourire s'élargit. Arthur se sentit transpercé. Point d'impact dans le cœur, diffusion de la chaleur dans toute la poitrine. Bon Dieu qu'il aimait cette fille ! Elle détacha la laisse de son chien. Le berger australien courut vers Arthur et lui fit la fête avant de s'affaler au sol. C'était pas plus compliqué que ça, le bonheur. Neige se pencha pour l'embrasser avant de s'installer.

– Devine ce qu'on a fait aujourd'hui ?

– Tu meurs d'envie de me le dire, sourit-il, je ne vais même pas me fatiguer à essayer.

– Tu n'aurais jamais trouvé de toute façon. On a fêté Noël !

– Noël ? Tu as fait un Noël en juin ?

– Oui, pour Béatrice. C'était magique. Je t'ai déjà parlé d'elle ?

Arthur souleva un sourcil circonspect alors qu'un serveur déposait deux demis sur leur table. Ils le remercièrent d'un sourire.

– Béatrice ? Je ne crois pas…

– Mais si ! Une résidente adorable. Sclérose en plaques, la pauvre. Elle est très diminuée. On a beaucoup parlé et je me suis rendu compte que tous les bons souvenirs de sa vie étaient associés à Noël. Du coup…

– Comme tu n'es pas sûre qu'elle tienne jusqu'en décembre, tu as décidé de lui offrir un dernier Noël, c'est ça ?

– J'ai soufflé l'idée à Bessières et il a accepté. Tout le monde a joué le jeu. On a remonté un sapin artificiel de la cave. Les résidents ont ressorti leurs pulls à motifs, la cuisine a préparé un menu spécial, on a mis des chants de Noël. La totale. Tu aurais vu le bonheur dans les yeux de Béatrice… Le plus dingue, c'est qu'en réalisant son souhait à elle, ça a donné de la joie à tout le monde, les résidents, tout le personnel.

– C'est toi qui es dingue, murmura Arthur en prenant les mains de Neige, et moi je suis dingue de toi.

Ils échangèrent un long baiser. Tendre d'abord, jusqu'à ce que leurs langues se provoquent et déclenchent des picotements de désir. Se détacher l'un de l'autre leur coûta.

– Et toi, ta journée ?

– C'était moins fun. Je n'ai pas arrêté de penser à ce que Carine a raconté hier soir.

– Arthur…

– Laisse-moi parler, s'il te plaît. Je sais que ça ne va pas te plaire (il la sentit se tendre mais poursuivit vaillamment), mais je suis allé voir la police. J'en sors juste, là.

Neige se figea. Elle ouvrit la bouche, aucun son ne sortit. Elle tenta d'avaler sa salive pour s'humecter les lèvres, déglutit difficilement et siffla, les yeux froids soudain :

– Tu as fait quoi ?

– Quelqu'un a essayé de te tuer, Neige. Enfin merde, c'est pas normal de se faire rouler dessus comme ça, tu t'en rends compte quand même ? En plus, je suis sûr que tu ne me dis pas tout.

– De quel droit… ?

Arthur chercha à accrocher son regard. Il n'y trouva que de la colère. Il chercha à se justifier :

– Je suis mort de trouille ! Je ne comprends pas, tu ne veux pas savoir ce qui se passe ?

D'un mouvement brusque, la jeune femme dégagea son poignet.

– Laisse-moi un quart d'heure avant de rentrer, le temps que je récupère mes affaires. Colchique !

Le chien se redressa sur ses pattes et Neige partit sans se retourner. Arthur ne tenta rien pour la retenir. Il avait merdé dans les grandes largeurs.

2

Porte de Clichy, Paris 17ᵉ

Deux femmes se faisaient face dans l'arrière-salle d'un café turc. L'une était jeune et bien en chair, l'autre approchait la soixantaine, son visage mince dévoré par d'immenses yeux noirs. Léonie Damanne était psy, Chantal Fennetaux flic, chef de groupe au sein de la Crim.

Un an plus tôt, Fennetaux avait résolu le meurtre de la sœur de Léonie, sans se douter que cette enquête changerait leurs vies à toutes les deux. Dans une démarche peu orthodoxe, Fennetaux avait sollicité l'aide de la psy malgré son lien de parenté avec la victime. Elle avait apprécié l'esprit vif de Léonie et compris ce que la jeune femme pourrait apporter à son groupe. L'originalité de son regard, la pertinence de ses analyses. Et cet enthousiasme dont elle ne se départait jamais. Pendant un an, Fennetaux avait joué les marionnettistes en tentant d'une main de convaincre Léonie de lâcher son cabinet, tout en persuadant de l'autre sa hiérarchie d'accueillir sa nouvelle protégée.

Ses efforts avaient payé, et avaient amené les deux femmes dans ce boui-boui de la porte de Clichy. Un petit rectangle plastifié était posé sur la table. Léonie affichait un sourire franc et serein.

Sa confiance touchait Fennetaux et lui mettait un sacré coup de pression. La psy sautait dans le vide à sa demande.

– Aucun regret ? demanda-t-elle pour se rassurer.

– Aucun. Crois-moi, j'ai bien réfléchi.

– Alors c'est à toi, sourit Fennetaux en faisant glisser la carte vers elle. Bienvenue dans l'équipe.

Léonie saisit la carte et lut avec émotion : « Psychologue de la police nationale ».

– Ça fait drôle, admit-elle.

– Ça va faire drôle à tout le monde.

– Le groupe, tu veux dire ? Vous êtes habitués à bosser avec des psys, non ?

À sa grande surprise, Fennetaux fit non de la tête.

– Les commissariats travaillent parfois avec des psys pour aider les victimes et leurs proches. Ça arrive aussi que le Bastion consulte des criminologues sur certaines grosses affaires, mais pour nous ça sera une première. Et tu n'es pas consultante, tu intègres le groupe. Tu seras avec nous tout le temps, ce sera un gros changement.

– Tu dis ça comme si je débarquais en terre inconnue. Je vous connais, rappela Léonie. Vous me connaissez.

– On te connaît comme une invitée à qui on dit « merci » d'avoir bien voulu débarrasser la table. C'est pas pareil de passer une semaine de vacances ensemble et de signer un bail trois-six-neuf. On va tous devoir s'adapter.

– Est-ce qu'on ne fait pas ça tout le temps, s'adapter ? répliqua Léonie dans un sourire. On est en pleine pandémie, on sort d'un confinement. Un confinement, non mais tu imagines ? Plus d'école, plus d'amis, plus de vie. Et on a survécu.

La psy vérifia l'heure sur son portable.

– Faut que j'y aille, j'ai pas encore choisi ma tenue pour la rentrée des classes. C'est quoi les horaires ?

– Tu es la seule à avoir un enfant, tu fais au mieux, répondit la commandante.

Observant la silhouette généreuse de Léonie s'éloigner, Fennetaux étouffa le pressentiment qu'elle était en train de faire une belle connerie. Elle ne doutait ni des compétences ni de l'engagement de la jeune femme, mais elle connaissait son équipe. Le système immunitaire de tout organisme est dressé à rejeter l'intrusion de nouvelles cellules. La greffe prendrait-elle ? Elle soupira et décida d'y croire. Un acte de foi. Après tout, c'était son rayon. Flic dans chaque fibre de son corps, Fennetaux était aussi catholique. Flic et catholique, l'alliage était rare. Chez elle il était précieux.

Pyrénées, Paris 20e

Léonie attrapa le corps potelé d'Ida et la souleva hors du bain pour l'enrouler dans une serviette. Les gazouillis de l'enfant vibraient dans la pièce d'eau, un geyser de joie pure. À quinze mois, Ida savourait ses premiers mots avec délice, déjà consciente de la fierté qu'ils suscitaient à la maison.

– Ta-tie… ta-tie…

– Oui, mon amour, tatie.

La jeune femme posa la pulpe de son pouce sur son index de manière à former un cercle et tendit les trois autres doigts. Elle doublait le mot « tatie » de son équivalent en langue des signes. La petite reproduisit son geste. Léonie ne cessait de s'émerveiller de la plasticité de son jeune cerveau.

– Qu'est-ce qu'elle va manger tatie, ce soir ? Ton petit bidon ?

Léonie enfouit son visage dans le ventre de l'enfant et souffla dans son nombril, provoquant chatouilles et bruits de pet. Ida éclata de rire.

– Ça va, je vois qu'on s'amuse !

Ben, le compagnon de Léonie, entrait dans la salle de bains. Il lui tendit son portable, annonçant :

– Ta mère a envoyé un SMS. Elle ne vient pas ce soir, une migraine.

Léonie s'interdit de compter le nombre de visites maternelles annulées ces dernières semaines et reporta son attention sur Ida. Ben se pencha vers l'enfant à son tour.

– Tu as bien séché entre ses doigts de pieds ?

– Tu ne peux pas t'en empêcher, hein, sourit Léonie.

Il leva les deux mains en signe de reddition.

– C'est bon, je vous laisse. Mais pas avant d'avoir mangé ma part.

Il se pencha sur Ida, l'embrassa au pli du coude et souffla. Nouveau chatouillis, nouvel éclat de rire. Le regard anticipant les applaudissements, Ida s'exclama :

– Papa !

Léonie et Ben se regardèrent, stupéfaits. Léonie rectifia d'une voix douce :

– Non, mon amour, tonton. Ton-ton.

Léonie doubla le mot du signe « tonton » avec ses doigts. Ida n'en démordait pas.

– Papa !

Les quatre fers en l'air sur la table à langer, elle fixait les adultes penchés sur elle d'un air victorieux.

Une heure plus tard, la musique du mobile d'Ida carillonnait en sourdine sur le babyphone du salon. Ben referma la porte du couloir et rejoignit la cuisine pour terminer de préparer le dîner. Léonie potassait un manuel de procédures policières sur le canapé.

Les grades des officiers de police judiciaire, les attributions respectives du juge d'instruction et du procureur, la différence entre le procureur de la République et ses substituts, elle avait tout à apprendre, et ça n'était pas le moindre des changements qu'elle devait encaisser.

Sa sœur Ingrid avait donné naissance à une petite fille à peine un mois avant sa mort. Passé une première phase de panique, Léonie avait recueilli l'enfant avec l'accord de Ben. Ils l'avaient nommée Ida. Le couple avait dû déménager pour l'accueillir dans de bonnes conditions. Nouveau bébé, nouvel appartement, nouveau boulot : ça faisait beaucoup en peu de temps. Léonie se félicitait de pouvoir compter sur Benjamin.

Et il avait assuré. Il gérait l'arrivée d'Ida dans leur vie de manière étonnamment sereine. Angoissé et conscient de l'être, il s'était construit une existence balisée de repères qui tournait autour de deux pôles : l'école élémentaire de la rue Riblette où il enseignait, et son foyer. La cuisine était un de ses prés carrés. Il va sans dire que, depuis qu'elle vivait sous son toit, Ida n'avait jamais mangé un petit pot industriel ni une compote en gourde. Du bio fait maison, tous les jours et pour tout le monde.

Il rejoignit Léonie en portant deux assiettes à bout de bras.

– Trio végétal pour Madame ce soir. Quinoa, patate douce, edamame.

– C'est pas du vrai manger ça…

– Goûte, tu râleras après.

Léonie planta une fourchette circonspecte dans son assiette, la porta à sa bouche. Le croquant des fèves de soja associé au fondant de la patate douce et à la fermeté du quinoa al dente, le tout relevé d'une sauce avec juste ce qu'il faut d'épices, c'était une explosion de textures et de saveurs.

– Alors ?… Je connais ma clientèle ou bien ?

Pour toute réponse, Léonie soupira de bien-être. Ils mangèrent un moment en silence, écoutant la respiration d'Ida chuinter dans le babyphone.

– Elle t'avait déjà appelé papa avant ce soir ?

– Je te l'aurais dit, répondit-il la bouche pleine.

– On n'est pas ses parents, on est ses tuteurs. Et encore…

– Je sais. *On* n'est pas ses tuteurs, *tu* es sa tutrice. Moi, je suis…

– Tu es son oncle. Son référent masculin. Son repère, oui, mais pas son père.

– Oh, ça va, Lacan, sors de ce corps ! Elle a quinze mois, elle commence à peine à maîtriser le langage. Il se trouve que « papa » est plus facile à prononcer que « tonton », on ne va pas en faire un fromagc.

– Je n'en fais pas un fromage, je dis juste qu'on était d'accord. Pour sa construction psychique, c'est important qu'on n'usurpe pas la place de ses parents biologiques.

– Je ne vois pas ce que ça va apporter à Ida qu'on sacralise la place de ce type. Il s'est contenté de croiser ta sœur un soir, ils ont couché ensemble et il a disparu dans la nature.

– Je ne te demande pas de sacraliser sa place, juste de la reconnaître.

– On ne va pas jouer sur les mots, si ?

– Écoute, tu penses ce que tu veux de lui, n'empêche que c'est son père.

– Son géniteur.

– Qui joue sur les mots, là ? Tu voudrais quoi ? Qu'on mente à Ida sur son histoire ? Je ne peux pas prendre la place d'Ingrid ! J'aurais l'impression de lui voler sa fille.

Ben ramassa les assiettes et se leva.

– C'est toi la psy, mon amour.

Il déposa un baiser sur les boucles folles de Léonie et partit vers la cuisine. Elle fut prise d'une brusque envie de le gifler, contrecarrée immédiatement par une montée de désir. Épuisant. Ses nerfs réclamaient la deuxième moitié de la tablette lait-noisettes entamée la veille. Elle se faufila discrètement dans l'entrée et ouvrit le grand placard Kazed qui occupait tout un mur. Le chocolat était planqué sous les écharpes et les bonnets sur l'étagère du haut. Son mètre cinquante-huit l'empêchait d'atteindre sa cible sans attenter à sa dignité et elle se résolut à effectuer des petits sauts ridicules, la main en l'air, palpant l'étagère à l'aveugle. Le parquet vibrait douloureusement sous son poids à chaque atterrissage. Enfin, ses doigts rencontrèrent l'objet convoité. Au moment où elle saisissait la tablette, les bras amoureux de Ben l'enlacèrent par surprise. Il plongea la tête dans sa nuque moelleuse, huma son odeur et murmura, amoureux :

– Tu crois qu'elle dort ?

3

*Daumesnil, Paris 12e*

Neige traversait l'appartement d'Arthur au pas de charge, son chien sur les talons. Elle empoignait des affaires en dépit du bon sens et jetait tout en tas sur le lit. Sa frustration saturait la pièce. Au nom de quoi Arthur s'était-il permis de parler d'elle à la police ? Au nom de quoi Carine s'était-elle permis de raconter l'histoire du chauffard hier soir ? Et il fallait que ça arrive justement maintenant ! Neige savait au fond qu'elle ne pouvait s'en prendre qu'à elle-même, et cette certitude rajoutait une couche d'aigreur à sa colère. Ne jamais mélanger vie pro et vie perso, c'était la base. Arrrrgh elle se mettrait des baffes ! Elle fourra le petit tas de vêtements dans un sac et quitta l'appartement. Dans sa précipitation, elle ne remarqua pas que son téléphone portable était resté sur le lit.

Le sang bouillonnant de colère, elle s'engouffra dans le métro pour en ressortir trois quarts d'heure plus tard. C'était vraiment deux salles, deux ambiances. Autant le quartier d'Arthur était tranquille, autant Barbès était vivant et bigarré. On vendait de tout à même le trottoir, cigarettes de contrebande, fruits, vraies fausses Rolex. Elle pianota sur le digicode devant un vieil immeuble sans charme et entreprit l'ascension des six étages qui la séparaient de sa chambre de bonne. Elle éprouva un sentiment immédiat de soulagement en retrouvant son petit espace. Colchique ne pouvait pas faire trois pas sans se cogner dans un mur, mais c'était chez eux. Arthur pensait qu'elle avait rendu les clés lorsqu'ils avaient sauté le pas de la vie à deux. Encore une chose qu'elle lui avait cachée.

Leur dispute ne pouvait pas tomber plus mal. Tout s'était accéléré dans la vie de Neige ces derniers temps. Une chose en avait entraîné une autre, et avant qu'elle ait pu s'en rendre compte, elle s'était retrouvée embringuée dans un jeu de billard à trois bandes qui exigeait d'elle une concentration absolue. Elle avait consenti d'énormes sacrifices, et tout risquait d'être réduit à néant parce que Arthur n'avait pas su gérer ses angoisses. On avait tenté de l'écraser, et alors ? Elle en avait vu d'autres, il n'avait pas idée. C'était justement ça, le problème : il n'avait aucune idée de qui elle était au fond. Encore une fois, Neige se rendait compte qu'elle ne pouvait s'en prendre qu'à elle-même. Cette histoire d'amour, qui l'avait saisie par surprise, était un luxe qu'elle n'aurait jamais dû se permettre.

Elle tenta de relativiser la visite d'Arthur chez les flics. Si ça se trouve, ils l'avaient pris pour un hyper-anxieux. Un parano à qui le confinement était monté au ciboulot. Ce ne serait pas le premier, la pandémie fabriquait des complotistes à vitesse grand V. Sauf qu'il avait dû leur lâcher son CV à lui et son nom à elle. Forcément. Et s'il leur prenait l'envie de fouiller… L'une après l'autre, les implications possibles se déployèrent dans l'esprit de la jeune femme. Un rhizome de conséquences qui dépassaient de loin sa seule personne. Elle dut s'asseoir, d'un coup. Colchique releva la tête. Elle lui accorda une caresse distraite et saisit son ordinateur portable. Il était temps d'assumer les conséquences de ses actes. Elle ouvrit sa boîte mail et rédigea un court message : *Arthur a été chez les flics pour leur raconter qu'on essayait de me tuer. Si tu as des dispositions à prendre, prends-les.*

Elle referma l'ordinateur d'un coup sec. Avoir lancé sa balise de détresse rendait la situation plus réelle. Arthur n'avait pas pensé à mal, elle le savait, mais il n'avait pas la moindre idée de la réaction en chaîne qu'il venait d'enclencher. Elle s'allongea contre son chien. La bête lui présenta son ventre, quêtant d'autres caresses. Neige enfouit son visage dans le pelage doux, l'enserra entre ses mains et hurla sa frustration dans ce coussin vivant. Elle fut prise soudain d'un puissant besoin de rentrer chez elle. Pas cette petite chambre de bonne, dans son vrai foyer. Celui qu'elle avait quitté un an plus tôt pour se lancer dans une entreprise qui, avec le recul, lui semblait maintenant aussi vaine qu'insensée. Elle avait été si concentrée sur son objectif qu'elle n'avait pas réalisé à quel point tout lui manquait. Les odeurs, les couleurs, les paysages si particuliers. Et *lui* surtout. Lui qu'elle avait abandonné alors qu'il avait tant besoin d'elle. Parviendrait-il un jour à comprendre sa fuite ? Et elle, parviendrait-elle à se la pardonner ?

Mercredi 17 juin

*Bastion, Paris 17e*

Fennetaux fit son entrée peu après 8 heures, ignora son bureau et se dirigea vers l'open space de son groupe d'enquête. À son grand étonnement, seules deux têtes dépassaient derrière leurs écrans.

Le lieutenant Thierry Ziegler, dit Tizi, n'avait consenti à quitter son Alsace natale que pour intégrer la prestigieuse PJ parisienne.

Le Bastion avait gagné un analyste hors pair, mais Tizi avait perdu une partie de son âme. Paris, à ses yeux, c'était Gotham City, Sodome et Gomorrhe. Surtout, ce n'était pas l'Alsace. Savoir le petit dernier de la famille perdu dans la grande ville rendait les siens nerveux, alors pour étouffer leurs angoisses ils lui envoyaient chaque mois un colis rempli à ras bord de spécialités maison. Ils faisaient déjà ça quand Tizi partait en colo l'été autrefois. Chaque soir, le jeune homme ouvrait un bocal de baeckeoffe ou une portion de spaetzle, et il avait un peu l'impression de dîner à la maison. Il émanait d'ailleurs toujours de lui une vague odeur de pomme à la cannelle. C'était comme son accent, discret mais persistant.

Personne ne maîtrisait la procédure comme lui, personne non plus ne savait mieux plonger dans les bases de données de la PJ. Il s'y mouvait avec la dextérité d'un nageur synchronisé. Synchronisé avec lui-même essentiellement, dans ce groupe d'enquêteurs il était le seul à posséder cette agilité juridico-informatique. Au sein d'une autre brigade, ses compétences auraient été éclipsées par son visage poupon et sa petite voix flûtée. On ne lui donnait pas plus de dix-huit ans alors qu'il en avait le double. Difficile de s'imposer dans ces conditions, et Tizi avait développé une aversion pour le travail de terrain. Bomber le torse, surjouer la masculinité, ça n'était pas son truc. Ici, on avait décidé de l'accepter tel qu'il était. En contrepartie, il avait fallu caster son exact opposé pour travailler en binôme.

La lieutenante Océane Janvier, trente et un ans, n'était jamais aussi heureuse que lorsque ses *combat boots* foulaient le bitume parisien pour lever une affaire. La jeune femme aimait la rue, la tchatche, et faisait preuve en toutes circonstances d'une détermination de rottweiler. À la côtoyer, on pouvait se dire que la fée de la bienveillance avait loupé son berceau. Celle des bonnes manières aussi, d'ailleurs. Sans oublier celle de la nuance. À bien y réfléchir, à part la fée de la niaque, elles ne s'étaient pas bousculées pour bénir la petite Océane. Cette dureté de façade cachait une sensibilité à fleur de peau. Océane mordait, oui, mais pas par méchanceté. Elle cherchait avant tout à ne pas se laisser déborder par ses affects. Personne ne lui avait jamais envoyé de petits plats faits maison. Océane avait grandi avec son frère dans un village d'enfants de la DDASS. La PJ était devenue sa famille au sens littéral du terme, elle n'en avait tout simplement pas d'autre.

Ce duo improbable, le boy-scout et la racaille, était d'une efficacité redoutable. Tizi remarqua la présence de Fennetaux en premier.

– Bonjour, cheffe.

– Lapins, les salua-t-elle en scannant l'open space des yeux. Qu'est-ce qu'on a ?

– Je peux vous dire ce qu'on n'a pas, déjà. La gros… la psy, se reprit Océane juste à temps. Pour un premier jour, ça la fout mal.

– Ne commence pas, soupira Fennetaux. Et méfie-toi, l'aigreur, ça donne le teint jaune.

– Je suis pas aigrie, je suis factuelle. Même les stagiaires de troisième arrivent à l'heure.

Fennetaux leva les yeux au ciel et décida de ne pas épiloguer.

– Vous êtes sur quoi ?

– Une main courante. Sissoko nous a demandé de faire des recherches, expliqua Tizi. Il est à la visite médicale, au fait, il sera là dans une heure.

– Quelles recherches ?

Tizi attrapa un document sur son bureau et le tendit à sa supérieure.

– Café ?

Fennetaux acquiesça, ôta sa veste et s'assit sur la chaise pivotante de Sissoko. Elle disposait de son propre bureau un peu plus loin à l'étage, mais squattait l'open space de ses enquêteurs la plupart du temps. Tizi lui prépara son ristretto tout en expliquant :

– C'est un PV d'audition. Un type s'inquiète pour sa compagne. Il pense qu'on a délibérément essayé de l'écraser la semaine dernière.

– La fille a envoyé son mec poser une main courante à sa place ?

– J'ai plutôt l'impression qu'il l'a fait dans son dos.

Fennetaux fronça les sourcils et parcourut le procès-verbal.

– Un peu léger pour lancer une procédure, assena-t-elle. Il vous a mis tous les deux dessus ?

– Ouais, ben plus on creuse, plus c'est lourd, répliqua Océane du tac au tac.

Fennetaux réprima un sourire. La dévotion de Janvier pour le capitaine mutique frôlait l'idolâtrie. Il était le père qu'elle s'était choisi (sans se préoccuper de lui demander son avis).

Tizi tourna l'écran de son ordinateur vers sa supérieure.

– J'ai pu récupérer des images assez nettes de la rue au moment des faits. Le type n'a peut-être pas tort de s'inquiéter, regardez.

Il lança une vidéo issue d'une caméra de la préfecture de police placée en hauteur rue Roger-Bacon. Deux femmes et un chien en laisse entrèrent dans le champ de la caméra. Elles traversèrent la rue côte à côte, se saluèrent d'un signe de la main puis se séparèrent, l'une remontant la rue vers la droite avec le chien et l'autre vers la gauche. La femme avec le chien avançait tranquillement sur le trottoir quand une voiture stationnée une trentaine de mètres en arrière démarra sur les chapeaux de roues, accéléra furieusement et vint mordre le trottoir dans l'intention manifeste de la percuter. La femme se retourna juste avant l'impact et se jeta à terre, où elle roula sur elle-même avant de se réceptionner à quatre pattes. Malgré la mauvaise qualité des images, on voyait nettement le chien aboyer comme un fou tandis que la voiture disparaissait du champ de la caméra.

– Bon réflexe, commenta Fennetaux en désignant la femme au sol. Pas de doute, le conducteur voulait se la faire.

– Ah ! glapit Océane les deux poings plantés sur les hanches.

Fennetaux eut la bonté de l'ignorer.

– Qu'est-ce qu'on a sur la voiture ?

– On a pu établir que c'est une Dacia, répondit Tizi. Un Duster. Le modèle est très populaire, il y en a des milliers rien que dans Paris. Avant que vous ne demandiez, impossible de relever l'immat'. J'ai cherché tous les angles, tous les zooms, on n'a rien.

– Évidemment… La question, c'est de savoir s'il voulait se faire n'importe quelle femme ou s'il avait une dent contre celle-là en particulier.

– On a notre petite idée là-dessus. Ça n'a peut-être rien à voir avec la choucroute, mais il n'y a aucune Neige Thomas dans les fichiers. C'est une identité bidon.

– En même temps, Neige Thomas, persifla Océane. Pourquoi pas Plume Blanche ?

– Si je résume, on a une femme qui vit sous une fausse identité, peut-être pour fuir quelqu'un, et un conducteur non identifié pris de ce qu'on peut sans trop de risque qualifier d'intention homicide.

– C'est ça.

– Ça pue l'ex violent à plein nez, avança Océane.

– Tu as peut-être raison. Le type peut chercher à recommencer. Il faut qu'on parle à cette femme, quel que soit son vrai nom.

– Je la convoque ? demanda Tizi, la main déjà sur le téléphone.

– Elle a l'air fuyante, je préfère aller la voir directement. On a une adresse ?

– Elle vit chez son compagnon. À cette heure-là, elle doit être à son boulot. Je vous note ça.

Fennetaux se leva. Au même moment, Léonie faisait son entrée dans l'open space, les yeux brillants d'excitation. Elle déposa cérémonieusement un sac de chouquettes qui aurait pu nourrir un village pendant une semaine et sourit à la cantonade. Sous sa veste en jean, elle portait une robe trapèze longueur genoux et des bottines à petits talons carrés. Océane leva les yeux au ciel. En plus d'être trop grosse, trop intello et pas du tout (mais alors pas du tout du tout du tout) formée pour le job, la fille n'avait visiblement pas intégré le dress code de ses nouvelles fonctions. Elle n'avait pas son permis non plus, il allait falloir la trimballer partout. Sans compter qu'elle avait tutoyé Fennetaux dès le début, genre « on a gardé les cochons ensemble ». C'était peut-être un détail pour d'autres, mais pour Océane ça voulait dire beaucoup.

– Salut ! Désolée, je voulais arriver plus tôt mais Ida ne voulait pas me lâcher, j'ai mis un temps fou à quitter la crèche.

– Sans déc', marmonna Océane juste assez fort pour qu'on se demande si on avait bien entendu.

– Bienvenue ! s'empressa de dire Tizi comme si ça pouvait annuler la vacherie de sa collègue.

– Merci. Je m'installe ici ? demanda-t-elle en désignant un bureau vide installé dans un coin, sans doute à son intention.

– On verra ça plus tard, répondit Fennetaux, on repart tout de suite. Je t'expliquerai en chemin.

– Ah. Super. Chouquette ? proposa-t-elle en brandissant le sachet.

Tizi se servit en remerciant du regard. Il tendit un Post-it à la commandante et les deux femmes sortirent. Océane mitrailla leurs dos de son regard assassin. Tizi reposa prudemment le sac de chouquettes et se tourna vers son écran.

4

*Fondation Lalande, Paris 17e*

Fennetaux briefa Léonie sur les quelques éléments dont elle disposait tout en godillant dans la circulation parisienne. La psy admirait son aisance, elle s'était fait recaler au permis pour la quatrième fois avant le confinement et envisageait sérieusement les bêta-bloquants pour sa prochaine tentative.

La voix désincarnée du GPS indiqua qu'elles étaient arrivées à destination. Fennetaux se gara sur une place où Léonie n'aurait pas fait entrer une trottinette, face à un mur d'enceinte qui courait sur plusieurs dizaines de mètres, percé en son milieu par une grille richement ouvragée. Une plaque en laiton indiquait « Fondation Lalande » ainsi qu'une date, 1803.

Elles sonnèrent puis traversèrent un parc arboré au fond duquel trônait un hôtel particulier massif et sévère. Ça sentait l'argent acquis de longue date et le respect des traditions. Du très beau, mais sans ostentation. Çà et là, des tables en fer forgé accueillaient des groupes de deux ou trois dames d'âge respectable, impeccablement vêtues, qui prenaient le thé en profitant du soleil matinal. Certaines portaient un masque chirurgical, d'autres non.

– Très chic, commenta Léonie.

– On se croirait dans un Agatha Christie. Dans cinq minutes, Peter Ustinov va débarquer pour mener l'interrogatoire avec nous.
– Qui ça ?
– Laisse tomber. Ah, on ne parle de cette histoire de fausse identité à personne en dehors de l'intéressée. Il y a beaucoup de raisons qui peuvent pousser une femme à changer de nom. Tant qu'on n'en sait pas plus, motus.

Elles poussèrent la porte et furent propulsées dans une capsule temporelle. Avec son lustre en opaline et ses causeuses capitonnées, le vaste hall d'entrée cochait toutes les cases du luxe feutré Belle Époque. Une jeune femme leur sourit derrière son comptoir en bois ciré. Fcnnctaux sortit sa plaque.
– Commandante Fennetaux, Léonie Damanne, police judiciaire. On vient voir Neige Thomas.
La femme disparut derrière une porte dérobée. L'instant d'après, un quinquagénaire en costume trois pièces venait à leur rencontre.
– Mesdames, salua-t-il. Marc Bessières, je dirige la fondation. En quoi puis-je vous aider ?
Fennetaux réprima un soupir.
– On aimerait parler à Neige Thomas. Ça pose un problème ?
– Aucun, bien sûr, elle a été prévenue. Elle est en pleine séance, elle nous rejoindra dès qu'elle pourra se libérer. Je peux savoir de quoi il retourne ?
– Non. Mais vous pouvez répondre à quelques questions.
– On sera plus à l'aise au jardin, suivez-moi.
– C'est quoi exactement cet endroit ? attaqua Fennetaux lorsqu'ils furent installés devant trois tasses d'expresso. Je veux bien la version courte, prévint-elle en voyant l'homme prendre une profonde inspiration.
– Difficile de vous expliquer sans remonter un peu en arrière. À l'origine, c'était un établissement destiné aux veuves d'officiers

des armées napoléoniennes. Nos statuts ont évolué depuis, je vous rassure. Nous sommes ouverts à plus de diversité aujourd'hui, et c'est heureux. La fondation est même mixte depuis cinq ans.

Fennetaux se demanda s'il espérait qu'elles applaudiraient. Elle se contenta d'opiner pour indiquer qu'elle suivait.

– Nos résidents sont des personnes d'un certain âge, des veufs et des veuves essentiellement, mais tous en pleine possession de leurs moyens intellectuels.

– Et financiers, j'ai l'impression.

Ça avait été plus fort qu'elle, elle n'avait pas pu se retenir.

– Certes. Mais comprenez-moi bien, vous n'êtes ni dans un Ehpad de luxe ni dans une maison de repos. Nos résidents sont locataires de leurs studios. Personne n'est sous tutelle, chacun est responsable de ses choix. Les visites des proches n'ont pas été suspendues pendant le confinement, pour vous donner un exemple, chacun a évalué le risque qu'il était prêt à prendre pour sa santé. Nous aimons nous considérer comme un petit phalanstère, si vous voyez ce que je veux dire. Plus que des prestations, nous partageons un état d'esprit, une exigence de maintien physique et moral. Nous organisons des conférences, des visites culturelles. Tout cela permet de souder un esprit commun, l'esprit Lalande.

– J'imagine que la liste d'attente est longue pour intégrer l'établissement, intervint Léonie. Quels sont vos critères de sélection ?

– Nous procédons à plusieurs entretiens avec les candidats, puis nous soumettons leur admission au vote du conseil d'administration, composé pour partie des résidents eux-mêmes.

– De la cooptation, quoi, traduisit Fennetaux.

Bessières acquiesça d'un clignement de paupières. Grand seigneur, il lui accordait ce point.

– Et Neige Thomas ? Elle travaille ici depuis longtemps ? Elle fait quoi exactement ?

– Elle est arrivée il y a un peu plus d'un an, comme agent

d'entretien à l'origine. Autant vous le dire tout de suite, c'était une piètre femme de ménage. Sûrement la pire que nous ayons jamais embauchée.

– Mais elle est toujours là. En pleine « séance », d'après ce que vous avez dit. Des séances de quoi ?

– Neige passait ses journées à discuter avec les résidents sur son temps de travail. L'équipe d'entretien s'est plainte, c'est remonté jusqu'à moi. Bref, un jour je la cherchais pour mettre les choses au point et je l'ai surprise avec M. Charvet. Il nous a quittés depuis. C'était un homme très renfermé depuis le décès de son épouse. Rien ne le sortait de son chagrin. Jusqu'à Neige.

– Laissez-moi deviner, elle lui a redonné le goût de vivre ?

– Du tout. Elle l'a aidé à mourir.

Fennetaux écarquilla les yeux. Avait-elle bien compris ? Elle mima le geste d'une seringue qu'on pousse et demanda :

– Elle l'a… ?

Le rouge monta au front du directeur comme s'il avait reçu un soufflet.

– Neige est thanadoula ? devina Léonie.

Bessières acquiesça avec reconnaissance. Il y en avait au moins une des deux qui suivait.

– Elle l'était naturellement, sans connaître le terme ni la fiche de poste. Quand j'ai pris conscience de ses compétences, j'ai consulté mes équipes, j'ai parlé avec les résidents aussi. Les retours ont été unanimes. Ceux qui avaient passé du temps avec Neige ont tous dit qu'elle leur faisait un bien fou. Le conseil d'administration a décidé de lui financer un cycle de formation pour qu'elle puisse exercer dans les règles. Sa matière est, disons, sensible et je voulais que tout soit officiel. Je peux vous dire qu'on ne pourrait plus se passer de ses services aujourd'hui.

– Dans un endroit pareil, ça prend tout son sens, opina la psy.

– Pardon, je peux jouer moi aussi ? intervint Fennetaux. C'est quoi, votre thana-machin ?

– Thanadoula, expliqua Léonie. Doula de la mort. On dit aussi sage-femme de l'âme. Il y a les doulas qui suivent les femmes enceintes jusqu'à la naissance de leur bébé. Ce sont des accompagnatrices non médicales. Les thanadoulas accompagnent la fin de vie. Elles aident à se préparer pour accueillir sa mort.

– C'est quoi… comme des soins palliatifs, mais individualisés ? Une offre premium du quatrième âge ?

– Du soutien plus que du soin, les thanadoulas ne sont pas médecins. Mais oui, c'est à peu près ça, admit Léonie en souriant.

– Sympa.

– Indispensable, trancha Bessières. Nos résidents ont pour la plupart de fortes personnalités. C'est ce qui leur permet de rester maîtres d'eux-mêmes dans la vieillesse, et ils entendent conserver cette maîtrise jusqu'au bout. Neige n'aide pas que les résidents, son travail a des répercussions sur leur famille aussi.

– Comment ça ?

– Nos anciens ont grandi à une époque où la communication n'était pas encouragée, et c'est un euphémisme. Certains éprouvent le besoin de vider leur sac avant de partir.

– Ça sent le règlement de comptes.

– Sans accompagnement, peut-être, mais Neige est là pour ça. Elle aide à déterrer les secrets de famille qui planent depuis des lustres, à réconcilier des gens qui ne se parlaient plus. Elle s'adapte à l'histoire de chaque résident.

– Du coup, elle connaît les petits secrets de tout le monde, nota Fennetaux. Intéressant… Et elle les accomplit comment, tous ces miracles ?

– Vous n'aurez qu'à le lui demander.

Bessières leva la main pour indiquer sa présence à quelqu'un. Les deux femmes se retournèrent. Neige Thomas se dirigeait vers leur table à pas comptés, un sourire de convenance aux lèvres. Un berger australien la suivait comme son ombre. En l'observant, Fennetaux se dit que Marie-Antoinette avait dû monter à l'échafaud avec plus d'enthousiasme.

Bois de Boulogne

Neige Thomas avait refusé de leur parler sur son lieu de travail. Pas moyen de négocier. Les trois femmes s'étaient donc retrouvées à l'orée du bois de Boulogne tout proche. Excité par les odeurs, le chien allait et venait en décrivant des cercles autour de sa maîtresse. La jeune femme serrait les bras contre sa poitrine, le front barré de plis soucieux. Les deux enquêtrices percevaient sa défiance derrière sa voix douce. On sentait qu'elle pesait chaque mot.

– Clairement il y a matière à ouvrir une enquête, expliquait Fennetaux. Cette voiture a délibérément cherché à vous renverser et rien ne dit que le malade au volant ne va pas récidiver.

– Je ne vous ai rien demandé. Je n'ai rien demandé à Arthur. Il n'avait pas le droit de…

Fennetaux fit de grands moulinets avec ses bras pour couper court au torrent de justifications.

– Pouce. Stop. Temps mort. J'ai juste une question : vous n'êtes pas inquiète ?

– C'était un accident, ça arrive tous les jours.

– Prenez-moi pour une buse, ma jolie, j'adore ça, répliqua la commandante.

Neige baissa les yeux.

– Je sais me défendre, finit-elle par admettre d'une voix sourde.

– Je vous crois. J'ai vu vos réflexes. La voiture a déboulé sans prévenir. Pour vous réceptionner comme vous l'avez fait, vous devez être en hypervigilance permanente. Et il y a votre chien. Il a l'air tout mignon mais je suis certaine qu'il ne laisserait personne vous agresser. Vous savez pertinemment que vous avez une cible tatouée au milieu du front. Quelqu'un veut votre peau.

– C'est pour fuir cet ennemi que vous avez changé d'identité ? intervint Léonie.

Neige se tourna vivement vers elle.

– Hein ? Mais de quoi vous parlez ?

– On sait, répondit Léonie avec douceur. Quelle que soit la menace que vous affrontez, vous n'êtes pas obligée de porter ça toute seule.

Un éclair de vulnérabilité traversa le visage de la jeune femme. Comme un frisson. Elle se reprit dans la seconde et demanda, du ton de celle qui connaît déjà la réponse :

– Si je ne porte pas plainte, vous ne pouvez rien faire, non ?

Fennetaux acquiesça à contrecœur. Neige siffla son chien. Le son s'étrangla dans sa gorge avant de se transformer en cri de douleur. La jeune femme se plia en deux comme si on venait de lui enfoncer un poignard dans le ventre. Le chien gémit en lui tournant autour.

– Qu'est-ce qui se passe ? demanda la commandante.

– Tout va bien, mentit Neige, le souffle court. Je dois… retourner travailler.

– Arrêtez votre cirque. Vous souffrez. Asseyez-vous, prenez cinq minutes.

– Ça va, je vous dis, s'agaça Neige.

Elle se relevait à présent et tentait de restaurer son assurance. Léonie lui lança un regard perplexe.

– Votre nez…

– Quoi ?

Une goutte de sang avait atterri sur une des baskets blanches de la thanadoula. Elle soupira, tira un kleenex de sa poche et appliqua un point de pression sur l'autre narine pour stopper le saignement.

– Je me débrouille très bien toute seule. Je vous demande de respecter mon choix.

Elle s'éloignait déjà, son chien sur les talons, quand Fennetaux la vit tanguer. La commandante la rattrapa en trois foulées.

– Madame Thomas. Vous êtes sûre que ça va ?

Neige se retourna. Les deux enquêtrices blêmirent. Léonie tendait déjà les mains pour soutenir la jeune femme, Fennetaux la retint.

– Tu ne t'approches pas, murmura-t-elle d'un ton grave. Appelle le Samu. Tout de suite.

Léonie ne bougeait pas.

– Appelle le 15 ! ordonna Fennetaux plus fort pour la faire réagir.

– Quoi ? Qu'est-ce que j'ai ? demanda Neige.

Elle fit un pas vers la commandante, qui recula dans un mouvement réflexe. Neige chancela.

– Je ne vois plus rien. Pourquoi je ne vois plus rien ?

Du sang suintait de ses gencives, de ses narines, de ses oreilles et de ses yeux, comme s'il cherchait à fuir son corps par tous les canaux possibles. Elle vacillait, de plus en plus instable.

– Qu'est-ce qui m'arrive ?

– Vous allez vous allonger.

– Colchique ! appela Neige d'une voix angoissée.

Le chien se tenait à ses pieds et léchait le sang de sa maîtresse en gémissant. Elle ne le voyait pas.

Léonie trépignait, l'oreille collée à son portable.

– Ça ne répond pas !

S'assurant de rester à distance raisonnable, Fennetaux agrippa son portable et composa le premier numéro de ses favoris.

– Merde, merde, merde… Sissoko ! J'ai pas mon talkie. Appelle une ambulance. Entrée du bois du Boulogne, au Petit train de la porte Maillot. Vite ! Possible code blanc, préviens-les.

Elle raccrocha, les yeux rivés sur la jeune femme.

– Les secours arrivent, assura-t-elle, la gorge serrée par une certitude atroce : ils arriveraient trop tard.

Les yeux pleurant des larmes de sang, Neige ouvrait et refermait la bouche comme un poisson échoué sur un banc de sable, l'air refusait de passer. Son chien s'était mis à grogner. Un ennemi invisible terrassait sa maîtresse et il ne pouvait rien faire.

Soudain, Neige s'effondra au sol. Son corps fut saisi de convulsions. De la bave moussante se mêlait au sang qui lui coulait de partout, enveloppant sa bouche d'une écume rose vif. L'image incongrue d'une barbe à papa s'imposa à l'esprit de Léonie. Elle tâcha de la refouler mais l'image s'incrustait, une sucrerie de fête foraine pour faire barrage à l'horreur. C'en était trop, elle se précipita vers Neige.

– Ne la touche pas ! hurla Fennetaux.

Léonie n'écoutait pas. On ne laisse pas une femme souffrir seule comme un animal à terre. Elle s'agenouilla, prit la main de Neige et tenta de la rassurer.

– On va vous sortir de là, tenez bon.

Neige émit un gargouillis insistant. Elle essayait de dire quelque chose. Le chien aboyait comme un fou. Léonie dut se pencher tout près de la bouche écumante.

– A… P.

– Quoi ?…

– A P.

– A P ?

– A…

Son corps se relâcha dans les bras de Léonie. C'était fini.

5

Dordogne, juillet 1942

Le cœur de Paul battait très fort. Dans ses oreilles. Dans sa poitrine. Dans tout son corps en vérité, il le sentait pulser jusqu'au bout de ses doigts. Il était seul à l'intérieur du gouffre. Seul au milieu d'un océan de nuit, de froid et de silence. La grotte était une matrice, tout à la fois utérus et cage thoracique de la terre. Elle enfermait et décuplait les battements fous de son cœur d'enfant.

Paul tenait sa lampe à pétrole bien droite devant lui, dérisoire bouclier pour parer l'assaut des monstres. La lueur chiche léchait d'immenses concrétions suintantes le long des parois. Poulpe géant, mâchoire de stalactites, vaisseau fantôme. Paul tournait la tête de tous côtés. Tout l'effrayait, tout l'excitait. Le garçon se souvenait de sa première visite deux ans plus tôt. Sa désorientation, sa peur de rester enfermé à jamais. Il avait dix ans alors et rien ne l'avait préparé à un tel spectacle.

Petit Parisien de Belleville timide et rêveur, Paul fuyait les conflits et collectionnait les tableaux d'honneur. Son univers s'était limité au triangle formé par son appartement, l'atelier de confection de ses parents et l'école communale. Ses parents le rêvaient médecin, ils étaient prêts à tous les sacrifices pour assurer son avenir. Mais l'avenir, en juin 40, s'assombrit brusquement pour tous les petits Paul de France. La famille heureusement avait un ange gardien, un vieux garçon qui habitait au-dessus de leur appartement. Le commissaire Villedieu avait le père de Paul à la bonne et une conscience assez nette de ce qui se tramait à la préfecture.

Muni de faux papiers, l'enfant fut envoyé en Dordogne chez des amis du commissaire. Les Dumaillet avaient deux enfants, Suzanne, de trois ans son aînée, et André, un grand gaillard fort comme un homme. Les parents lui firent une place autour de la table de ferme (quand y en a pour quatre, y en a bien assez pour cinq, surtout que celui-là avait un appétit de moineau). Les enfants lui dégagèrent un petit coin dans leur chambre. Leur cousin de Paris devait reprendre des forces au grand air, c'est l'histoire que les Dumaillet avaient vendue au village. Tout le monde l'avait achetée sans broncher. Paul lui-même avait presque fini par y croire. Il lui semblait encore sentir l'odeur de sa mère certaines nuits, ou bien c'était un rêve. Son visage s'était estompé de sa mémoire. La nature est bien faite, qui vous protège jusque dans vos souvenirs. L'oubli était la batterie antiaérienne du cerveau de Paul pour maintenir la tristesse en respect.

Sous sa nouvelle identité, Paul avait deux ans de moins que son âge réel. Le subterfuge lui garantissait de rester à l'école un peu plus longtemps, car où mieux cacher un enfant que parmi ses semblables ? Il s'ennuyait en classe, mais ça lui laissait du temps pour se faire à sa nouvelle vie. Le garçon avait dû se réinventer. Fils unique, il s'était vu propulsé petit dernier d'une fratrie de trois. Son corps chétif de Parisien s'était étoffé grâce aux travaux agricoles. Il avait même fini par prendre l'accent rocailleux de la région. Pour la faconde périgourdine, il faudrait repasser en revanche. Paul était un garçon réservé. Ses élans, puissants, restaient silencieux. Il ne savait pas dire à Robert et Marie Dumaillet l'amour qu'il leur portait. C'est pourtant pour les protéger qu'il s'était glissé hors de la ferme aux heures brûlantes de la sieste.

De sa vie d'avant, Paul n'avait conservé qu'une relique. *Corsaire Triplex*, le roman qu'il lisait au moment du départ. La bibliothèque de Belleville avait apposé son tampon sur la tranche de l'ouvrage. L'enfant aimait faire remonter son pouce le long des pages pour voir le tampon se déformer puis se reconstituer. À l'arrière de la couverture cartonnée, une liste recensait les noms de tous les emprunteurs. Logiquement, le sien était le dernier. Son vrai nom. Celui que ses instituteurs avaient toujours eu tant de mal à prononcer. La ferme était proche de la ligne de démarcation et, depuis plusieurs semaines, les Allemands multipliaient les incursions en zone libre. Mis en doute sur leur efficacité, les gendarmes de Vichy fouillaient et contrôlaient à tout va. Le garçon sentait bien qu'il ne pouvait plus garder ce livre. Mais pas question de le brûler, brûler les livres, c'était un truc de nazis. Il avait tourné et retourné le problème dans sa tête jusqu'à ce que la solution lui apparaisse : le gouffre.

Paul quitta la première cavité et s'engagea dans un boyau plus sombre que le cul d'une poule. Il passait en revue ses concrétions favorites pour juguler sa peur. La plus impressionnante s'appelait l'orgue, un ensemble d'une vingtaine de colonnes monumentales formé par la fusion de stalagmites et de stalactites. Des dents avaient poussé, faites d'eau et de calcaire. Dents du haut, dents du bas, elles avaient jailli de la roche sur des milliers d'années puis elles s'étaient rejointes. La mâchoire s'était soudée. L'orgue vous dominait du haut de ses vingt mètres. Paul avait d'abord pensé cacher le livre derrière une colonne, mais s'était ravisé. À la moindre descente des boches ou des gendarmes, l'orgue serait fouillé en priorité. Il n'avait pas le choix, il devait s'enfoncer dans l'inconnu. La rivière souterraine avait marqué la frontière de ses précédentes explorations avec Dédé. Il la traversa.

Ignorant la sensation de ses vêtements trempés collés à son corps, il rampa à travers un goulot boueux et déboucha sur une salle parfaitement ronde d'une hauteur vertigineuse. La lumière de sa lampe à pétrole ne parvenait pas au plafond, ça faisait comme une voûte céleste sans étoiles. Une mare ondoyait doucement au centre de cet amphithéâtre. Une goutte d'eau y tombait à intervalles lents et réguliers. Ploc. Ainsi s'était formée la mare au fil des siècles, une goutte après l'autre. L'idée de cette force inexorable et tranquille apaisa Paul. Il avait trouvé sa cachette.

Il aurait voulu partager toute cette beauté avec André et Suzanne. Avec Colette aussi, la petite Colette. Vichy avait imposé une stricte séparation des filles et des garçons dans les enceintes scolaires, mais on manquait d'instituteurs. L'école du village mélangeait les âges et les sexes. Suzanne et Colette étaient voisines de pupitre, Paul était installé juste derrière elles. Un drôle de lien unissait ces trois-là. Colette admirait Paul qui admirait Suzanne. Le garçon était fasciné par le caractère bien trempé de sa sœur d'adoption. Une passion les liait néanmoins : ils étaient les seuls élèves à aimer lire. Ils passaient les récréations côte à côte adossés à un mur, le nez plongé dans un roman. Cette sensibilité commune, toutefois, ne permettait pas de transgresser certaines barrières. Les Dumaillet étaient des petits fermiers comme la région en produisait des centaines. Des gens modestes. Au dire des parents de Colette, des gens de peu. Eux possédaient le plus gros commerce du village, une épicerie-quincaillerie-droguerie idéalement située sur la place. Avec tout le passage le long de la ligne de démarcation, ils avaient pu racheter la mercerie mitoyenne et doubler leur surface de vente. Suzanne et Paul n'étaient pas les bienvenus chez eux. Qu'à cela ne tienne, la discrétion convenait au caractère des trois enfants. Nimbée de secret, leur amitié était d'autant plus précieuse à leurs yeux. Paul aurait aimé faire découvrir sa nouvelle cachette à ses amies, mais il savait qu'il n'en ferait rien. Personne ne devait s'approcher du livre et surtout pas elles. Le livre portait son nom, et ce nom était devenu un agent toxique potentiellement mortel.

Le long de la paroi, Paul repéra une faille assez grande pour contenir son livre. S'il pouvait l'élargir juste un peu… Il se félicita d'avoir emporté une pioche. La roche était friable comme du biscuit. Un coup pas plus fort que les autres provoqua un éboulis. Le garçon se plaqua au sol pour se protéger. Quand la poussière se dissipa, il constata que l'éboulement avait ouvert une brèche sur une autre cavité. Il reprit sa lampe et se faufila, avide de curiosités géologiques. Cette nouvelle salle était plus basse que l'amphithéâtre, plus petite aussi. Il balayait les parois avec sa lampe quand un éclat au sol retint son attention.

Le trésor qu'il découvrit ne devait rien à la nature. Paul sentit son sang se glacer dans ses veines. De l'or, il avait une petite montagne d'or sous les yeux. Une cinquantaine de lingots étincelaient sous sa lampe à pétrole. Bien alignés en piles de dix, droites comme des soldats au garde-à-vous. Et c'est ce qu'elles étaient en réalité. Les lingots provenaient des réserves de banques anglaises. Largués en parachute deux mois plus tôt pour permettre à la résistance locale d'acheter des armes, ils avaient été volés au sol, on ne savait par qui ni comment. « L'or des angliches », tout le village bruissait de cette histoire.

La nuit dans la chambre, blottis dans un même lit, Paul et Suzanne écoutaient André en parler jusqu'à plus soif. À seize ans, le garçon rêvait de débusquer les voleurs pour les pendre par les… pieds. Chez les Dumaillet, l'armistice, on n'avait pas avalé. Dès la démobilisation, Robert avait refusé de rendre son arme à l'ennemi. Petit à petit des actions s'étaient organisées, des groupes structurés. Dédé commençait à aider au maquis. Même Suzanne passait son temps libre à tricoter pulls et écharpes pour les gars qui « montaient là-haut ». Pas besoin d'en dire plus.

Paul débordait de reconnaissance pour cette famille qui l'avait accueilli sans hésiter malgré les risques encourus. Dire qu'il venait de tomber sur les lingots ! Lui, Paul ! Enfin il tenait l'occasion de rendre un petit peu de ce qu'on lui avait donné. Son cœur battait vite et fort, il imaginait la joie de la famille quand il rentrerait. *Sa* famille. Enfin presque, c'était tout comme. Ces lingots qu'il leur apporterait seraient la preuve qu'il pouvait contribuer. Qu'il était l'un des leurs pour de vrai.

Tout à son excitation, il ne perçut pas la silhouette derrière lui. Quand la crosse du fusil s'abattit sur son crâne, sa dernière pensée fut pour Suzanne et Colette.

Le cri strident d'une chauve-souris sortit l'enfant de sa torpeur. Combien de temps était-il resté inconscient ? La lampe à pétrole n'émettait plus qu'une lueur faiblarde. Il frissonnait, transi de froid dans ses vêtements trempés. Une croûte de sang séché recouvrait l'arrière de son crâne. Paul tenta de rassembler ses esprits. L'or des angliches… Il se releva pour attraper les lingots. Il devait les rapporter à la ferme, les remettre dans le circuit de la Résistance. L'or avait disparu. Un nouveau frisson le secoua, de peur cette fois. Paul comprit avant de savoir. Il dirigea sa lampe dans tous les coins de la cavité et repéra sa veste roulée dans un coin. Il se précipita dessus et tâta fébrilement ses poches. Son livre n'y était plus. À la place, Paul sentit un rectangle dur et froid. Il entendit une nouvelle goutte tomber dans la mare de l'amphithéâtre. Elle lui fit l'effet d'une lame de guillotine. Ploc. L'agresseur lui faisait passer un message que Paul reçut cinq sur cinq. *Si tu parles de l'or, je te balance aux gendarmes*. Autant dire à Vichy. Autant dire aux Allemands. Qui était cet ennemi invisible, ce voleur, ce délateur ? Simple crapule ou collabo convaincu, il tenait désormais la vie de Paul entre ses mains. Et avec elle, celle de tous les Dumaillet. L'enfant fixa le lingot du chantage avec horreur.

6

Bois de Boulogne

La porte Maillot était totalement bouclée. Trois périmètres de sécurité différents, deux hélicos en vol stationnaire, une compagnie entière de CRS prête à intervenir, jamais le quartier n'avait connu un boxon pareil. Les pompiers de la cellule mobilité d'intervention chimique étaient en train de se replier. Avec leur scaphandre intégral muni d'une assistance respiratoire à cartouche filtrante, ils faisaient passer les flics de la Scientifique pour des nudistes. Leurs diodes n'avaient pas bipé, leurs capteurs ne s'étaient pas affolés. Tout risque d'attaque chimique et bactériologique semblait écarté. On n'avait détecté aucune trace de gaz sarin, d'anthrax ou d'autres joyeusetés sur le corps de Neige Thomas. Le préfet de police fut prévenu en priorité. Les énarques de ses services pouvaient fermer leurs tableurs Excel ; il ne serait pas nécessaire de distribuer du bromure à la population déconfinée depuis à peine un mois. Paris pouvait respirer.

Léonie était retranchée dans la voiture de Fennetaux, le chien de Neige à ses pieds. Elle se souvenait avec une ironie douloureuse de son enthousiasme quelques heures plus tôt. Elle s'était levée à cinq heures du matin pour relire ses notes avant le réveil d'Ida. Elle avait imaginé plein de scénarios sur cette première journée. Aucun n'impliquait un remake du clip de *Thriller* où une femme transformée en zombie mourait dans ses bras. Elle se pensait prête et réalisait à présent qu'elle ne l'était pas. Mais pouvait-on se préparer à *ça* ? C'était proprement inconcevable. Les nerfs à vif, Léonie sortit un nougat tout dur du fond de son sac et l'engloutit sans plaisir. Elle observait par la vitre Fennetaux qui faisait les cent pas devant le corps de Neige Thomas. Le portable vissé à l'oreille, elle discutait avec autorité, probablement avec une huile du Bastion ou du parquet. Elle était dans son élément. Du fond de son désarroi, Léonie était reconnaissante de pouvoir s'appuyer sur une femmc dc son calibre.

Fennetaux serrait son portable à le faire exploser. Depuis dix minutes, elle simulait une conversation imaginaire pour dissuader quiconque de l'approcher. Ses intestins protestaient vigoureusement contre la scène qu'elle venait de vivre. Son tube digestif était une mine antipersonnel susceptible d'exploser à tout moment. Foutue maladie de Crohn ! Depuis des décennies, la maladie dictait sa loi sur pratiquement chaque dimension de sa vie : alimentation (régime sans résidus), vie amoureuse (inexistante), loisirs (il lui fallait des sanitaires propres et accessibles en permanence). Jusqu'ici, le seul domaine où Fennetaux avait refusé de plier était son boulot. C'était comme un pacte passé avec la maladie, une négociation arrachée de haute lutte. OK pour le célibat et l'abstinence, OK pour le renoncement aux voyages, à l'ailleurs, aux surprises, mais pas touche à mon job. Elle contractait ses sphincters en priant pour que le pacte tienne.

En trente ans de carrière, elle n'avait jamais vu un témoin mourir sous ses yeux. Et de quelle façon ! Les images de Neige suintant du sang par tous les pores de sa peau lui collaient à la rétine, elles allaient rester incrustées dans son cerveau, c'était sûr. Son regard passa sur sa voiture et Léonie recroquevillée à l'intérieur. Elle avait pris cher, la pauvre. Être confrontée à un truc pareil sur sa première enquête…

Au-dessus de sa tête, les hélicos quittaient les lieux. Les CRS étaient déjà repartis. Quant aux scaphandriers, ils se délestaient de leur attirail avant de rentrer à la base. Il y a des métiers où on est content de s'être déplacé pour rien. Fennetaux se signa discrètement et récita une action de grâce, elle allait pouvoir se mettre au travail.

Sissoko et Océane attendaient depuis plus d'une heure derrière le dernier périmètre de sécurité. Enfin, ils furent autorisés à avancer. Leur arrivée donna à Léonie l'impulsion pour sortir de la voiture. Les trois enquêteurs rejoignirent Fennetaux tandis que la Scientifique se déployait sur la scène de crime déjà largement piétinée. Seul Tizi manquait à l'appel, il avait été briefé sur les recherches à lancer en priorité.

Le sang sur le visage de Neige Thomas avait coagulé et viré au brun. Un rictus de souffrance déformait ses traits. Impossible de se raconter que la mort l'avait apaisée.

– Je vous préviens, mes biquets, avertit Fennetaux d'une voix qu'elle espérait ferme, Neige Thomas, ou quel que soit son nom, est morte sous mes yeux. Sous *nos* yeux, se reprit-elle en désignant Léonie. Cette enquête est une affaire personnelle.

– On peut dire que son mec a eu du nez en tout cas, commenta tristement Océane en fixant le corps de la jeune femme.

– Y a des fois, vaut mieux avoir tort.

– Qu'est-ce qui s'est passé ?

– On était en train de l'interroger. Elle a commencé à tanguer, comme si elle perdait l'équilibre. Elle a semblé souffrir aussi, du ventre notamment. Après elle a saigné du nez, et puis… de partout où ça pouvait sortir.

– Ça a dû être horrible à voir.

Fennetaux et Léonie baissèrent les yeux. Heureuse diversion, une berline et une estafette pour le transport des corps venaient de se garer le long du trottoir. Un sexagénaire bedonnant s'extirpa de la berline et entreprit d'enfiler la combinaison réglementaire.

– Léonie, tu ne connais pas encore le docteur Manzoni. Ça ne saute pas tout de suite aux yeux, mais il a bon fond. Surtout, c'est le meilleur.

Le légiste rejoignit le groupe, lesté d'une lourde mallette métallique.

– Merci d'avoir accepté de venir, docteur.

– Un zombie, je ne pouvais pas refuser.

– Je vous présente Léonie Damanne. Elle est psychologue, elle vient d'intégrer le groupe.

Léonie lui sourit mais l'homme se pencha vers le corps sans un regard pour elle.

– Je suis venu pour la morte, Fennetaux, vous n'allez pas me faire faire des courbettes en plus.

– OK, OK, on vous laisse travailler.

– Vous l'avez fouillée ?

– Je ne me serais pas permis, répliqua Fennetaux, mais les pompiers de la CMIC sont passés avant nous.

Manzoni palpa le corps avec précaution et le fit pivoter délicatement. Le jean de la victime était maculé de sang au niveau de l'entrejambe. Instinctivement, Léonie détourna les yeux. Le légiste sortit un smartphone de la poche arrière. Il le tendit à Fennetaux. La commandante le glissa dans un sac de scellés. Sur l'écran d'accueil, la victime et son compagnon souriaient en maillot de bain sur une plage. La photo remit un coup sur la nuque de Fennetaux.

– Qu'est-ce que vous en dites, Doc ?

– Le tableau est assez clair. Hémorragie interne. Massive. Je pencherais pour du poison a priori, une saleté. Je ferai des prélèvements à l'autopsie. Le temps que le labo les analyse, vous n'aurez pas de réponses à vos questions tout de suite.

– On fera avec.

Fennetaux fit signe à son équipe, ils s'éloignèrent du corps.

– Je file au Bastion. L'affaire est déjà remontée jusqu'au préfet, à mon avis les vautours sont de sortie. Si on veut garder l'enquête, faut que j'en parle au taulier avant que quelqu'un d'autre le fasse. Sissoko, tu vas à la fondation Lalande. Je veux tout savoir de l'emploi du temps de la victime ce matin. Qui elle a vu, ce qu'elle a fait. Il faut qu'on sache précisément ce qu'elle a bu et mangé aussi, le labo en aura besoin. Les filles, désolée, c'est vous qui allez devoir prévenir son compagnon.

Léonie se tourna vers Océane.

– On devrait prendre le chien. Ça pourrait l'aider dans la gestion de ses émotions.

– Si tu le dis, concéda la lieutenante. Tu conduis ? proposa-t-elle avec une pointe de perfidie.

*Beaugrenelle, Paris 15e*

Le trajet jusqu'au siège du magazine où travaillait Arthur Ravel s'effectua dans un silence tendu. Océane ne cherchait pas à masquer son hostilité envers Léonie et cette dernière avait décidé d'opter pour la stratégie de l'étouffoir. La psy savait que ses tentatives de rapprochement ne feraient que souffler sur les braises de son ressentiment, elle lui opposait donc une indifférence polie. Maman Fennetaux et papa Sissoko avaient accueilli une nouvelle petite sœur, Océane devait accepter de renoncer à son statut de benjamine du groupe. Il ne servait à rien que Léonie lui prête ses poupées ou lui explique qu'elles pourraient jouer ensemble, le déclic ne pouvait venir que de Janvier elle-même.

Cette indifférence de façade était contraire à la nature pipelette et généreuse de Léonie. D'autant qu'elle appréciait la jeune lieutenante dont elle avait pu observer l'esprit acéré et sans filtre pendant l'enquête sur la mort de sa sœur. Mais elle avait suivi assez de sœurs jalouses en thérapie familiale pour savoir que c'était la seule option raisonnable. Elle sortit de la voiture avec soulagement.

Océane n'avait pas appelé Arthur Ravel pour le prévenir de leur arrivée. Inutile qu'il se torture pendant une demi-heure en se demandant ce que la police judiciaire lui voulait. Un groupe de fumeurs discutaient au pied de l'immeuble. Le chien tira sur sa laisse et échappa à la poigne de Léonie. Il fila droit sur un homme au regard doux.

– Colchique ?

Plus tard, dans l'intimité relative d'une salle de réunion vitrée, Arthur Ravel fixait les deux femmes avec consternation. Océane avait laissé Léonie annoncer le décès. Tant qu'à se coltiner une psy… Elle avait repris les rênes de la discussion mais se heurtait à un mur. L'homme ne semblait même pas l'entendre.

– Monsieur Ravel, on va devoir prévenir la famille de Neige.

– Je savais qu'elle était en danger, je le savais.

– Monsieur Ravel ? Vous connaissez le numéro de ses parents ?

– J'aurais dû insister, être plus persuasif…

Il ruminait la même idée en boucle : si Neige lui avait fait plus confiance, s'il avait pu la convaincre de l'écouter. On n'allait nulle part. Léonie se planta devant Arthur et demanda d'une voix légère :

– Neige était plutôt masque ou après-shampoing ?

– Pardon ?

– Pour ses cheveux, elle utilisait quoi comme produit ?

– Je ne sais pas, articula Arthur Ravel avec consternation.

– Vous partagiez une salle de bains, vous avez bien dû assister à sa petite routine beauté.

– Elle… elle utilise mes produits. Pardon, mais vous croyez que c'est le moment ?

L'homme la dévisageait comme si elle était bonne à enfermer.

– Vous avez raison, répondit-elle en reprenant un ton de circonstance. Ce qu'on a vraiment besoin de savoir là, c'est comment joindre sa famille. Vous voulez bien nous aider ?

– Oui, je… En fait je ne sais pas. Je crois qu'elle n'avait plus de contact avec sa famille, ne me demandez pas pourquoi. Elle ne parlait jamais d'eux. Elle ne m'a jamais présenté personne. Je ne pourrais même pas vous dire si ses parents sont encore vivants.

Léonie tiqua.

– Elle recevait des coups de fil, des messages ?

– Rien à ma connaissance.

– Donc les ponts étaient complètement coupés. Vous étiez en couple depuis longtemps ?

– Six mois. Elle venait de s'installer chez moi.

– Vous ne parliez jamais de vos enfances ? C'est courant au début d'une relation pour apprendre à se connaître.

– En fait, non. J'ai vite vu qu'elle évitait le sujet, du coup j'ai fait pareil de mon côté. Je me disais qu'elle finirait par se confier avec le temps. Tout ce que je sais, c'est qu'elle avait beaucoup de frères et sœurs. Mais c'était silence radio avec eux aussi. À ma connaissance en tout cas.

– Vous pensez qu'elle leur en voulait de quelque chose ? C'est elle qui tenait à garder ses distances ?

– Aucune idée.

Océane lui lança un regard scrutateur.

– Vous êtes journaliste, ne me dites pas que ça ne vous a pas intrigué. Même un tout petit peu. Vous n'avez pas cherché à en savoir plus ?

– Vous enquêtez sur tous les gens que vous rencontrez sous prétexte que vous êtes policière ? Neige ne voulait pas en parler, j'ai supposé qu'elle avait ses raisons et j'ai respecté son choix. Peut-être que si j'avais insis…

– On fera nos recherches de notre côté, le coupa Océane qui ne voulait pas le laisser reprendre la route des regrets. Et au travail, vous savez si elle était proche de quelqu'un en particulier ? Collègue ou résident, quelqu'un à qui elle aurait pu se confier.

– Il y a Carine, elle est ergothérapeute. J'ai parlé d'elle à votre collègue hier soir, mais elles n'étaient pas intimes. Neige, je ne sais pas comment vous dire… on sentait qu'elle n'avait besoin de personne, elle se suffisait à elle-même. Elle n'était pas égoïste, c'est pas ça. Au contraire même. Elle était adorable avec tout le monde, elle souriait tout le temps, mais ça ne servait à rien de lui poser des questions personnelles. Elle trouvait toujours un moyen d'esquiver.

– La bienveillance est une carapace comme une autre, analysa Léonie. Vous vous êtes rencontrés comment ?

– À son travail, à la fondation Lalande. J'ai donné quelques conférences là-bas sur les relations internationales. Les résidents sont plutôt du genre intello. Pour être honnête, j'ai craqué sur Colchique avant de voir sa maîtresse. J'adore les bergers australiens.

Malgré ses propos, Arthur ne cherchait aucun réconfort dans la présence du chien. Et l'animal, comme s'il le sentait, restait planté devant la porte de la salle, attendant qu'on lui ouvre pour sortir. La douleur, au lieu de les rapprocher, éloignait ces deux êtres qui venaient de perdre leur plus précieuse alliée.

– Une dernière chose, conclut Océane. Les lettres « A P », ça vous dit quelque chose ?

– Pardon ?

– Vous n'avez jamais entendu Neige les prononcer ensemble, comme un code ou autre chose ?

– Non. Pourquoi ?

Océane secoua la tête, « pour rien ».

– Encore une fois, toutes nos condoléances, conclut la lieutenante. Vous restez dans le coin et vous nous appelez si vous pensez à quoi que ce soit ?

Un sourire d'une infinie tristesse illumina les traits d'Arthur.

– Elle savait dire « je t'aime » dans tout un tas de langues.

– Pardon ?

– En croate, en berbère, en ourdou même…

Océane hocha la tête ; ce n'était pas le genre de souvenir auquel elle pensait. Elle referma son carnet et se leva, imitée par Léonie.

Le chien se redressa, aux aguets. Arthur retenait la laisse et les regardait partir quand une pensée le frappa.

– Attendez !

De la poche intérieure de sa veste, il sortit un smartphone qu'il leur tendit.

– J'avais prévu de passer le donner à Neige pendant ma pause déjeuner, elle l'a oublié à la maison. Vous en aurez plus besoin que moi.

Les enquêtrices échangèrent un regard en silence. Leur victime avait donc deux portables. Ce doublon disait, plus encore que la fausse identité, que la thanadoula avait bien des choses à cacher.

7

*Fondation Lalande, Paris 17e*

Le personnel et les résidents étaient réunis dans le grand salon. Un silence recueilli enveloppait la pièce. Des guirlandes de Noël ornaient encore les fenêtres, incongrues. Béatrice gardait les yeux baissés, sidérée d'avoir survécu à celle qui, la veille, avait mobilisé toute la fondation pour adoucir sa mort imminente. Les membres du personnel se tenaient debout le long du mur tandis que les résidents étaient assis en petits groupes. Suzanne Dumaillet se tenait un peu à l'écart des autres dans un fauteuil Louis XV, sa canne appuyée contre l'accoudoir. Sur les visages, le directeur lisait le même mélange de chagrin et de stupéfaction. Il vint se placer devant le grand portrait du maréchal Lalande, fondateur de l'institution.

– Chers amis, vous savez je suppose pourquoi je vous ai réunis. Neige est décédée aujourd'hui, subitement. C'est une tragédie pour tout le monde. Nous sommes en deuil, et le paradoxe c'est que nous n'avons jamais eu autant besoin d'elle que maintenant. Elle n'est plus là pour nous aider, mais nous pouvons la convoquer à travers nos souvenirs. Je vous propose qu'on parle de Neige ensemble, pour se rappeler ce qu'elle a apporté à la fondation, la chance que nous avons eue de la connaître. La parole est libre comme toujours. Quelqu'un aimerait se lancer ?

Une petite dame au visage encadré de cheveux blonds leva la main. Colette Grault. Sa fille venue lui rendre visite était assise à ses côtés. Marc Bessières lui sourit en acquiesçant. La femme prit appui sur les accoudoirs de son fauteuil et se mit debout. Sa voix était étonnamment claire.

– J'aimerais partager un souvenir. J'étais en séance avec Neige, et comme beaucoup d'entre vous, j'imagine, je parlais de ma crainte de laisser ceux que j'aime derrière moi quand je devrai partir.

À ces mots, sa fille lui pressa doucement la main. C'était une femme entre deux âges à la silhouette de rugbyman. Colette lui sourit et poursuivit.

– Elle m'a dit : « Colette, considérez que vous allez partir en éclaireuse. Essayez d'envisager votre existence comme une pièce. Disons un beau salon. Dans ce salon, à votre naissance il y a vos parents. Les années passent et le salon se remplit. Vos amis vous rejoignent, votre mari, votre fille. Le temps passe encore et le salon commence à se vider. Vos parents partent, ils vont dans une autre pièce. Puis des amis les rejoignent, une tante, votre époux. Plus le temps passe et plus le salon se dépeuple au profit de cette autre pièce. Arrive un moment où vous sentez que la fête continue ailleurs, dans cette autre pièce, et que votre place n'est plus ici. Vous aurez envie de vous y rendre. Vous aurez envie de la préparer pour ceux qui vous rejoindront ensuite. » Aujourd'hui je sais que Neige est dans l'autre pièce. Je sais que je serai heureuse de la retrouver quand mon tour viendra.

Elle se rassit près de sa fille.

– Merci pour ce partage, madame Grault. Quelqu'un d'autre ? proposa Bessières.

– C'est un peu facile, je trouve.

La voix avait fusé du fond de la salle. Suzanne Dumaillet s'était levée. Ses yeux clairs étaient dardés sur le directeur.

– Pardon ?

– Je veux bien qu'on se console à bon compte, mais je trouve ça un peu facile. Personnellement j'ai besoin de réponses, pas de consolation. Neige aurait détesté ça, cette façon de nous infantiliser, de chercher à « adoucir notre peine ». Je ne veux pas qu'on adoucisse ma peine. Je veux m'en servir au contraire, pour savoir qui l'a tuée et pourquoi. Ce que j'attends de vous, monsieur Bessières, c'est que vous nous disiez ce qu'on peut faire concrètement pour aider la police. Je ne sais pas... Neige était très pudique sur sa vie privée, mais si nous mettons en commun ce que nous savons d'elle, peut-être que ça pourrait intéresser les enquêteurs. Je ne vois pas de meilleur hommage à lui rendre, vous ne trouvez pas ?

La nonagénaire regardait l'assemblée, en quête de réactions. Le grand salon s'emplit de murmures et de regards en coin. Dans ce silence gêné, le bruit sec de deux mains qui s'entrechoquent éclata. La fille de Colette Grault applaudissait, seule, un sourire entendu aux lèvres.

– Bravo !

Colette tenta de la faire taire.

– Dominique, s'il te plaît...

– Quoi, maman ? La grande Suzanne a parlé, amen ! Bravo, madame Dumaillet, un bel enfonçage de porte ouverte. Évidemment qu'on aimait tous Neige et qu'on est en colère. C'est pas une raison pour tancer M. Bessières comme un gosse alors qu'il essaie juste d'aider tout le monde à encaisser le choc.

– J'ai exprimé un point de vue.

– Vous avez surtout trouvé une nouvelle occasion de prouver votre supériorité morale sur la masse.

– Je suis désolée que vous le preniez comme ça. Monsieur Bessières, si je vous ai offensé, ce n'était pas mon intention.

– Du tout, du tout, s'empressa de répondre le directeur, conscient que la situation était en train de lui échapper.

– Vous m'en voyez rassurée. Si vous voulez bien m'excuser, je suis fatiguée.

Suzanne Dumaillet traversa la pièce à petits pas. Dominique Grault leva les yeux au ciel :

– Mais je vous en prie, faites-moi passer pour la méchante.

Suzanne l'ignora. Alors qu'elle passait devant la mère et la fille, Colette posa doucement la main sur son bras et murmura :

– Ce n'est pas contre toi. Elle est bouleversée par ce qui est arrivé à Neige.

– Si tu le dis, Colette.

Bessières observait les deux femmes, Suzanne Dumaillet roide sur sa canne et Colette Grault engoncée dans son fauteuil, le visage levé vers elle. Il pensa à certains tableaux mystiques dans les églises italiennes et se fit la réflexion que ce qui se jouait entre ces deux-là remontait sûrement à très longtemps, et n'avait que peu à voir avec la pauvre Neige Thomas.

*Bastion, Paris 17e*

L'open space portait les stigmates de la journée. À l'exception de celui de Sissoko, les bureaux étaient jonchés de paquets de biscuits et de mugs de café froid. Tizi avait aéré dix minutes toutes les heures comme le recommandait le ministère de la Santé. Malgré tout, ça sentait l'aisselle moite et le flic fatigué.

Fennetaux rejoignit son équipe et nota l'absence de Léonie. À 19 heures passées, elle comprenait que la psy soit rentrée. Elle avait un bébé à charge et ne connaissait pas les coutumes locales.

Sissoko aimait débriefer le groupe chaque soir avant de partir. Ça ne figurait dans aucun code de procédure, simplement il trouvait utile que chacun se quitte avec le même niveau d'information. Fennetaux était certaine qu'il n'avait pas énoncé cette règle à Léonie, il attendait que la jeune femme en prenne conscience par elle-même et l'applique de son plein gré. C'était tout à l'honneur du capitaine, mais ça pouvait attiser la jalousie d'Océane. Quelle teigne, celle-là, se dit la commandante avec tendresse.

Elle était rayonnante, Océane. En l'absence de Léonie, elle se retrouvait en famille. Entre flics. Entre soi. À la maison, quoi.

– Je suis tout ouïe, mes biquets.

Fennetaux ne vit pas le billet de cinq euros passer discrètement de la main de Tizi à celle d'Océane. Les deux lieutenants pariaient chaque soir sur la nature de l'animal dont leur cheffe les affublerait. En théorie le bestiaire était vaste, en pratique ils étaient essentiellement biquets, chatons ou lapins, plus rarement canards ou poulets (toujours précédés dans ce cas de l'adjectif « petit », « mes petits poulets »). C'était leur chifoumi à eux. Le même billet repassait d'une poche à l'autre un soir sur deux.

Sissoko regarda Tizi. Le jeune Alsacien se racla la gorge pour timbrer sa voix d'écolier.

– Les empreintes de la victime ne correspondent à personne dans nos fichiers. Je n'ai aucun nom à vous donner à part Neige Thomas, et on sait qu'il est faux.

– Faux comment ? demanda la commandante. Depuis combien de temps elle l'utilisait ? Tu as pu voir si elle avait entrepris des démarches administratives, bancaires ou autres sous cette identité ?

– J'ai regardé, je n'ai rien trouvé. Pas de bail de location pour un appartement, pas d'abonnement Internet, aucun emprunt auprès d'une société de crédit à la consommation. Neige Thomas n'apparaît nulle part. J'imagine qu'elle sous-louait au black ou qu'elle payait son proprio en liquide. Elle devait payer toutes ses dépenses en cash d'ailleurs, parce qu'elle n'avait pas de carte bancaire non plus.

– C'est difficile de vivre complètement sous les radars à l'ère numérique. Ça témoigne d'une certaine… agilité. Elle devait se cacher depuis un petit bout de temps.

– Ou elle avait vraiment très peur qu'on la retrouve, intervint Sissoko. La peur, ça donne des ailes.

– Qu'est-ce qui te fait dire ça ?

Pour toute réponse, Sissoko lança un regard à Océane. La jeune femme ne se fit pas prier.

– Elle avait deux téléphones. Son mec nous a donné son portable quand on est allées le voir tout à l'heure. Il a dit qu'elle l'avait oublié chez lui. Sauf que son téléphone, on l'avait déjà trouvé sur elle. Donc elle en avait deux. Et son mec le savait pas.

Fennetaux leva un sourcil intrigué.

– Intéressant.

– Je suis passée déposer le deuxième portable au labo, ils m'ont rappelée dans la demi-heure. Genre, le truc était radioactif.

– Et alors ?

– C'est un TGD.

– Merde…

– Je vous le fais pas dire, cheffe.

Initié en 2014, le dispositif Téléphone grave danger était strictement encadré et réservé aux femmes sous la menace directe d'un ex violent. Il était délivré dans le cadre d'une procédure judiciaire en cours à des femmes qui avaient trouvé la force de dénoncer et de quitter un compagnon abusif, et qui subissaient les assauts de sa vengeance. Environ cinq cents de ces smartphones circulaient sur le territoire national. Rien ne les distinguait des autres téléphones, sinon une touche supplémentaire sur l'écran tactile, reliée à un service de téléassistance accessible sept jours sur sept et vingt-quatre heures sur vingt-quatre. En cas de menace imminente, la femme pressait cette touche et était mise en relation avec un opérateur formé pour évaluer la situation. Si le danger était avéré, l'opérateur utilisait un canal prioritaire vers le 17. La police était prévenue immédiatement et pouvait intervenir bien plus vite que si la femme avait appelé elle-même par le canal normal.

Le fait que Neige dispose d'un de ces appareils expliquait tout. Son faux nom, son goût du secret, et la présence de ce chien qui ne la quittait jamais. Surtout, ce TGD allait permettre de remonter facilement la piste de sa véritable identité et, du même coup, celle de l'homme qu'elle fuyait et qui l'avait vraisemblablement assassinée. Le procureur qui l'avait attribué à Neige disposait forcément de ces informations. Sauf que... Fennetaux savait que ses enquêteurs n'étaient pas des marioles. S'ils connaissaient d'ores et déjà les noms de leur victime et de son assassin, ils ne l'auraient pas fait mariner jusqu'ici sans le lui dire. Sissoko confirma ses craintes.

– Le TGD de Neige n'est rattaché à aucune procédure. Aucun proc' n'a autorisé la mise en circulation de son appareil.

– Impossible, assena Fennetaux.

Sissoko répliqua « et pourtant si » avec ses yeux.

– Qui alors ? Comment elle se le serait procuré ?

– On cherche. Impossible de débloquer le téléphone sans le code secret de Neige. Tizi a récupéré le numéro de série, il fait le tour des sociétés de téléassistance assermentées pour trouver celle à qui l'appareil est relié. Mais ce n'est pas ce qui m'étonne le plus.

– Ça m'étonne déjà pas mal, en ce qui me concerne. Vas-y, dis, qu'est-ce qui te chiffonne ?

– Quelle femme à qui on a donné un TGD l'oublierait chez son mec ?

Sissoko marquait un point. La commandante le poussa dans ses retranchements.

– Tu penses qu'Arthur Ravel nous balade ? Que le TGD n'est pas à Neige ?

– Non, je ne vois pas comment il aurait eu accès à un de ces appareils, ni quel intérêt il aurait de faire ça. Je pense que le téléphone était à Neige, je m'étonne juste qu'elle ait oublié l'outil le plus performant pour assurer sa sécurité.

– Ça, c'est une question pour Léonie…

Un ange passa, pendant lequel chacun entendit le « Dommage » qu'Océane se retint de prononcer à voix haute. Fennetaux tenta d'évaluer la qualité du silence et le trouva lourd de reproches.

8

Charentonneau, Maisons-Alfort

Léonie portait Ida avec difficulté. La petite se tortillait entre ses bras comme un asticot. Ben n'eut pas le temps de sonner, sa mère ouvrait déjà. À croire qu'elle les attendait en embuscade derrière la porte. Le visage d'Ida s'illumina. On venait d'appuyer sur son interrupteur du bonheur. Sylviane ouvrit les bras :

– Idaléh !

La petite se jeta sur elle. Sylviane la couvrit de bisous et repartit vers la cuisine chargée de son précieux trésor. Ben fit mine d'être vexé.

– Et nous, on sent le pâté ?

Sa mère ne l'entendit même pas. Une délicieuse odeur de poulet rôti à l'ail embaumait l'appartement. Déjà Samuel, Nathan et Raphaël, les trois neveux de Ben, couraient vers lui pour qu'il les fasse sauter en l'air.

– Fais l'avion, tonton, fais l'avion !

– Laissez-moi arriver, les monstres.

Il était ravi de cet accueil, aussi immuable que le menu. Les parents Alster recevaient leurs enfants à dîner chaque semaine. Il ne serait venu à l'idée de personne de s'y soustraire. Loin d'être une contrainte, ce rituel familial était un plaisir manifeste pour toute la tribu. Léonie s'en était étonnée au début, chez ses propres parents on ne se serait jamais autorisé une sortie alors qu'il y avait école le lendemain. Elle s'y était faite, touchée par l'amour qui circulait librement dans cette famille. Ben et elle embrassèrent les petits et leurs parents, Juliette et Olivier.

– Papa n'est pas là ? demanda Ben.

– À la cave, répondit sa sœur, je crois qu'il hésite entre deux bouteilles.

La porte d'entrée claqua pile à ce moment-là et Théo rejoignit les siens. Incapable de se décider, il avait remonté les deux.

Le repas se déroula comme chaque semaine dans un joyeux bordel. On interrogea Léonie sur sa première journée au sein de la police et elle fit de son mieux pour refouler les images du masque mortuaire de Neige Thomas. Elle commençait tout juste à toucher du doigt ce qu'une vie de flic implique de mensonges aux proches pour les préserver, ne pas rapporter la merde du monde à la maison.

Les enfants allaient et venaient à leur guise. Ida trottait derrière ses cousins, elle était tout à la fois leur mascotte et leur première groupie. Les tentatives de Ben et Juliette pour insuffler un semblant d'ordre à table étaient systématiquement balayées d'un « Mais fichez-leur la paix » de Sylviane et Théo.

– C'est quand même dingue, s'insurgeait Juliette. Quand on avait leur âge, vous étiez sans arrêt sur notre dos. Et tiens-toi droite, et finis ton assiette, et ne parle pas la bouche pleine. Vous avez fait quoi de tous vos principes ?

– On vous les a transmis, ma chérie, sourit son père. On a fait notre travail, à vous de faire le vôtre. Nous, maintenant, on profite.

Les poulets à l'ail et les pommes de terre rissolées furent dévorés en un clin d'œil. Théo déposa son fameux gâteau au fromage sur la table, marquant le signal pour lancer le choix du film. Nathan apporta plusieurs DVD de Gérard Oury. L'empoignade rituelle pouvait commencer. Le titre hurlé le plus fort remportait la partie. Le combat fut serré entre *La Grande Vadrouille* et *Rabbi Jacob*. Petite mouche du coche, Ida hurla « Cob ! Cob ! » et fit pencher la balance. De toute façon, le clan connaissait les deux films par cœur. Ils débitaient des tranches entières de dialogues à la moindre occasion. Quelqu'un lançait « C'était Farès ? », les autres répondaient en chœur « C'est effarant ». Léonie sourit, se leva et aida à ranger la cuisine. En revenant dans le salon, elle trouva Ida sur le canapé, calée entre Ben et Théo, ses trois cousins affalés sur le tapis à ses pieds. L'image de la félicité familiale.

Une pointe acérée lui transperça le cœur. Elle tangua de surprise, elle n'avait pas vu le coup venir. Elle pensa à Ingrid, qui ne connaîtrait jamais la joie de voir grandir sa fille. Léonie se sentait doublement redevable envers sa sœur. Non seulement elle lui devait aujourd'hui le bonheur d'élever Ida, mais elle lui avait permis autrefois de traverser l'enfance en opposant un bouclier d'amour protecteur à la sécheresse affective de leur mère. Laurence Damanne s'était impliquée dans l'éducation de ses filles comme on se concentre sur un problème à résoudre : avec application mais sans la moindre tendresse. Plus qu'une sœur, Ingrid avait été une mère de substitution pour Léonie. En tout cas jusqu'à ce que leur père adoré décède prématurément d'un cancer. Ensuite, ce poids était devenu trop lourd à porter pour elle. Ingrid n'avait que dix-sept ans mais elle avait fini par quitter le foyer. Léonie, anéantie, ne le lui avait pas pardonné. Il avait fallu la mort d'Ingrid dans des conditions atroces pour qu'elle prenne conscience de tout ce qu'elle devait à son aînée.

Cette dette, Léonie n'aurait pas assez de toute une vie pour la rembourser. Le moins qu'elle pouvait faire, estimait-elle, c'était transmettre à Ida le souvenir de sa maman. C'était facile à dire mais beaucoup plus difficile à mettre en œuvre, Léonie s'en rendait compte dans des instants comme celui-là. Quels moyens avait-elle à sa disposition ? Aucun cousin, aucun rituel de famille. Aucune famille en vérité. Juste elle et ses fantômes.

Deux heures plus tard, elle terminait une petite vaisselle dans son appartement silencieux. Ida et Ben dormaient. Les mains dans l'eau savonneuse, elle tentait de mettre de l'ordre dans le chaos des émotions de la journée. Son portable buzza. À cette heure-ci, ça ne pouvait être que sa mère. Léonie rinça les dernières tétines échouées dans l'évier. Elle s'essuya rapidement les mains et se vautra sur le canapé avec son téléphone.

Elle lut le message : *Ta journée ?*

Laurence Damanne avait été une des meilleures spécialistes de l'histoire médiévale en France. Ses amphis à la fac débordaient d'étudiants qui la traitaient en rock star. Les cours de Damanne étaient les plus prisés du département d'histoire de Paris I. Un an plus tôt, une agression avait mis un terme à sa carrière universitaire. Laurence avait subitement perdu l'usage de la parole. Aucune raison médicale ne permettait d'expliquer ce mutisme. Pour Léonie, c'était une réponse inconsciente au choc de l'agression, mais pas seulement. Le meurtre d'Ingrid avait levé le voile sur toute une partie de la jeunesse de Laurence et révélé des secrets qu'elle avait délibérément cachés à ses deux filles[1]. Léonie était persuadée que l'inconscient de sa mère l'avait réduite au silence pour lui éviter d'avoir à répondre à trop de questions qui fâchent.

Léonie et Laurence avaient appris à communiquer différemment. Elles se voyaient peu et dialoguaient surtout le soir à coups de SMS. Une relation mère-fille à la mode Twitter qui satisfaisait Laurence mais laissait Léonie sur sa faim.

---

1. Voir *Les Liens mortifères*, Albin Michel, 2022.

Léonie pianota sa réponse sur l'écran de son téléphone.

Éprouvante.

Les buzz s'enchaînèrent au rythme des envois et des réceptions de messages.

??

Affaire difficile au boulot.

Tu ne peux rien dire.

C ça. Et toi, ça va ?

Rien de spécial.

Tu as reçu mes vidéos d'Ida ? Elle progresse super bien en langue des signes. Ça avance de ton côté ?

Comment elle va ?

Léonie se fit la réflexion que sa mère avait vite appris à éluder par SMS. Ça ne l'empêcha pas de lui confier ce qui lui pesait sur le cœur :

Elle appelle Ben papa depuis hier.

Et... ?

Léonie soupira avant de taper sa réponse.

On n'est pas ses parents.

Si.

Non.

Sujet sensible apparemment.

Pas du tout. Sujet factuel.

Léonie attendait la suite mais vit s'afficher les petits points clignotants d'un texte en cours de frappe. Finalement, elle lut :

Qu'est-ce qui te gêne le plus ? Qu'Ida appelle Ben papa ou qu'elle ne t'appelle pas maman ?

Le visage de Léonie s'embrasa. Elle tapa un lapidaire *Bonne nuit* et jeta son portable à l'autre bout du canapé. Action-réaction. L'estomac encore lesté du dîner, elle se dirigea vers le frigo en pilote automatique. Une demi-boîte de thon à l'huile était recouverte de film alimentaire. Elle l'étala sur une tranche de brioche vendéenne en prenant garde à récupérer toute l'huile. L'ensemble formait une tartine épaisse et spongieuse, vaguement sucrée-salée. Elle l'engloutit jusqu'à la dernière miette et la fit descendre avec deux yaourts. Une cigarette fumée sur le balcon par-dessus. La panse pleine et le cœur lourd, elle se brossa les dents et gagna son lit en espérant que Ben dormait du sommeil du juste.

Daumesnil, Paris 12e

Arthur se sentait seul à crever. Où qu'il pose les yeux, il voyait Neige. Elle était dans le roman laissé ouvert sur l'accoudoir du fauteuil, dans les bocaux de tisane alignés au-dessus du frigo. Sa relation avec elle l'avait profondément transformé. Neige l'avait réconcilié avec l'amour, avec les femmes en général et pour finir avec lui-même.

La mère d'Arthur avait été l'étudiante de son père avant d'être sa maîtresse. Devenir parents ne faisait absolument pas partie de leurs plans ; lui était marié et elle avait une vie à construire avant de penser à la maternité. Mais Arthur était arrivé, transformant une aventure transgressive en accumulation de contraintes et de rancœurs. Il vivait seul avec sa mère et ne voyait son père que de loin en loin. Façonnée dans l'absence, l'image de ce père était parée de toutes les qualités aux yeux d'Arthur. L'enfant luttait intérieurement contre la litanie des récriminations de sa mère à l'encontre de son ancien amant. Le garçon, bien évidemment, attribuait l'absence de son père aux humeurs de sa mère. Si elle avait su se montrer plus aimable, nul doute qu'il aurait vu son papa plus souvent. Il lui en avait voulu. Il lui en voulait encore. Son ressentiment avait progressivement rejailli sur l'ensemble de la gent féminine. Jusqu'à Neige.

Devenu jeune homme, il avait vécu quelques histoires avec

des filles, mais rien qui ait comblé son angoisse, cette profonde insécurité affective. Puis Neige était entrée dans sa vie. Sa bienveillance, son honnêteté l'avaient totalement retourné. Maintenant elle était morte et c'était comme si elle lui avait fait croire en l'amour pour mieux l'en priver. Arthur ne pouvait pas s'empêcher d'y voir une forme d'abandon. Privé d'elle comme il avait été autrefois privé de son père, il redevenait ce petit garçon écrasé par un vide immense à la place du cœur.

Une migraine pointait, ce vieil ennemi de l'intérieur. Ça commençait toujours par une veine qui palpitait sur sa paupière droite. Arthur pressa doucement dessus, sans effet. Il sentait la pulsation sous ses doigts. Pom-pom, pom-pom. Il se leva et trébucha sur Colchique. Le chien s'était endormi à ses pieds. D'un bond, la bête fut sur ses pattes et recommença sa ronde infernale. Elle parcourait l'appartement en tous sens, cherchant les marqueurs olfactifs de sa maîtresse. Elle s'arrêtait devant un pull ou une serviette de toilette, y plongeait la truffe et se mettait à pleurer. De véritables sanglots, à voir le chagrin de cette pauvre bête, vous en veniez à douter du vôtre. Aucune caresse, aucun jeu ne détournait l'animal de sa peine.

Pom-pom, pom-pom, faisait la paupière. La migraine montait. Arthur savait quoi faire pour la court-circuiter, mais il hésitait. Il disposait d'une solution que lui avait transmise son père et qui l'avait toujours apaisé. Avant chaque utilisation, la même peur le saisissait pourtant. Et si son effet s'estompait ? Comme ces médicaments auxquels l'organisme s'habitue et qui ne combattent plus l'infection. Et si, cette fois, ça ne marchait pas ? Cette angoisse intensifiait la migraine, c'était toujours la même histoire.

Arthur se balançait d'un pied sur l'autre. Y aller, résister… Il céda finalement, il cédait toujours. L'étagère du haut de son dressing était équipée d'un double fond à ouverture magnétique.

Il grimpa sur une chaise et ouvrit la petite trappe, plongea sa main dans la cache et en sortit une pochette en cuir élimée de la taille d'une trousse d'écolier. Les battements de son cœur ralentirent instantanément, la pulsation de sa paupière se calma. Arthur serra la pochette contre son cœur et ferma les yeux. De tout son être, il envoya un « merci » muet à son père.

9

Jeudi 18 juin

Halle Pajol, Paris 18e

Hélène Pasquier était arrivée avec une bonne demi-heure d'avance pour préparer la fête de la Maison des associations. Un à un, salariés et bénévoles étoffèrent les rangs de la petite troupe qui s'activait entre deux pauses clope sur le trottoir. On tendait les nappes en papier sur les tables, on alignait les bouteilles de jus de fruit et les gobelets en carton dans une effervescence de kermesse. Hélène était heureuse d'aider aux préparatifs, ça lui donnait comme un avant-goût de la fête. La tête lui tournait même un peu, elle n'avait pas l'habitude de côtoyer autant de monde.

Quand l'heure de la retraite avait sonné, elle avait poussé la porte de la Maison des associations pour proposer ses services. Elle était disponible, volontaire et désireuse d'aider. Elle n'avait posé qu'une condition : aucun contact avec les enfants. Cela excluait bon nombre d'actions bénévoles, mais pas les cours du soir. Depuis trois ans maintenant, elle dispensait des cours d'alphabétisation aux adultes immigrés du quartier. Des femmes essentiellement. Hélène adorait ces heures volées à la solitude. Elle se sentait utile et ça n'avait pas de prix.

Les bénévoles l'incluaient naturellement dans leurs conversations, ils souriaient et blaguaient avec elle sans se rendre compte du cadeau qu'ils lui faisaient. À leurs yeux, Hélène était des leurs. Ils la trouvaient même carrément cool avec sa longue crinière de cheveux blancs et sa silhouette maigre qui lui donnaient un faux air de Patti Smith. Les plus jeunes espéraient sans doute lui ressembler quand ils auraient son âge. Ces démonstrations de camaraderie diffusaient une chaleur bienfaisante dans le cœur d'Hélène. Elle aurait voulu la stocker pour plus tard, comme on congèle du basilic frais avec de l'huile d'olive dans des bacs à glaçons. Elle restait sur la réserve, pourtant. Dans quelques heures, l'endroit grouillerait d'enfants et elle devrait trouver le moyen de s'éclipser discrètement. Les enfants étaient son talon d'Achille, elle ne supportait pas de se trouver à proximité.

Hélène n'avait jamais été très stable affectivement. Elle tombait amoureuse comme on attrape un rhume et elle avait été souvent malade. Elle aimait trop et mal, mais elle avait des excuses. Ces choses-là s'apprennent, or, enfant, on l'avait mal aimée. Elle s'était découverte enceinte de la pire des façons à quarante ans bien sonnés. Pas moyen d'avorter. Pas moyen non plus de savoir qui était le père. Magali était née, et Hélène avait dû assumer. Elle avait fait de son mieux, toujours entre deux petits boulots et deux histoires d'amour foireuses. En 1989, la petite avait quatre ans. Elle jouait dans la cour de leur pavillon, et puis plus rien. Elle s'était volatilisée. Envolée. Son corps n'avait jamais été retrouvé. La France était déjà hantée par le meurtre d'un petit garçon dans une rivière des Vosges quelques années plus tôt. Sa photo ouvrait presque tous les journaux télé du soir. La « petite Magali » avait rejoint le « petit Grégory » dans la grande lessiveuse médiatique. Les deux enfants martyrs avaient partagé l'affiche. Jusqu'à la nausée. Pull gris sur boucles brunes pour lui, salopette rose et queue-de-cheval blonde pour elle. Sur les deux portraits, un même sourire confiant. Hélène entendait encore les poings des journalistes tambouriner sur sa porte dans ses cauchemars. Rétrospectivement, on daterait de cette période le déclin des prénoms en « i ». Sur les bracelets de naissance des maternités, sur les portemanteaux des crèches, les Mélanie et les Anthony avaient cédé la place aux Léa et aux Hugo. Autant ne pas tenter le diable.

Hélène était restée seule avec son deuil impossible, le cœur ouvert en deux. Elle n'était pas du genre à demander de l'aide (de quel droit, déjà, et de toute façon elle n'aurait pas su vers qui se tourner). Mais aider les autres, ça oui, elle voulait bien. Les cours d'alphabétisation à la Maison des associations lui permettaient de se sentir utile sans être dans l'œil du cyclone. Agir sans être plainte ou prise en pitié. Elle avait appris à négocier avec sa douleur. C'était comme un jokari mortifère. Elle était la raquette et Magali la balle. Mère et fille étaient toujours reliées l'une à l'autre, elles le seraient jusqu'à la fin. Simplement, il avait fallu à Hélène des décennies pour donner la bonne tension à l'élastique.

Bastion, Paris 17e

Fennetaux fit son entrée au Bastion et fut immédiatement assaillie par l'atmosphère pesante du lieu. Tizi lui servit un café sans même qu'elle ait à le lui demander.

– Qu'est-ce qui se passe ? finit-elle par demander.

– On t'attendait, dit simplement Sissoko.

Il avait le regard plus grave que d'ordinaire. Fennetaux écarta les mains pour signifier qu'elle était là. Peut-être pas au meilleur de sa forme, mais tout ouïe. Le capitaine échangea un regard bref avec les membres de son équipe. Quoi qu'il ait à dire, ça avait du mal à sortir. À y regarder de plus près, Fennetaux remarqua que Tizi et Océane faisaient des têtes d'enterrement. Même Léonie avait l'air un peu éteinte.

– Vous me faites peur, lâcha la commandante.

Sissoko lui désigna son fauteuil.

– Tu ne veux pas t'asseoir ?

Elle obéit alors que son sang circulait plus rapidement dans ses veines. Que se passait-il, bordel ?

– Le labo a appelé il y a une heure. Ils ont un match sur l'ADN de Neige Thomas. On a sa véritable identité.

– C'est super, on va pouvoir avancer.

Sissoko baissa les yeux. Apparemment, ça n'était pas super. Une tristesse infinie dans la voix, il finit par lâcher :

– C'est Magali Pasquier.

Fennetaux faillit s'étrangler avec son café.

– Qu'est-ce que tu racontes, elle est morte à quatre ans, Magali Pasquier !

– Elle a *disparu* quand elle avait quatre ans. On n'a jamais retrouvé son corps.

– Magali Pasquier ? Magali Pasquier était vivante hier ?

Sissoko acquiesça douloureusement.

– J'ai peur que ça ne soit pas ce que les médias retiennent.

– Qu'est-ce que tu veux dire ?

– Le prenez pas mal, cheffe, intervint Océane, mais ça fait une heure qu'on vous attend et qu'on imagine les gros titres. Perso, mon préféré c'est : « Nouvelle bavure policière : la petite Magali est retrouvée trente ans après sa disparition, elle meurt au cours d'une audition ».

Fennetaux fut prise d'un vertige.

10

Dordogne, printemps 1944

Avril était si doux après les rigueurs de l'hiver, l'air était si pur que l'espace d'un instant on arrivait à oublier la guerre. Ça ne durait jamais. Le réel, implacable, revenait en boomerang. La Dordogne, ce printemps, était pulsive, éruptive. Collabos et résistants savaient l'issue toute proche. Qu'on l'attende ou qu'on le redoute, le débarquement était dans tous les esprits. Depuis la fin 43, l'issue du conflit ne faisait plus guère de doute. Cette perspective ne calmait pas les ardeurs des deux camps. Au contraire, elle exacerbait leur combativité. Dans cette atmosphère de fuite en avant, la majorité silencieuse s'efforçait de tenir sans faire de vagues. Ce n'était pas le moment d'énerver un milicien jusqu'au-boutiste, ni un maquisard de la dernière heure.

En instaurant le Service du travail obligatoire, les nazis avaient contribué malgré eux au basculement de milliers de jeunes hommes dans la clandestinité. Paysans, artisans et ouvriers, une part significative de la jeunesse préférait rejoindre le maquis plutôt que partir travailler en Allemagne.

André Dumaillet avait suivi le mouvement. Contrairement aux camarades de son âge, il disposait de solides notions de combat.

Son père avait pu le former pendant près de trois ans. À dix-huit ans, il assumait même des fonctions d'encadrement. Car les aînés faisaient défaut dans l'armée des ombres. Beaucoup étaient morts ou, comme Robert Dumaillet, avaient été envoyés à Londres auprès du général de Gaulle. Dans ces conditions, une grande partie du travail de Dédé consistait à contenir l'impétuosité des jeunes recrues.

Paul aurait tout donné pour le suivre au maquis. Il devait se contenter de livrer des colis de nourriture certaines nuits dans un champ. On lui avait interdit d'attendre qu'ils soient récupérés. Il ne devait voir personne, et surtout ne pas être vu. Marie était inflexible, sa placc était à l'école. À la fin de l'année, il aurait douze ans sur ses papiers (quatorze en réalité) et passerait son certificat d'études primaires. Marie lui avait demandé d'échouer à l'examen. Ça lui ferait gagner une année de scolarité supplémentaire, après on verrait bien. Elle pouvait assumer que son propre fils prenne des risques, pas Paul. Elle ne connaissait pas ses parents, mais avait pris envers eux l'engagement de le garder en vie. Témoin de l'héroïsme quotidien des Dumaillet, Paul se sentait affreusement inutile.

Quand il n'était pas en cours, il consacrait tout son temps aux travaux de la ferme. Marie se démenait pour pallier l'absence de son mari et de son fils, il voulait faire sa part et ne ménageait pas ses efforts. Le travail physique présentait en outre l'avantage de débrancher son cerveau. À la traite ou aux foins, il ne pensait ni à ses parents dont il était sans nouvelles depuis bientôt quatre ans, ni à sa terreur de voir ressurgir le roman de la bibliothèque porteur de son vrai patronyme.

Il n'avait parlé à personne des lingots des Anglais dans le gouffre, se soumettant au chantage de son agresseur. Ce silence, nécessaire pour protéger les Dumaillet, le faisait se sentir sale et faible. En un mot, lâche. Alors il redoublait d'ardeur, mais même son implication au travail lui semblait entachée d'arrière-pensées. Paul était piégé par son secret.

Le lingot infamant que lui avait laissé son agresseur le hantait. Il l'avait caché sous un vieil abreuvoir remisé dans la grange. Il aurait aimé l'oublier, faire comme si son agression et les lourdes menaces qu'elle charriait n'avaient pas existé. Autant s'interdire de penser à un éléphant rose. Dès que l'école ou la ferme lui laissaient un moment de répit, son esprit fiévreux lui faisait revivre la scène encore et encore. Il sentait la fraîcheur humide du gouffre sur sa peau, entendait la goutte d'eau tomber dans l'amphithéâtre. Le dégoût lui serrait alors les tripes et il fallait qu'il retourne au vieil abreuvoir pour s'assurer que le lingot était bien dans sa cachette. Que personne ne l'avait découvert, révélant sa duplicité du même coup. Il y était, bien sûr. Le lingot était la croix de Paul, son étoile jaune, il incarnait la somme de toutes ses peurs. Seule son amitié avec Suzanne et Colette empêchait le garçon de devenir fou.

Les trois jeunes gens se retrouvaient le matin avant le début des cours pour grappiller un quart d'heure de tranquillité. Souvent, Colette apportait une madeleine volée dans l'épicerie paternelle. À l'ersatz de sucre et de farine, mais une madeleine tout de même. Elle la partageait en trois et ils engloutissaient leur bouchée avec délice. Les pénuries ici étaient moins terribles qu'à la ville ; il n'empêche, ils avaient tout le temps faim. Ces petits larcins faisaient la fierté de Colette. La jeune fille vivait mal la prospérité démonstrative de ses parents quand tant de familles souffraient. Elle ne subtilisait pas que des pâtisseries d'ailleurs, et piochait aussi allègrement dans leur bibliothèque.

Ils possédaient la plus abondante du village. Sa mère avait mis en place un arrangement avec un libraire de Limoges qui lui envoyait régulièrement un assortiment de ses meilleures ventes. Elle n'en lisait jamais aucun, mais trouvait que ça faisait chic. Colette avait décidé de faire profiter ses deux amis de ce snobisme. Ils se passaient les livres à tour de rôle. Ils lisaient Giono et Aragon, *Les Thibault* de Roger Martin du Gard et les romans policiers de Georges Simenon. Leurs lectures communes donnaient lieu à d'infinies discussions.

Paul adorait ces échanges. Il se surprenait parfois à exagérer un désaccord pour faire durer leurs joutes verbales. En rapportant *Ravage* de René Barjavel ce matin-là, il s'était préparé à une discussion enflammée sur la science-fiction. Il savait que ni Suzanne ni Colette n'avaient aimé, lui avait a-do-ré. Mais Colette avait l'esprit ailleurs.

– Tu ne m'écoutes pas, constata Paul, déçu.

Colette soupira. Un long soupir maussade, et avoua :

– C'est ma mère…

– Qu'est-ce qu'elle a ? demanda Suzanne. Elle est malade ?

– Je ne sais pas, mais j'ai l'impression que c'est grave. Hier elle a disparu pendant des heures, sans dire où elle était. Et je l'ai entendue tourner en rond toute la nuit dans la cuisine.

– Tu as essayé de lui parler ? demanda Paul.

– Ce matin. Elle m'a renvoyée dans ma chambre en me disant que ça ne me concernait pas, que c'était des affaires de femmes.

Le menton de Colette se mit à trembler. Paul et Suzanne ne comprenaient pas bien si elle avait peur *de* sa mère ou *pour* elle, toujours est-il qu'elle était rongée par l'inquiétude. Les secrets, dans la France occupée, se payaient au prix fort et Colette le savait. Paul lui prit les mains et accrocha son regard.

– Je ne sais pas ce que c'est, les affaires de femmes, mais en ce moment c'est sûrement moins dangereux que les affaires d'hommes.

– Tu as peut-être raison.

– Bien sûr qu'il a raison, surenchérit Suzanne.

Elle pensait à son frère et son père qui couraient des dangers autrement plus tangibles. Des dangers dont Colette n'avait pas la moindre idée. On savait les Dumaillet patriotes au village, mais leur engagement dans la Résistance était secret.

Le trio, inséparable, devait son existence à Paul. Suzanne et Colette s'adressaient à peine la parole avant son arrivée à la ferme. Le garçon avait été le trait d'union entre elles. L'intérêt qu'il portait à Colette l'avait légitimée aux yeux de Suzanne. Dans le même temps, la proximité de Paul avec Suzanne avait fait descendre un peu celle-ci des hauteurs célestes où Colette l'avait toujours placée. On pourrait s'étonner qu'une fille de notables soit à ce point impressionnée par la fille de petits fermiers, mais Suzanne faisait le même effet à tout le monde. Son charisme rayonnait sur toute l'école. Seul Paul, le soir, avait accès à ses fragilités.

Son père et son frère manquaient terriblement à la jeune fille. Son frère surtout, André avait toujours été son meilleur ami. Par égard pour sa mère qui s'interdisait de se plaindre, Suzanne taisait ses angoisses. Elle les évacuait la nuit en pleurant. Paul dormait dans la même chambre. Une nuit où les larmes de Suzanne redoublaient, pris d'une impulsion, il se mit à lui parler doucement d'André. Il convoqua leurs souvenirs communs, rappela à quel point André était malin, agile et courageux. Cette évocation fit du bien à Suzanne, qui sécha ses larmes et s'endormit. Paul en conçut une joie immense. Enfin il faisait quelque chose de bien. Une toute petite chose, dérisoire, mais Suzanne dormait. La nuit suivante, il recommença. Puis celle d'après. Et celle d'encore après.

Nuit après nuit, Paul racontait André à Suzanne, il le faisait vivre en grand dans leur chambre et c'était comme si le lit d'André entre eux n'était plus vide, comme si ce grand frère adoré était rentré du maquis et racontait ses hauts faits. Suzanne se glissait près de Paul pour qu'il chuchote à son oreille. Elle lui prenait la main, embarquée dans ses histoires. Mais le stock de souvenirs de Paul était mince, le garçon en fit vite le tour.

Du souvenir, il glissa vers l'évocation. Il piochait dans ses lectures, mobilisait son imagination. Il prêtait à André mille et une aventures plus rocambolesques les unes que les autres. André faisait sauter un poste de liaison boche, André libérait des camarades soumis à la torture. Toujours seul, et avec panache. Non seulement ces récits rendaient un frère à sa sœur, mais ils rendaient aussi un peu de sa fierté à Paul. À travers la figure mythifiée d'André, le garçon donnait vie au maquisard qu'il aurait rêvé être. Galvanisés par leurs nuits héroïques, Paul et Suzanne avaient de plus en plus de mal à supporter les journées faites de privations et de contraintes.

Une nuit d'avril, le récit de Paul fut interrompu par des coups sourds à la fenêtre. Paul et Suzanne descendirent dans la cuisine. Marie se tenait devant la porte, plus blanche que sa longue chemise de nuit. Deux maquisards portaient André évanoui. Le bas de son corps était en charpie.

11

Bastion, Paris 17ᵉ

Sur le tableau d'enquête, une fillette en salopette rose vous fixait de ses grands yeux bleus. Magali Pasquier. On l'avait vue si souvent, cette photo. On avait grandi avec. La voir affichée là vous ramenait brutalement trente ans en arrière. Tizi avait fait une demande officielle pour récupérer l'intégralité de la procédure sur la disparition de l'enfant depuis 1989. Cette enquête, comme une centaine d'autres cold cases à travers la France, avait été sélectionnée par l'OCRVP. Le nouvel office central refusait catégoriquement de transmettre les archives. Ça n'augurait rien de bon sur la négociation de Fennetaux dans le bureau du taulier.

L'OCRVP était composé de super-flics chargés de reprendre des affaires de meurtres et de disparitions non élucidées. Ces affaires maudites de femmes et de gamins évaporés dans la nature, ou retrouvés lardés de coups de couteau, culotte baissée, le long d'une départementale. Dans tout le pays des gendarmes et des policiers ne dormaient pas la nuit, hantés par les fantômes de ces victimes dont les meurtres étaient restés sans réponse. Dix ans, vingt ans, trente ans après les faits, les cracks de l'OCRVP reprenaient ces enquêtes et les passaient au tamis de leur expertise et des nouveaux outils d'investigation. Leur tableau de chasse était impressionnant. Ils représentaient l'aristocratie de la police judiciaire. S'opposer à eux était aussi vain que ridicule (chaque animal est censé connaître sa place au sein de la chaîne alimentaire). C'est pourtant ce qu'était en train de faire Fennetaux avec ses petits poings, et l'équipe se demandait si le respect que lui portait le taulier suffirait à peser dans la balance.

La commandante finit par les rejoindre, un pâle sourire aux lèvres.

– C'est bon, mes petites cailles. C'était chaud patate, mais j'ai eu gain de cause.

Tizi rougit de satisfaction. Océane cria un « Yes ! » victorieux tandis que Sissoko levait un sourcil appréciateur. Léonie observait ces réactions pour décrypter la personnalité de ses nouveaux collègues.

Fennetaux se laissa tomber sur le fauteuil de Sissoko et fit face à son équipe.

– Par contre, c'est pas pour nous mettre la pression, mais on va devoir être bons. L'OCRVP est sur l'affaire depuis un an et demi. C'est une ancienne du SRPJ de Versailles qui s'en occupait, la commissaire Maxine Noiriel. Pas partageuse. Elle s'est bien battue, mais elle a perdu. Elle est furax.

– Jamais entendu parler, lâcha Océane avec dédain.

– Je peux te dire qu'elle nous a dans le collimateur, maintenant. Le taulier a posé deux conditions pour qu'on garde l'enquête. Un, on lui apporte une avancée substantielle avant la fin de la semaine. Deux, on garantit le silence absolu sur toute l'histoire jusqu'à sa résolution. Secret-défense, personne ne doit savoir que notre victime est la « petite Magali ».

– Même pas ses parents ? s'insurgea Léonie, choquée.

– J'étais sûre que tu réagirais comme ça, sourit Fennetaux.

Sa mère, oui, c'est la seule exception. À nous de nous assurer qu'elle n'ira pas en parler à la presse ni à qui que ce soit.

– Et son père ?

– Magali Pasquier est née de père inconnu. Noiriel a réussi à l'identifier l'année dernière par des recoupements ADN qu'on ne pouvait pas faire en 89. Le type était à Fleury-Mérogis à l'époque. Il n'a jamais eu aucun lien avec sa fille, a priori il n'est même pas au courant de son existence donc c'est pas un sujet.

– Son compagnon, en revanche, si, souligna Tizi. Arthur Ravel est journaliste, je vous rappelle…

– Je sais. Personne n'a dit que ce serait facile.

– Vous voulez la jouer comment, cheffe ?

– On repart de l'enquête de 89. Si Magali était toujours en vie jusqu'à hier, c'est qu'elle n'était plus entre les mains de son ravisseur. A priori depuis au moins un an, puisque c'est à ce moment-là qu'elle a intégré la fondation Lalande. Comment elle lui a échappé ? Depuis combien de temps ? Comment lui l'a retrouvée ? Je n'en ai pas la moindre idée. À nous de fournir les réponses.

– Pour toi, le meurtrier de Magali hier et son ravisseur il y a trente ans sont une seule et même personne ? demanda Sissoko.

– Ça me semble l'hypothèse la plus probable. Pas toi ? Elle s'est enfuie, il l'a punie.

– Logique, concéda Tizi. Pour un pervers, je veux dire. Logique de pervers. S'il avait une petite trentaine en 89, ça lui ferait autour de soixante ans aujourd'hui. C'est jouable.

Océane opina du chef.

– Vous verriez les papys dans ma salle de sport. Soixante ans, c'est le nouveau quarante. Sans compter que ces tarés opèrent en réseau. Ils ont leurs amicales sur le darknet. Peut-être que le ravisseur de Magali a envoyé quelqu'un pour la punir de lui avoir filé entre les doigts.

Léonie écoutait les uns et les autres sans intervenir.

– Qu'est-ce que tu en penses ? demanda Fennetaux.

La psy prit quelques instants pour organiser ses idées. Habituée à la solitude de son cabinet, elle n'avait pas la culture de ces briefs où la pensée rebondit d'un enquêteur à l'autre, où chacun se jette dans le bain pour faire avancer la réflexion collective.

– Vous avez l'air de privilégier la piste du prédateur sexuel et j'avoue que je ne comprends pas pourquoi. Les femmes au foyer et les petites mamies sont tout aussi dangereuses qu'eux.

– Statistiquement, certainement pas, lâcha Océane.

– Pardon, mais quelles étaient les probabilités pour qu'une enfant disparue il y a plus de trente ans réapparaisse et vienne mourir sous nos yeux ? Statistiquement, je veux dire…

Océane lui lança un regard noir. Léonie l'ignora et poursuivit :

– Pour moi, l'élément le plus saillant dans cette affaire n'est pas que Magali Pasquier soit morte hier, c'est qu'elle était toujours vivante. Vivante, mais cachée. Elle a vécu sous les radars pendant plus de trente ans alors que tous les commissariats de France, tous les postes frontière, tous les fichiers d'Europol actualisent sa photo dans l'espoir de l'identifier. Ça veut dire plein de choses sur elle et sur ses aptitudes à se fondre dans la masse, mais ça nous dit aussi des choses sur son ravisseur.

– Comme quoi ? demanda Tizi.

– Comme le fait qu'il ne s'est pas débarrassé d'elle après l'avoir enlevée et probablement violée. Il l'a maintenue en vie. Je ne sais pas si vous êtes familiers du concept d'initiation traumatique.

– Clairement pas, siffla Océane.

– Quand une victime se retrouve entre les mains d'un prédateur, elle peut être amenée à embrasser ses fantasmes et ses délires. Pas par adhésion, juste par instinct de survie. Les médias appellent ça le syndrome de Stockholm.

– Mais fallait que tu balances un mot savant pour qu'on se sente incultes.

– Non, répondit Léonie calmement. Il fallait que j'emploie le terme exact parce que c'est ce qui me permet d'être claire. Comme quand tu dis « audition » et pas « interrogatoire ».

Océane haussa les épaules et contre-attaqua :

– Elle est abjecte, ta théorie. Tu imagines sincèrement que Magali était une prédatrice ? Qu'elle enlevait des enfants depuis trente piges pour faire plaisir à son bourreau ?

Fennetaux posa une main sur son bras pour la faire taire.

– Elle a raison, chaton. Et si Magali a fait des victimes, on ne peut pas écarter l'hypothèse qu'elle ait été tuée par la mère ou le frère de l'une d'entre elles. On doit tout envisager.

– Ça va, j'ai vu assez de saletés depuis que je bosse pour pas me faire de films sur la nature humaine. Mais là, on parle d'une enfant de quatre ans !

– Donc d'autant plus perméable aux fantasmes de son ravisseur, repartit Léonie. Magali ne l'a pas dénoncé alors qu'elle aurait pu le faire, a minima depuis un an. Ça ne t'interroge pas ? Moi, si.

Fennetaux acquiesça avec gravité.

– Autre chose que tu voudrais partager avec le groupe ?

– Cannibalisme, torture, n'hésite pas, railla Océane.

Léonie ignora la saillie et s'efforça de formuler ses pensées. Elle avait la désagréable impression de repasser l'oral du bac.

– Je pense qu'on doit garder en tête qu'il n'y a pas que les prédateurs sexuels qui peuvent vouloir s'approprier un enfant. Il y a des femmes qui ont perdu le leur, ou qui ne peuvent pas en avoir. D'un autre côté, Neige… enfin Magali a dit à son compagnon qu'elle avait des frères et sœurs, donc je ne sais pas. Son enlèvement pourrait être lié à des jalousies intrafamiliales aussi. La figure de l'enfant est un écran sur lequel les adultes projettent toutes sortes de fantasmes, pas uniquement des fantasmes sexuels… Il suffit de pas grand-chose pour transformer un enfant en objet de convoitise.

– Donc il faut se demander qui a pu convoiter Magali quand elle avait quatre ans et pourquoi, synthétisa Tizi. C'est bien ça ?

Léonie acquiesça. La voix grave de Sissoko retentit :

– On convoite ce qu'on a sous les yeux.

– *Le Silence des agneaux*, s'écria Océane du tac au tac en appuyant sur un buzzer imaginaire. J'adore ce film !

Sissoko acquiesça.

– OK, trancha Fennetaux. Océane, tu gagnes un camembert rose au Trivial Pursuit de la vie. Je suis d'accord avec Léonie, il faut qu'on envisage plusieurs pistes en parallèle. Tizi, essaye d'en savoir un maximum sur l'entourage de Magali Pasquier au moment de sa disparition. Famille, école, camarades, voisinage, tout ce que tu peux trouver.

Tizi prenait des notes dans un petit carnet à spirale en forme de bretzel. Un cadeau de ses sœurs, à n'en pas douter. C'était si incongru dans leur environnement de travail, on avait envie de lui donner un bon point de conduite. Fennetaux poursuivit son énumération :

– Magali a prononcé deux lettres avant de mourir : A et P. Ça peut être un code pour désigner un lieu, un objet, n'importe quoi, en tout cas c'est la dernière chose qu'elle a dite et elle l'a répété plusieurs fois. Vois ce que tu peux trouver là-dessus. Océane, Maxine Noiriel de l'OCRVP est une vraie lionne, vous devriez vous entendre. Elle a dix-huit mois d'avance sur nous dans ce dossier. Elle nous en veut à mort, mais à cœur vaillant rien n'est impossible. Va la voir. Si tu arrives à l'amadouer, elle te filera peut-être ses tuyaux. Je te préviens, elle mord. Léonie, j'aimerais que tu te charges de la mère de Magali. Ça va être un gros choc pour elle mais je compte sur toi, elle ne doit en parler à personne.

Les missions étaient réparties. Chacun s'ébroua et se mit au travail. Tizi partit en chasse des derniers cartons d'archives de l'enquête de 89. Océane sortit récupérer une voiture de service, Léonie s'engouffra dans le métro. Resté seul avec Fennetaux, Sissoko se demandait ce qu'elle attendait de lui. La connaissant, elle avait épargné les plus jeunes, dont il ne faisait plus partie.

Fondation Lalande, Paris 17ᵉ

Les résidents qui l'avaient connue ne s'y trompaient pas : il pesait sur la fondation Lalande une ambiance qui rappelait celle de l'Occupation. La vie quotidienne suivait son cours comme si de rien n'était. Pourtant la mort de Neige planait sur tous les esprits. Elle était l'immense croix gammée qu'on prétendait ne pas voir au fronton de l'Assemblée nationale, les blindés de SS dont on détournait pudiquement les yeux sur les Champs-Élysées. Des questions effrayantes hantaient les esprits : et si le meurtrier de Neige rôdait toujours parmi eux ? Et s'il n'avait pas terminé son office ? Malgré tout il fallait se tenir, alors on se tenait. On prenait sur soi. Chacun vaquait à ses affaires en étouffant ses angoisses sous un twin-set pastel ou un blazer croisé.

Dans le petit salon dit « Empire » à cause de ses colonnes néoclassiques, Colette Grault assistait à un atelier de composition florale. Aucune activité ne lui avait jamais paru plus inepte. Elle aurait préféré traîner son chagrin en robe de chambre dans son studio mais, comme tout le monde, elle s'efforçait de faire bonne figure. Cinq dames étaient réunies avec elle devant des brassées de fleurs fraîches. Anne-Cécile, quatre-vingt-sept ans, expliquait photos à l'appui comment reproduire son bouquet de mariée. L'occasion idéale pour évoquer Philippe, inspecteur des finances, et rappeler une fois encore qu'il avait fini sa carrière TPG (sans préciser la signification de l'acronyme, on était entre personnes censées connaître les rouages de la haute administration). En face d'Anne-Cécile se trouvait Emmanuelle, dont le mari Alain avait repris la gestion des affaires familiales. Agnès quant à elle avait épousé Daniel, propriétaire de plusieurs cliniques sur la Côte d'Azur.

Colette pouvait citer les prénoms des époux de pratiquement chaque veuve de Lalande. Certains étaient morts depuis des décennies, d'autres depuis quelques mois à peine. Ces mariages n'avaient pas tous été heureux, tant s'en faut. Ces dames avaient fêté leurs quarante ans dans la France de Claude Sautet. Elles étaient les sœurs de Romy Schneider, belles par application, dociles par éducation. Combien de whiskys avaient-elles servis lors de soirées poker interminables ? Combien de cendriers vidés, de conversations subies, un sourire absent aux lèvres ? Beaucoup d'entre elles avaient été trompées avec une flopée de secrétaires. C'était le lot des femmes de leur milieu et de leur époque. Malgré tout, le souvenir de leur époux ne les quittait pas. Où qu'elles aillent, quoi qu'elles fassent, elles portaient leur défunt mari en sautoir. Elles avaient endossé son statut social, son patronyme, jusqu'à son prénom même. Anne-Cécile avait été « Mme Philippe », Emmanuelle, « Mme Alain ». Le pli était pris depuis trop longtemps, la mort n'était pas une raison suffisante pour qu'elles le défroissent à la centrale vapeur. Les fantômes de ces hommes habitaient l'inconscient collectif de la fondation, ils flottaient dans l'air, absents-présents aux côtés de leurs veuves.

Après avoir servi leur famille jusqu'à ce qu'on n'ait plus besoin d'elles, les résidentes formaient ici une petite société, un gynécée où elles s'adonnaient aux plaisirs de leur âge : lecture, dessin, promenades et bavardages. Elles n'avaient plus de comptes à rendre à personne, ni père, ni fils, ni mari. À l'intérieur de l'enceinte grillagée de la fondation, elles étaient véritablement libres pour la première fois de leur vie. Octogénaires, certes, mais libres.

Colette ne venait pas du même monde. Femme de la classe moyenne, elle aurait pu être intimidée par ces dames qui savaient toujours quoi dire, quoi faire et quoi penser. Elle l'avait été au début. Puis elle avait appris à les connaître et à en apprécier certaines avec une sincère affection.

L'assassinat de Neige était venu percuter de plein fouet cette existence de boudoir. Les résidentes affrontaient cette épreuve comme elles avaient affronté toutes les autres : dignement, sans épanchements inutiles. Leur peine n'en était pas moins vive. Composer un bouquet avait le mérite de leur occuper les mains. Une tulipe par-ci, une pivoine par-là, au moins elles étaient ensemble.

– Je peux me joindre à vous ?

Six paires d'yeux se levèrent en même temps. Suzanne se tenait dans l'embrasure de la porte. Elle ne participait jamais aux ateliers et passait la plupart de ses journées à écrire dans son studio. Qu'elle éprouve le besoin d'un peu de compagnie témoignait de son chagrin. Anne-Cécile l'invita à se joindre au groupe. Immédiatement Colette redevint la petite fille intimidée qu'elle était autrefois. Les décennies avaient passé mais Suzanne lui faisait toujours le même effet.

Colette observait Suzanne à la dérobée et se fit la réflexion que, sur ses vieux jours, elle ressemblait de plus en plus à sa mère. Depuis combien de temps n'avait-elle pas pensé à Marie Dumaillet ? Elle l'avait toujours beaucoup appréciée. Elle admirait toute la famille au moins autant qu'elle avait honte de ses propres parents. Leur snobisme, leur cupidité… Dans son souvenir, Marie était une maîtresse femme, honnête et dure au mal. Suzanne avait de qui tenir. La pomme ne tombe jamais loin de l'arbre. Les chats ne font pas des chiens. Incapable de s'arrêter, Colette égrenait les expressions toutes faites avec un sentiment croissant de malaise. Et sa propre fille, dans ce cas ?

Dominique avait encore fait montre de son sale caractère la veille. La façon dont elle avait apostrophé Suzanne devant tout le monde… De qui tenait-elle cette colère qui ne la quittait jamais ? Cette amertume qui avait creusé très tôt deux plis aux coins de ses lèvres. Qu'est-ce que Colette avait fait (ou pas fait), qu'avait-elle raté pour que sa fille porte sur le monde un regard aussi dur ? Colette savait qu'elle était responsable, elle n'avait aucun doute là-dessus. Coupable, forcément coupable, comme disait l'autre. Elle aurait voulu pouvoir revenir en arrière, tout recommencer. Le problème était qu'elle ne savait pas précisément en quoi elle avait péché.

Quai de la Rapée, Paris 12ᵉ

Fennetaux et Sissoko observaient le travail de Manzoni et de son assistant depuis le fond de la salle. Un photographe de l'IJ documentait les différentes étapes de l'autopsie. Il glissait en silence devant eux, derrière eux, entre eux, leur tournait autour dans un curieux ballet qui ne semblait pas les déranger. Le légiste commença par examiner minutieusement le corps intact de Magali Pasquier. Il mesurait, palpait, scrutait chaque parcelle de sa peau. Une fois n'est pas coutume, il s'autorisa une remarque personnelle.

– Pour moi, elle aura toujours quatre ans, murmura-t-il.

– Pour tout le monde, Doc, répondit Fennetaux.

Manzoni acquiesça tristement. Il émit une sorte de grognement pour s'éclaircir la voix et reprit son vieux magnétophone.

– C'est manifeste à l'œil nu, elle était en excellente forme physique. Mince et musclée. Cinquante-huit kilos pour un mètre soixante-seize, ce qui nous donne un IMC de 18,7. Aucune trace de traumatisme récent, mais venez voir.

Les enquêteurs se rapprochèrent. Manzoni manipula le bras

articulé de la lampe quartz pour éclairer les épaules de la victime. Malgré la lividité cadavérique, on distinguait des zones plus blanches sur la peau, qui dessinaient des motifs aléatoires de trois à cinq centimètres. Plusieurs taches claires en grappes étaient visibles sur le torse et le haut des cuisses. Aidé de son assistant, Manzoni retourna le corps afin de dévoiler le dos. Il était constellé des mêmes grappes de taches claires.

– Qu'est-ce que c'est ? Du vitiligo ?

– Malheureusement elle n'a pas eu cette chance. Ce sont des cicatrices de brûlures. Vous voyez comme elles s'étirent toutes de la même façon ? Ça prouve que la croissance a eu lieu après.

– Elle a été brûlée pendant son enfance ? demanda Fennetaux en s'efforçant de maîtriser sa voix.

Manzoni acquiesça.

– Avant ses dix-douze ans je dirais. Et pas qu'un peu. Les traces se juxtaposent, ce qui nous indique que les brûlures étaient répétées.

– Donc on peut imaginer qu'elles étaient intentionnelles, conclut Fennetaux.

– C'est ça.

– Pauvre gosse...

Les enquêteurs reprirent leur place au fond de la salle.

Manzoni prononça la phrase rituelle.

– Je vais inciser.

Le légiste découpa, Fennetaux et Sissoko encaissèrent sans broncher. Certains gestes, certaines... découpes étaient plus pénibles à regarder que d'autres. On pouvait baisser pudiquement les yeux, mais impossible d'échapper aux sons. Le Doc et son assistant alignaient les termes médico-légaux qui demeuraient obscurs à Fennetaux malgré les années. Son cerveau restait hermétique à certaines connaissances. Nul doute que Léonie aurait une théorie intéressante à ce sujet.

Les deux hommes sciaient, écartaient, tranchaient. Ils pesaient et examinaient les pièces détachées qui avaient constitué Magali Pasquier. Viscères et organes furent alignés sur une desserte près du corps. L'examen des organes reproducteurs permit d'établir l'absence de violences sexuelles, en tout cas récentes. Manzoni leur apprit aussi que la victime était nullipare, elle n'avait jamais porté d'enfant.

L'image de ces brûlures sur un petit corps d'enfant hantait l'esprit de Fennetaux. Malgré elle, son cerveau moulinait des hypothèses sur ce que Magali avait pu subir après son enlèvement. Aucune n'était réjouissante. Des brûlures intentionnelles et répétées, c'était peu compatible avec la théorie de Léonie d'un enlèvement perpétré par une femme en mal d'enfant. Et qui, sinon un prédateur sexuel, pouvait prendre le risque d'enlever une fillette en plein jour pour lui faire subir de telles souffrances ?

Quand elle vit Manzoni sortir le cœur de Magali de sa cavité, elle réalisa qu'elle avait perdu le fil de l'autopsie. La desserte s'était enrichie du larynx, de la trachée et des poumons ; elle avait raté tout l'appareil respiratoire. Heureusement, Sissoko veillait au grain. Le légiste observa le cœur sous tous les angles, là encore les signes d'hémorragie étaient patents. Le sang de Magali avait littéralement jailli hors de ses veines, de ses artères et de tous ses capillaires pour se répandre partout où il avait pu. On arrivait au cerveau.

Sur un geste de Manzoni, l'assistant scalpa la victime et activa une petite scie circulaire pour découper la boîte crânienne.

– Ah…

Les enquêteurs se redressèrent imperceptiblement. Manzoni échangea un regard entendu avec son assistant, s'écarta pour permettre au photographe de prendre quelques clichés en gros plan.

– Laissez-moi sortir le cerveau pour être certain… Voilà… voilà !

Il déposa l'organe sur un plateau en inox et se tourna vers les enquêteurs, le plateau entre ses deux mains épaisses. On aurait dit un serveur proposant des petits-fours.

– AVC hémorragique, annonça-t-il. C'est massif, et cohérent avec ce qu'on a pu observer sur l'ensemble des muscles. Le processus de coagulation s'est bloqué, le sang s'est liquéfié et a cherché à s'évacuer par où il pouvait.

– Pour les profanes, ça veut dire quoi ? s'enquit Fennetaux.

– Ça veut dire « poison ». C'est pas une grosse surprise, mais au moins on est sûr. Scientifiquement sûr. Je fais les prélèvements et j'envoie tout au labo.

Sur la route qui les ramenait au Bastion, Sissoko avait pris le volant et la commandante laissait ses pensées dériver. Fennetaux espérait que le labo identifierait rapidement la substance qui avait zombifié Magali Pasquier. Un poison en disait toujours beaucoup sur l'empoisonneur. Elle s'étonnait aussi. D'abord une voiture, puis du poison. Elle n'avait encore jamais vu ces deux modes opératoires associés chez un même meurtrier. C'était vraiment deux salles, deux ambiances, comme si le tueur avait enchaîné *Arsenic et Vieilles Dentelles* après *Fast and Furious*.

Elle croisa le regard insistant de Sissoko et réalisa qu'il était en train de lui parler.

– Pardon, j'étais dans mes pensées, s'excusa-t-elle.

– Je vois ça.

– Qu'est-ce que tu disais ?

– Je repensais à ce que tu disais toi, tout à l'heure. Que, pour tout le monde, Magali Pasquier était restée la « petite Magali », qu'elle avait toujours quatre ans.

– Et… ?

– Je me demandais si c'était le cas pour elle aussi.

– C'est-à-dire ?

– Est-ce que Magali Pasquier savait qu'elle était la « petite Magali » ?

Fennetaux regarda son partenaire. C'était une putain d'excellente question. Neige se savait menacée, traquée, surveillée. Mais savait-elle seulement par qui et pourquoi ? La commandante se demanda ce qui était préférable pour la jeune femme : se souvenir de chacun des sévices endurés depuis sa petite enfance au risque de sombrer dans l'obsession, ou vivre dans une paranoïa totale sans avoir la moindre idée de l'origine du danger.

Manzoni s'était enfermé dans son bureau dès le départ des enquêteurs. Il avait toujours pensé qu'un bon légiste se devait d'abord d'être une bonne personne. Or, ce métier vous rongeait l'âme plus sûrement que l'acide. Il avait un peu tâtonné avant de trouver la méthode qui fonctionnait pour lui. C'était désormais un rituel. Après chaque autopsie, il s'octroyait un quart d'heure de solitude et s'efforçait de se remémorer un souvenir heureux. Autopsie après autopsie, ces souvenirs étaient des petites briques d'humanité qui lui permettaient de muscler son empathie. Avec le temps, il avait bâti une digue de mémoire capable de lutter contre les assauts de l'indifférence. Il procédait par ordre chronologique. Il avait commencé vers vingt-huit ans avec ses premiers souvenirs conscients qui remontaient à ses cinq ou six ans. À bientôt soixante-deux ans, il en était maintenant à se remémorer les événements qui avaient jalonné sa trentaine. Un album des Pink Floyd qu'il avait écouté en boucle tout un hiver, une soirée entre amis particulièrement drôle, la fin d'un roman qui l'avait ravi. Cet exercice de gratitude rétrospective ouvrait ses chakras et lui rappelait que le corps qu'il venait d'autopsier était un tas de souvenirs avant d'être un tas d'organes. Personne à l'IML ne savait au juste ce que Manzoni trafiquait dans son bureau à ces moments-là, mais il était clair pour tout le monde qu'on ne devait jamais le déranger avant qu'il en sorte. Jamais. Sous aucun prétexte. Aussi fut-il outré qu'on ose frapper à sa porte. Le jeune vacataire envoyé au casse-pipe bredouilla qu'il y avait urgence.

Les patients de l'IML étant par définition déjà morts, seuls deux types d'événements pouvaient constituer une urgence : un flic énervé qui tentait de faire remonter son cadavre sur le haut de la pile, ou des proches réagissant mal à la reconnaissance d'un défunt. Apathie, hystérie, perte de connaissance, la douleur pouvait prendre différents visages. Manzoni savait gérer tous ces cas de figure. Ce jour-là pourtant, l'Italien se retrouva totalement désarçonné devant un groupe d'une demi-douzaine de vieux exigeant de voir le corps de Neige Thomas.

Ils étaient chics, très dignes, et parfaitement inflexibles. Une femme en fauteuil roulant visiblement à l'article de la mort menait la délégation. Teint livide et souffle court, elle exposa les revendications du groupe : ils étaient résidents de la fondation Lalande où Neige exerçait comme thanadoula. La victime les avait aidés à apprivoiser leur prochain décès. Parmi les angoisses communément partagées, il y avait la culpabilité du chagrin que leur disparition allait infliger à leurs proches. Or les proches, aujourd'hui, c'étaient eux. Neige avait beaucoup insisté sur l'importance des rituels funéraires pour canaliser le chagrin du deuil. Ravagés par la perte de leur amie, les vieux étaient venus organiser une veillée funèbre. Dans une morgue. En pleine enquête.

Le premier réflexe de Manzoni fut de les envoyer poliment se faire foutre. Son humanisme finit par prendre le dessus. Après une brève délibération intérieure, il accepta de sortir Neige du tiroir frigorifique où il venait de la remettre et accorda au groupe une heure avec la dépouille à condition que personne ne la touche. Et il voulait être présent pendant la cérémonie, après tout il était légalement responsable du corps. Les vieux portaient des vêtements légers adaptés à la douceur de juin, il leur fit apporter des couvertures de survie (hors de question que l'un d'eux lui claque entre les doigts).

C'est ainsi que Manzoni, qui pensait avoir tout vu au cours de sa longue carrière, se retrouva plongé au beau milieu d'une scène surréaliste. Dans une salle carrelée aux plafonniers éteints, des bougies diffusaient une lumière chaude et vacillante. Neige était allongée sur un chariot à roulettes, le corps recouvert d'un drap. Seul son beau visage était apparent, lavé et proprement recousu. Dans la pénombre environnante, les vieux ne voyaient pas les traces de l'autopsie. Un smartphone en haut-parleur diffusait la bande-son d'une forêt. Le brame d'un cerf en automne, le bruit cristallin d'une source s'écoulant sur la roche, une nuée d'oiseaux traversant le ciel. En plus de tout ça, emmenés par la presque morte sur son fauteuil roulant, les vieux formaient une ronde autour de Neige. Une ronde de papillons dorés dont chaque mouvement faisait bruire les couvertures de survie. Un monsieur en costume trois pièces fredonnait à voix basse une comptine de son enfance. Une dame égrenait son chapelet en silence. D'autres ne disaient rien, se contentant de tourner autour du corps en se balançant sur eux-mêmes. Chacun faisait selon ses croyances ou son cœur, pourtant une belle unité se dégageait de la cérémonie. Les endeuillés étaient unis dans l'amour qu'ils avaient porté à cette femme et le chagrin provoqué par sa perte.

Observant la scène, Manzoni se surprit à penser à Blanche-Neige empoisonnée par la sorcière et veillée jalousement par les sept nains dans son cercueil de verre. S'il lui était donné de vivre assez longtemps pour appliquer sa méthode du souvenir heureux à son âge actuel, nul doute pour le légiste que cette journée tiendrait une bonne place dans ses réminiscences.

12

Les Dalles, Bobigny

Léonie attendait Hélène Pasquier au pied de son immeuble. Une grande barre HLM d'une centaine d'appartements. Le va-et-vient devant les différentes entrées disait un voisinage multiculturel et familial. Quelques vieux, des groupes de jeunes et beaucoup d'enfants rentrant bruyamment de l'école avec leur mère. Les hommes d'âge moyen étaient au boulot ou avaient déserté depuis longtemps, en tout cas ils étaient invisibles. Ni un lotissement pavillonnaire calme et propret, ni une cité sordide tenue par les dealers. Un quartier populaire qui se maintenait tant bien que mal au-dessus de la ligne de flottaison de la précarité.

La psy repéra Hélène d'assez loin et fut frappée par sa silhouette androgyne et sa crinière blanche. Peu de septuagénaires laissaient leur chevelure naturelle aussi longue. Elle revenait des courses et ployait sous le poids d'un sac réutilisable Carrefour qui déséquilibrait son corps trop mince.

– Madame Pasquier ?

Hélène se tendit immédiatement. Son corps gardait la mémoire de tous les journalistes qui l'avaient assaillie en bas de chez elle trente ans plus tôt, micro brandi ou, pire, caché.

– Je m'appelle Léonie Damanne, je travaille avec la police judiciaire. Je dois vous parler de votre fille. Ce serait mieux qu'on monte chez vous.

Hélène lui lança un regard suspicieux. Cette fille ébouriffée, boulotte, avec une tache de lait caillé sur l'épaule, une flic ? Léonie farfouilla dans son grand cabas, en extirpa son portefeuille d'où elle sortit sa carte toute neuve. L'affaire lui prit bien trente secondes, elle n'avait pas encore le réflexe. Hélène entra dans l'immeuble sans un mot. Léonie choisit d'y voir une invitation à la suivre.

Dépouillé mais propre, le studio bénéficiait d'une belle luminosité. Léonie s'était préparée à affronter un mausolée à la mémoire de l'enfant disparue. Des photos encadrées de Magali partout, un vieux doudou trônant sur un buffet, ou un collier de nouilles fabriqué à l'école maternelle pour la fête des Mères. Il n'y avait rien de tout ça. Aucune trace de la fillette, et la psy se surprit à respirer un peu plus librement.

Hélène posa son sac de courses dans la cuisine. Elle ne proposa pas à boire à Léonie, ne lui offrit pas de s'asseoir. Elle attendait, passive et résignée. Pas le genre de femme à aimer les circonvolutions, se dit la psy. Elle se résolut à arracher le pansement d'un coup sec :

– Madame Pasquier, je ne vais pas tourner autour du pot. Magali est morte.

Léonie marqua un temps pour laisser son interlocutrice encaisser la nouvelle, mais l'autre la regardait d'un air interrogatif. Elle attendait la suite. Évidemment que sa fille était morte ! Léonie se hâta de préciser :

– Elle est morte hier.

Hélène Pasquier la regarda comme on regarde une échappée de l'asile.

– C'est une blague ?

– Je sais, ça paraît complètement insensé mais j'étais là.

– Vous dites n'importe quoi.

– Magali est morte sous mes yeux. Je suis sincèrement…

– Vous vous trompez ! C'est encore une de ces affabulatrices. Une malheureuse qui se raconte qu'elle est Magali. Je ne sais pas pourquoi elles font ça.

Léonie comprenait le mécanisme à l'œuvre chez cette femme, le déni qui protège, et ça lui fendait le cœur d'avoir à le désamorcer.

– Pas cette fois. La police l'a formellement identifiée avec son ADN.

– Vous êtes folle, la coupa Hélène. Totalement folle ! C'est la commissaire Noiriel qui a repris l'enquête sur Magali. Elle m'aurait appelée, elle m'aurait dit s'il y avait eu quoi que ce soit.

– Elle a été mise au courant ce matin. Je comprends que ce soit difficile à appréhender. Découvrir en même temps que votre fille était vivante et qu'elle vient de mourir.

Hélène Pasquier secouait la tête, tout en elle refusait d'admettre les faits. Léonie estima préférable de ne rien lui cacher.

– On peut s'asseoir ?

– Je préfère rester debout.

– Je comprends. Je dois vous dire autre chose. On a des raisons de croire que Magali a été assassinée.

La femme ne bougeait pas, elle restait figée dans une posture d'incrédulité. Léonie devait la sortir de cette torpeur.

Elle avisa une table de jardin couverte d'une toile cirée. D'autorité, elle s'installa sur une des chaises et invita du regard Hélène à en faire autant. Elle déplia une feuille A4 que Tizi lui avait imprimée. Un portrait de Magali, vieillie par une intelligence artificielle.

– Vous reconnaissez cette image ? La commissaire Noiriel a dû vous la montrer. C'est une projection faite à partir d'une photo de Magali enfant. L'ordinateur a calculé à quoi votre fille aurait pu ressembler autour de la trentaine. Maintenant, regardez.

Léonie plaça son smartphone sur la table. Sur l'écran, un gros plan de Magali allongée sur un chariot à son arrivée à l'IML. La reconstitution informatique et le visage mortuaire étaient identiques. Les yeux d'Hélène Pasquier passaient d'une image à l'autre. Ni sa rétine ni son cerveau ne parvenaient à accepter l'évidence. Elle toisa Léonie et assena, catégorique :

– Ce. N'est. Pas. Ma. Fille.

Léonie se retrouva dehors et fut prise d'un besoin irrépressible de serrer le petit corps potelé d'Ida dans ses bras. Son manque d'elle était physique, la psy en avait des frissons. Elle voulait enfouir sa tête au creux du cou de l'enfant pour sentir son odeur, elle voulait la bercer tendrement et se perdre dans l'innocence de ses yeux bleus. Léonie se dirigea vers le métro en réfléchissant à l'itinéraire. Pour aller à la crèche depuis Bobigny, elle devait prendre la ligne 5 jusqu'à Jaurès, puis la 2 et descendre à Avron. Ça lui prendrait trois bons quarts d'heure. Trois quarts d'heure à essayer de ne pas se laisser submerger par un sentiment d'échec.

Elle se demandait pourquoi Hélène Pasquier s'arc-boutait autant devant les faits. Aussi tragique soit-elle, la vérité mettait un terme à trois décennies de torture mentale, plus de trente ans à imaginer le pire. Maintenant, Hélène savait. Plus exactement elle aurait dû savoir, si Léonie était parvenue à lui faire entendre raison. Une pensée néanmoins la rassurait : il était difficile d'imaginer qu'Hélène divulgue à la presse une nouvelle à laquelle elle refusait de croire.

Un SMS de Fennetaux la sortit de sa rumination. Tizi avait localisé l'adresse du studio que Magali sous-louait sous l'identité de Neige Thomas. Apparemment, la jeune femme l'avait gardé malgré son emménagement chez son compagnon. La commandante l'informait qu'elle s'y rendait avec Sissoko et Océane. Léonie réalisa qu'il ne lui était pas venu à l'idée d'envoyer un message au groupe pour leur raconter son entrevue avec Hélène. Le travail d'équipe était une langue étrangère qu'elle allait devoir apprendre dare-dare.

Savoir que l'enquête avançait l'aida à relativiser son sentiment d'échec. Le métro était à l'arrêt à la station Porte de Pantin. Léonie sauta hors de la rame juste avant que les portes ne se referment. Elle remonta à l'air libre pour prendre le tramway. Dans moins d'une heure, elle serait au Bastion.

Bastion, Paris 17e

En arrivant devant le 36, la psy avait retrouvé sa combativité. Elle décida de s'octroyer une cigarette et traversa la rue pour s'adosser à une grille surplombant l'entrée d'un parking. Léonie fumait moins depuis qu'Ida vivait avec eux (encore une bonne chose que la petite lui avait apportée) mais inutile de se mentir, elle n'était pas encore prête à arrêter. Elle alluma sa clope et inhala avec délice.

Une trentenaire en jean slim et T-shirt noir sortit du Bastion en faisant tourner une cigarette entre ses doigts. Elle palpa ses poches, leva les yeux au ciel et scanna les alentours à la recherche d'autres fumeurs. Avisant Léonie, elle traversa pour la rejoindre.

– Je peux taxer ton feu ?

La psy lui tendit son briquet. L'autre s'appuya contre la grille. Elles fumèrent quelques taffes en silence. La flic pointa un petit groupe qui faisait le pied de grue devant le 36. Ils étaient quatre et leur posture, leur attitude disaient qu'ils n'étaient pas des leurs.

– J'en peux plus de ces chacals. Ils ont pas bougé depuis ce matin. C'est des journalistes, ils nous bouffent l'oxygène.

– Comment tu sais ?

– Je les sens, renifla-t-elle avec mépris. Ça vient avec les années. Pardon, t'es peut-être pas de la…

– … maison ? Si si. Enfin, je suis juste psychologue, mais *de la police judiciaire*. Je ne sais pas trop ce que ça fait de moi. Disons que j'ai un pied dedans.

– Si t'as ta carte, t'es de la maison. T'as ta carte ?

Léonie extirpa ladite carte de son cabas. La fille lui sourit.

– Tu me dis si je te soûle. Je suis sociale de la clope, mais je sais que tout le monde n'est pas comme moi. C'est une fourmilière là-haut, on a envie de souffler des fois.

– Tu ne me déranges pas, sourit Léonie.

L'autre reporta son attention sur les journalistes.

– Ils cherchent du scoop sur la « petite Magali ». On a reçu des consignes super strictes du taulier. Silence radio.

Léonie ignorait que d'autres groupes avaient été mis dans la confidence. C'était logique pourtant. L'enquête justifiait qu'on sollicite des compétences techniques hors de leur portée. Réseaux de prostitution, flux financiers, tout devait être mis en œuvre pour retracer le passé de Magali Pasquier. Elle abonda prudemment dans le sens de son interlocutrice.

– Nous aussi.

– T'es sur l'affaire ? C'est chaud. Je peux encaisser beaucoup de choses, mais les gosses, j'ai du mal.

Léonie écrasa sa cigarette et hésita à en allumer une autre. La fille ressemblait à une version sympa d'Océane. Une version qui n'avait pas envie de lui en coller une dès qu'elle ouvrait la bouche. C'était rafraîchissant de l'écouter.

– Tu bosses pour quelle brigade ?

– Je suis à la Financière. La criminalité en col blanc, tout ça. Toi t'es à la Crim du coup, le groupe de Fennetaux ?

– Du coup, oui. Léonie, se présenta-t-elle en souriant.

– Estelle, répondit l'autre. Estelle Ducroc.

Il y avait quelque chose dans cette façon de se présenter. C'était rien du tout et en même temps, Léonie aurait juré que ce nom était faux. Elle se refit le film des cinq dernières minutes.

Un vertige.

L'autre poursuivait, sur sa lancée :

– En tout cas, si t'as besoin de parler pour faire descendre la pression, t'hésites pas.

Léonie se composa le visage le plus candide.

– Carrément, renchérit-elle en farfouillant à nouveau dans son cabas. Surtout que je sais où te trouver maintenant. Estelle Ducroc, de la Financière.

– Tu cherches une autre clope ?

La fille sortit son propre paquet de la poche arrière de son jean et le lui tendit. Léonie avait réussi à attraper son portable. Elle la prit en photo. Un beau portrait pleine face.

– Hey ! Tu fais quoi ? s'écria l'autre en reculant comme si ça pouvait effacer le cliché.

– Je constitue mon dossier. Enfin, le tien. Usurpation d'identité d'une personne dépositaire de l'autorité publique. Article 433-12 du code pénal. C'est trois ans de prison et quarante-cinq mille euros d'amende.

Léonie avait au moins retenu ça de ses soirées de bachotage. Ça ne sembla pas impressionner « Estelle », qui haussa les épaules avec nonchalance.

– Franchement, t'étais à deux doigts de marcher.

Elle jeta son mégot et rejoignit ses collègues. Elle n'éprouvait aucune honte, juste de la déception que son plan ait foiré.

Le cœur de Léonie battait à tout rompre. Les médias (certains médias en tout cas) avaient donc déjà eu vent de leur enquête. Ils n'avaient pas encore assez d'éléments pour la rendre publique, mais ce n'était qu'une question de temps. Il fallait les empêcher d'approcher. Il fallait prévenir Fennetaux, le taulier, la juge d'instruction. Elle avait été sur le point de trahir l'équipe, juste parce qu'une petite maligne avait senti son besoin d'appartenance. Elle se revit en primaire, récitant les mains dans le dos devant sa maîtresse : « Tout flatteur vit aux dépens de celui qui l'écoute. »

Fondation Lalande, Paris 17e

Deux coups secs frappés à sa porte firent sursauter Suzanne Dumaillet. Elle s'était assoupie. Elle s'adressa une bordée de reproches. Dormir en pleine journée, et puis quoi encore ? On commence par s'autoriser une petite sieste par-ci, par-là et en moins de temps qu'il n'en faut pour le dire, on se retrouve en robe de chambre toute la journée à regarder des inepties à la télé. Elle remit de l'ordre dans ses cheveux et ouvrit la porte. Marc Bessières se tenait au garde-à-vous, tout sourire. Suzanne lui avait demandé de passer, elle avait complètement oublié !

– Entrez, monsieur Bessières. Je vous offre un petit verre ?

– Je ne dis pas non. Surtout s'il vous reste de ce cognac que vous m'aviez offert la dernière fois.

Quelques minutes plus tard, Bessières s'installait confortablement dans un fauteuil Mushroom violet. Suzanne ne vivait pas dans du mobilier d'époque comme la plupart des résidents. Aucune reproduction miniature du *David* de Michel-Ange achetée dans la boutique du Louvre, pas de tapis persan au sol ni de dessins de petits-enfants scotchés sur la porte du mini-frigo. Son studio était meublé d'une accumulation de bibliothèques remplies à ras bord d'essais et de témoignages sur la Seconde Guerre mondiale. Sur le mur au-dessus de son lit, quelques photos encadrées de ses parents et de son frère. La croix de l'Ordre de la Libération de son père trônait au-dessus d'un petit bureau. L'ensemble dégageait une atmosphère d'étude et de recueillement. Ça aurait pu être la chambre d'une étudiante. Et d'une certaine façon, ça l'était puisque Suzanne passait l'essentiel de son temps à lire et travailler.

Elle ne s'était pas mariée, n'avait pas eu d'enfants. Mémorialiste de la Résistance, Suzanne Dumaillet avait fini par se confondre avec son sujet d'étude. Au point d'être aujourd'hui considérée comme la dernière grande dame de la Seconde Guerre mondiale. Lucie Aubrac était morte. Germaine Tillion était morte. Les compagnons de la Libération s'étaient éteints les uns après les autres. Il en restait deux, Daniel Cordier et Hubert Germain. Suzanne semblait bien partie pour leur survivre. Cette femme était une force de la nature. Elle avait dédié son existence à rendre hommage à la mémoire des résistants. Auteur d'un unique roman consacré au quotidien des maquis de Dordogne, *Aux larmes, citoyens*, elle avait connu une reconnaissance tardive. Plusieurs lycées portaient désormais son nom.

– Que puis-je faire pour vous ? demanda Bessières quand Suzanne s'assit en face de lui avec un doigt de porto. Encore ces histoires de bruits dans les canalisations ?

– Je ne vous aurais pas dérangé pour ça. Non, je voulais vous parler de Neige. Je crois qu'elle n'avait pas de famille. En tout cas, elle n'en a jamais fait mention devant moi. J'aimerais financer ses funérailles, ainsi qu'une plaque commémorative à son nom pour qu'on ne l'oublie pas ici.

– C'est tout à votre honneur.

Suzanne balaya la flatterie d'un haussement d'épaules.

– Sur le principe, je suis évidemment d'accord. Il faudra juste le faire valider par le conseil d'administration, ça ne devrait pas poser de problème. Après, sans vouloir minimiser votre initiative, je me dis qu'il serait courtois d'y associer les autres résidents et les membres du personnel. Neige était très appréciée, je pense que beaucoup aimeraient pouvoir participer.

– Vous avez raison, il faut que ça soit collectif. On pourrait mettre en place une cagnotte anonyme, comme ça chacun met ce qu'il peut et je compléterai si nécessaire.

Bessières hocha la tête, c'était entendu. Suzanne avisa son verre vide, se leva et le resservit d'autorité.

– Merci.

Ils laissèrent le silence planer entre eux un moment, jusqu'à ce que Bessières demande :

– Cette cagnotte anonyme… vous pensiez à quelqu'un en difficulté financière ? À Colette Grault peut-être ?

– Qu'est-ce qui vous fait dire ça ? Pourquoi je devrais être au courant de la situation de Colette ?

– Je me suis laissé dire que vous financiez son studio sur vos propres deniers.

Suzanne se rembrunit.

– Vous êtes mal renseigné.

Elle vida son porto d'un trait et se leva. Sans tanguer. Une femme de quatre-vingt-treize ans.

Bessières admira son aplomb. Il l'imagina étudiante à vingt ans face à des profs de fac pontifiants qui s'étaient probablement compromis sous Vichy. À trente ans, jeune magistrate régulièrement sommée de se justifier de n'être ni mariée ni mère. Cette femme ne s'en était jamais laissé conter.

Pour le studio de Colette, il était sûr de sa source, c'est le comptable de la fondation qui avait craché le morceau. Même si elle n'était pas du genre vantarde, Suzanne aurait dû être fière qu'on reconnaisse sa générosité. Pourquoi nier un geste altruiste ? Bessières ne voyait qu'une seule raison, et elle confirmait ses soupçons : la grande dame avait un secret. Un secret qui concernait aussi Colette Grault.

Ils se saluèrent d'un sourire. Poli pour lui, crispé pour elle. Une fois seule, Suzanne se resservit un porto en se demandant comment étouffer dans l'œuf la curiosité du directeur. Elle n'avait pas besoin de ça maintenant. Ses relations avec Colette étaient ambivalentes et complexes. Aucune des deux n'avait intérêt à ce qu'on vienne souffler sur les braises de leur inimitié.

13

Dordogne, automne 1944

C'était de nouveau le temps des moissons. Marie Dumaillet se laissait bringuebaler par les cahots du chemin. Elle avait lâché les rênes, les chevaux rentraient d'eux-mêmes à la ferme. La journée avait été harassante. Suzanne et Paul dormaient à moitié dans la charrette. Marie savourait la fatigue qui l'abrutissait et l'empêchait de ressasser.

Dans le pays, les cultivateurs avaient toujours mutualisé leurs forces, passant collectivement d'une exploitation à l'autre. On commençait par le seigle en juillet, puis venait le maïs. En septembre c'étaient les noix. Chaque famille apportait ce qu'elle avait à offrir : ses bras pour les plus pauvres, ses chevaux, un tracteur pour les plus aisées. La guerre avait détruit cette solidarité ancestrale. Impossible de manier la faux à côté d'un voisin qu'on soupçonnait d'avoir collaboré avec les boches ou de s'être enrichi au marché noir. Chacun désormais s'occupait de ses propres parcelles, mais plus personne n'avait de cœur à l'ouvrage.

Le débarquement tant espéré avait finalement eu lieu deux mois plus tôt. Partout en France soufflait le vent de la libération. Pas ici. Les Alliés accostaient sur les plages normandes quand la 2e division SS « Das Reich » opérant dans le Sud-Ouest avait décidé de frapper un grand coup pour freiner l'ardeur des résistants de l'intérieur. Le matin du 10 juin, ses troupes avaient investi un village, gravant à jamais son nom au fer rouge dans l'Histoire. Oradour-sur-Glane était situé à moins de trente kilomètres. Une cousine de Marie et ses cinq enfants faisaient partie des victimes brûlées vives dans l'église. La fumée du massacre avait plané plusieurs jours sur la région, charriant l'odeur des corps, saturant les imaginaires de visions insoutenables.

Marie s'était demandé ce qu'avaient éprouvé les habitants de la Somme ou de la Marne pendant la Grande Guerre. Vivre près de Verdun en 1916 vous garantissait les meilleures places pour assister au suicide de l'Europe. Dix millions de soldats sacrifiés. On pensait avoir touché le fond. On avait défilé, signé des pétitions ; la main sur le cœur on avait juré « plus jamais ». Vingt ans plus tard, on remettait ça en poussant les femmes et les enfants au cœur du brasier. L'humanité tout entière s'autodétruisait.

Marie sortit de sa torpeur. Les chevaux s'étaient arrêtés. André attendait, assis sur le banc contre le mur de la ferme. Il n'avait pas bougé depuis le matin. Marie se rembrunit. Les boches avaient été repoussés jusqu'à Limoges, mais des groupes de soldats livrés à eux-mêmes rôdaient encore dans le coin. André risquait toujours de se faire abattre par un nazi en fuite. Certains jours, sa mère se demandait s'il ne l'espérait pas au fond de lui. Quand elle posait les yeux sur son fils, elle ne savait pas si elle devait remercier Dieu ou le maudire. Son garçon malicieux… La mine sur laquelle il avait sauté avait emporté sa jambe droite et ses projets d'avenir.

Les blessures physiques cicatrisaient, ce n'est pas ce qui inquiétait le plus Marie. La frustration rongeait son enfant nuit et jour. Il avait été de tous les combats, avait pris tous les risques, mais la victoire se ferait sans lui. Il avait dix-huit ans et n'était plus résistant. Il ne serait pas fermier non plus ; on n'a jamais vu un paysan à moitié cul-de-jatte. La ferme était dans la famille depuis cinq générations. Elle serait vendue et il s'en sentait responsable. Marie tentait de le persuader qu'il avait un avenir malgré tout. Son cerveau et son bon cœur étaient intacts, il pouvait accomplir beaucoup pour lui-même et pour les autres. André se laissait convaincre quelquefois. Le plus souvent, il alternait entre rage et léthargie. Seule Suzanne parvenait à l'apaiser.

La jeune fille sauta au bas de la charrette et rejoignit son frère sur le banc. Sans un mot, elle posa la tête sur son épaule. Le visage d'André s'illumina. Chaque jour, elle lui faisait raconter le maquis. Par la parole, elle redonnait à André son autonomie et sa fierté. Ce qu'elle faisait pour son frère, Suzanne avait décidé de le faire pour tous ses camarades. Personne dans la famille n'avait été plus loin que le certificat, mais elle voulait passer son bachot et faire des études supérieures. L'institutrice avait accepté de lui donner des cours particuliers gratuits après la classe pour la préparer. Elle irait à Bordeaux s'il le fallait, elle apprendrait à écrire des discours, à parler en public. Elle voulait que tout le pays sache ce qu'il devait à ses maquisards, elle serait leur porte-voix.

Marie préparait le dîner. Par la petite fenêtre elle observait ses deux enfants sur le banc. Paul les avait rejoints. Il avait en permanence un livre sur lui et se plongeait dedans dès qu'il en avait la possibilité. Marie se disait que, sans lui, sa fille n'aurait peut-être pas nourri des ambitions aussi élevées. Elle-même déchiffrait à peine les lettres, mais elle appréciait de plus en plus quand, le soir, Paul lui faisait la lecture. Étonnant comme un enfant accueilli à dix ans avait pu les changer autant que cette famille l'avait changé, lui.

*

Un matin d'octobre une Jeep pénétra dans la ferme à vive allure, effrayant la volaille, affolant les humains. André s'entraînait à marcher avec des béquilles. La première chose que Robert Dumaillet vit en rentrant chez lui fut son fils estropié affalé sur la terre battue. Il se précipita pour l'aider à se relever. Père et fils s'étreignirent maladroitement.

Robert était à Londres depuis un an et demi, missionné pour transformer les différents courants de la Résistance en une véritable armée de libération nationale. Il avait été fait compagnon de la Libération par de Gaulle en personne. Une trajectoire exceptionnelle pour un petit fermier, que seule la guerre avait rendue possible. Il avait accompli sa mission jusqu'au bout et gagné le droit de rentrer chez lui. Le village, les fermiers de la région, le nouveau préfet nommé par de Gaulle, tout le monde l'accueillit en héros. Mais la flamme qui brûlait dans ses yeux depuis qu'il avait refusé la défaite de 1940 s'éteignit d'un seul coup. Il s'était battu pour son pays et pour sa famille. Son pays était en ruines, plus divisé que jamais. Quant à sa famille… Robert détournait le regard quand ses yeux croisaient le moignon rosâtre de son fils.

Paul se démenait à la ferme pour compenser le handicap d'André. Plus il travaillait, plus Robert le fuyait. Sa vaillance ne faisait que souligner ce qu'il avait perdu. Un fils valide. Une lignée. Les Dumaillet avaient voulu sauver un enfant et leur vœu avait été exaucé. Robert savait que c'était complètement irrationnel, pourtant il ne pouvait s'empêcher de penser qu'une balance cosmique avait troqué la vie de Paul contre l'avenir de son fils.

L'ambiance à la ferme devint pesante. Paris avait été libéré. La mort dans l'âme, Marie comprit qu'il était temps d'appeler Villedieu.

Rentrant de l'école par une après-midi pluvieuse, Paul surprit Marie en tête à tête avec un inconnu. Il se campa sur ses deux jambes et serra les poings.

– Tout va bien, Marie ? demanda-t-il en fixant l'intrus.

Marie et l'homme échangèrent un regard amusé.

– Tu ne me reconnais pas ? Remarque, toi aussi tu as changé en quatre ans. Tu es un vrai gaillard maintenant.

– C'est M. Villedieu, Paul, expliqua Marie.

Paul se figea.

– Commissaire… ?

L'homme acquiesça.

– Je te ramène chez toi. Il est temps. S'il y a des gens à qui tu dois dire au revoir, c'est maintenant.

Paul regarda Marie, puis Villedieu. Ses pieds pesaient des tonnes, il était incapable de bouger.

– Maintenant, gamin, répéta le commissaire d'une voix douce. On part dans une heure.

– Je vous prépare un casse-croûte pour la route, déclara Marie en leur tournant le dos.

Ses yeux brillaient. Une poussière, certainement.

Paul savait que Suzanne se remettrait de son départ. Depuis qu'elle avait retrouvé son frère adoré, elle lui était dévouée tout entière. Mais Colette ? Le garçon courait à travers champs en se demandant comment lui dire au revoir. Ils n'étaient l'un pour l'autre que des amis que la guerre avait réunis pour un temps.

Quatre ans, c'est court à l'échelle d'une vie. Paul égrenait les arguments pour se convaincre qu'il n'avait pas mal, que Colette n'aurait pas mal et que tout irait bien.

Il atteignit le village hors d'haleine et faillit dégonder la porte de l'épicerie en entrant. Les clients sursautèrent. Le père de Colette le toisa depuis son comptoir.

– Pardon, s'excusa Paul en reprenant son souffle.

– Tu veux quoi ?

– Je peux parler à Colette ?

– Elle est pas là.

– Je peux l'attendre ?

– Elle est avec sa mère. Ça dure, leurs affaires.

– J'en ai pas pour longtemps…

– Tu comprends pas le français, bouseux ? Elle est occupée, on peut pas la déranger.

– Elle revient quand ?

– Quand tu seras rentré dans ta ferme.

La route fut longue, entrecoupée de pauses pendant lesquelles Villedieu devait négocier et ruser pour obtenir de l'essence. Paul se sentait aussi désemparé que quatre ans plus tôt. Arraché à lui-même encore une fois, avec pour seul bagage les vêtements qu'il portait sur le dos. Il quittait une famille qu'il avait fini par croire sienne et une amie à qui il n'avait pas pu dire au revoir. Chaque kilomètre parcouru lui donnait la sensation de s'éloigner de son centre de gravité. Chaque cahot de la voiture lui faisait sentir le contact lisse du lingot maudit bien caché sous sa chemise. Le garçon avait vécu dans la peur panique d'une dénonciation, pour rien. Son agresseur l'avait-il oublié ? Paul, lui, n'oublierait pas. Il ne desserra pas les dents de tout le trajet.

Le commissaire respectait son silence. Lui-même n'était pas

pressé de parler. Il savait ce qui attendait le gamin quand ils seraient arrivés.

À la ferme, le départ de Paul confirma la nécessité de vendre. Jusqu'ici la petite exploitation avait permis à la famille de vivre dignement. Robert et Marie étaient encore vaillants mais ils ne rajeuniraient pas. Avec un fils estropié et une fille appelée par la ville, le jeu n'en valait plus la chandelle. Les temps étaient incertains et Robert ne voulait pas se précipiter. Il passait beaucoup de temps seul sur ses parcelles et réfléchissait. Que pouvait devenir un fermier transplanté hors de ses terres ? Inquiète, Marie attendait le verdict de son homme.

Suzanne la sortit brutalement de sa torpeur.

La jeune fille rentra plus tard que d'habitude un soir après son cours particulier et courut s'enfermer dans sa chambre. Marie la trouva recroquevillée sur son lit, le visage ravagé de larmes. Elle dut déployer des trésors de patience pour la faire parler. Suzanne hoquetait, elle ne voulait pas rajouter du malheur au malheur. Elle fit promettre à sa mère de ne rien dire à Robert et André, elle ne supportait pas l'idée qu'ils prennent le risque de se faire tuer en voulant la venger. Marie promit.

Ils étaient trois. Des soldats allemands. Pas beaucoup plus vieux qu'elle, mais ils se cachaient pour survivre depuis un moment, ils avaient cette lueur dans l'œil de ceux qui n'ont plus rien à perdre. Ils avaient surgi d'un bosquet le long du chemin et lui avaient sauté dessus alors qu'elle rentrait à la ferme. Elle n'avait rien pu faire.

Marie était dévastée. Sa fille si courageuse, souillée.

Deux mois plus tard, il fallut se rendre à l'évidence : Suzanne était enceinte. Marie tint parole et ne dit rien ni à son mari ni à son fils. Ces choses-là se géraient entre femmes. Elle assumerait seule, quels qu'en soient les risques, mais sa fille ne porterait pas l'enfant de ces porcs. Comme toutes les femmes du pays, elle savait parfaitement où aller pour le faire passer.

14

Barbès, Paris 18^{e}

La chambre de bonne de Magali était au sixième étage sans ascenseur. Océane grimpait les marches quatre à quatre en débriefant Fennetaux et Sissoko sur son entretien avec la commissaire Noiriel.

– Je vais pas vous mentir, elle l'a mauvaise. On s'est mis l'OCRVP à dos pour un bout de temps.

– Tu as pu apprendre quelque chose d'utile ? demanda Fennetaux en reprenant son souffle entre deux étages.

– Rien de fou. La fille est restée digne, elle prenait à mort sur elle pour cacher qu'elle avait la haine. Elle a promis d'envoyer le récap de toutes ses saisines à Tizi. J'adorerais dire que c'est grâce à ma tchatche, mais c'est le taulier qui lui a demandé. On n'aura rien de plus. Sa vision de l'affaire, ses hypothèses, les démarches qu'elle avait prévu de lancer, à mon avis on peut s'asseoir dessus.

Elle était arrivée au sixième et toisait ses supérieurs d'un air victorieux, les mains agrippées à la rambarde du palier.

– Ça va, les vieux ?

Elle se foutait de leur gueule, la punaise. Sissoko passa devant elle sans commentaire. Fennetaux termina l'ascension et lui assena une claque sur la cuisse.

– Sale gosse ! Aucun respect pour tes aînés.

– C'est parce que je vous aime, cheffe.

– C'est ça…

– C'est là.

Sissoko pointait une étiquette portant les initiales N.T. collée sous la sonnette d'une chambre de bonne. De sa poche, il sortit un sac de scellés contenant un trousseau avec plusieurs clés. Il en introduisit une première, mauvaise pioche. Une deuxième. À la troisième, le pêne de la serrure se rétracta. Sissoko ouvrit la porte.

Il venait de poser un pied dans la chambrette quand un sifflement lui fit tourner la tête. Il hurla : « À terre ! » avant de se jeter à plat ventre sur le sol. Fennetaux et Océane plongèrent dans le couloir. Ils attendirent une minute avant de se relever. Une fléchette était fichée dans le mur face à la porte. Pas le jouet Fisher Price pour occuper les gosses dans le jardin les soirs d'été, une fléchette de compétition en acier à la pointe effilée comme un rasoir. Pile à hauteur de tête.

– Sa mère ! lâcha Océane.

– Tu n'as rien ? demanda Fennetaux.

Sissoko secoua la tête.

– C'est piégé. Ça a dû se déclencher parce que j'ai essayé d'ouvrir avec les mauvaises clés.

Les trois enquêteurs lancèrent des regards inquiets dans la chambre.

– C'était quoi son délire, à Magali ?

– La peur, répliqua Sissoko.

– Elle pouvait pas mettre une caméra comme tout le monde ?

– Je ne crois pas que son problème c'était les cambriolages, hasarda Fennetaux.

Sissoko acquiesça.

– Il y a peut-être d'autres pièges.

– Elle était survivaliste ou quoi ?

Fennetaux posa doucement ses mains sur les bras de ses collaborateurs, rétrospectivement effrayée par ce qu'ils venaient d'éviter.

– Je ne sais pas, mon chat, mais on va y aller tout doucement.

Son portable sonna, elle décrocha machinalement.

– Fennetaux. Léonie ! Tu as du nouveau ?

Océane avait levé les yeux au ciel en entendant le prénom de la psy. Sissoko n'eut qu'à froncer les sourcils pour qu'elle se sente aussitôt sur la défensive. Ça va, on a encore le droit de penser, non ? Fennetaux buvait ses paroles, c'est fou le pouvoir que cette fille exerçait sur leur cheffe. Quoi que... Océane la trouvait pâlotte, tout à coup.

La commandante ouvrit la bouche, la referma. Les mots avaient du mal à passer. Elle finit par crier :

– Tu as fait QUOI ?

Bastion, Paris 17e

Léonie avait confié sa mésaventure à Tizi en regagnant l'open space. Il ne lui avait rien reproché, ne s'était pas moqué. Il lui avait juste demandé la photo de la prétendue flic avant de pianoter sur son clavier comme un fou. On aurait dit Glenn Gould sous acide. Cinq minutes plus tard, il avait un nom. La fille s'appelait en réalité Louise Gulin, elle travaillait pour un média en ligne ouvertement antivax déjà dans le collimateur de la justice à cause de sa proximité financière et idéologique avec la Russie. Armée de ces renseignements, Léonie avait pris son courage à deux mains et appelé Fennetaux. À sa demande, elle répéta textuellement sa conversation avec la fille.

– Tu es sur haut-parleur ?

– Oui.

– Tizi chat, balance-moi le numéro de cette Louise Gulin. Je vais la faire filer droit.

– C'est fait, annonça l'Alsacien.

– Léonie ?

– Je suis là.

– Tu ne t'es pas laissé avoir, alors évite de te mettre la rate au court-bouillon. J'ai besoin que tu restes vigilante, pas que tu te flagelles.

La compréhension de Fennetaux apaisa la culpabilité de Léonie sans toutefois l'éteindre complètement. Après avoir raccroché, elle fila au distributeur de sucreries et en revint avec un paquet de Pim's à l'orange.

Quand elle se rassit à son poste, Tizi avait déposé un mémo sur son bureau. Il était parvenu à synthétiser douze années d'instruction sur la disparition de Magali Pasquier en dix pages. Il ne lui avait fallu qu'une journée pour identifier l'info importante de chaque côté du monstrueux dossier. Léonie s'attaqua à la lecture et aux gâteaux pendant que Tizi plongeait dans les procédures lancées par l'OCRVP.

Une demi-heure plus tard, elle avait éclaté les trois quarts du paquet. Ses pupilles dilatées par le sucre lui donnaient un regard de chat fou.

– Tu sais ce que je me dis ?

– Hmm… ?

– Trente et un ans, c'est une vie.

– C'est-à-dire ?

– Magali a disparu pendant trente et un ans. Tu connais des cas de séquestration aussi longue ? Natascha Kampusch est parvenue à s'évader après huit ans de calvaire. Même Josef Fritzl, l'Autrichien qui a fait sept enfants à sa fille enfermée dans sa cave, même lui a été démasqué au bout de vingt-quatre ans. Je veux dire, quand il y a séquestration, soit le ravisseur tue rapidement sa victime, soit il la garde en vie et exerce une emprise sur elle, mais cette emprise ne dure jamais aussi longtemps. En tout cas, pas à ma connaissance. Le kidnappeur finit par baisser sa garde et la victime parvient à s'enfuir, ou alors les autorités le chopent pour autre chose.

– Qu'est-ce que tu en tires comme conclusion ?

– Depuis hier je tourne autour de la même idée : je n'arrive pas à croire que Magali ait été tuée par celui qui l'a enlevée. Il n'y a pas que la durée de la séquestration, il y a la victimologie aussi. Enlever une enfant de quatre ans sans défense, c'est une chose. S'attaquer à une femme de trente-cinq ans en excellente forme physique, c'est une autre paire de manches.

– J'entends, mais statistiquement j'ai du mal à croire qu'une même personne ait croisé la route de deux prédateurs différents à trente ans d'intervalle.

– Vous avez un truc avec les statistiques, nota Léonie presque pour elle-même.

Elle fronça les sourcils. Ses neurones venaient de faire une connexion intéressante, mais elle ne parvenait pas encore à formuler clairement l'idée. Elle engloutit un nouveau Pim's.

– Je crois que je pourrais acheter ton hypothèse… si le deuxième prédateur est directement lié au premier, énonça-t-elle lentement. La mère de Magali a parlé d'usurpatrices ou d'affabulatrices. Tu as vu passer ça dans le dossier ?

– Ouais, il y en a eu deux, je crois. Mais une seule qui a vraiment insisté. Je ne les ai pas mentionnées dans le mémo vu qu'aucune n'était la vraie. Tu m'expliques le rapport ? Parce que là…

– Imagine, tu as beaucoup souffert. Au point que cette souffrance te définit. Ton martyre, c'est ta carte d'identité. Et qui mieux que la « petite Magali » pour l'incarner ? Au début, quand tu te racontes cette histoire, tu sais que c'est une fiction. Mais elle te fait du bien. Tellement, que tu te la racontes en boucle au point de finir par y croire. Ça y est, tu *es* la « petite Magali ».

– OK... Je ne vois pas trop l'intérêt, mais je te suis...

– Tous les individus ont besoin d'avoir un statut, quelque chose qui les définit à leurs propres yeux. Le statut de victime en vaut bien un autre. Et quitte à être une victime, autant être *la* victime. Bref, plus le temps passe, plus tu t'accroches à cette identité. Cette carte-là justifie ta souffrance, tout ce que tu n'arrives pas à accomplir. C'est ton joker, ton collier d'immunité dans Koh-Lanta. Dès qu'un truc cloche, tu peux le brandir et ça explique tout. Mais si la vraie Magali Pasquier ressurgit, tout s'écroule. On t'a déjà tout pris dans ta vie. Tu te laisserais dépouiller de la seule chose qui te reste sans réagir ?

L'œil de Tizi s'alluma. Il venait de piger.

– Je te sors ce que j'ai dans le dossier.

*Cité Malesherbes, Paris 9e*

L'immeuble était situé au fond d'une grande cour carrée. Sûrement un ancien relais de poste, en écoutant bien on pouvait presque entendre les sabots des chevaux sur les pavés. L'appartement que Léonie cherchait était au rez-de-chaussée. Ça éliminait le risque de défenestration (on n'est jamais trop prudent avec ce type de patient).

Léonie se refit un point sur ce qu'elle savait. Une jeune fille avait fait irruption au poste de police de la rue de Parme en 2004. Elle affirmait s'appeler Magali Pasquier, elle venait de s'échapper d'une cave où elle était séquestrée. Elle n'avait pu donner aucune description de son ravisseur, aucun indice concret susceptible de mettre les flics sur sa trace. Elle était en état de choc, c'était indéniable. On lui fit subir un tas d'examens. Comparaisons ADN, auditions, expertises psy. Ils révélèrent que la fille avait tout inventé.

Sybille Jaouen était une fugueuse de dix-neuf ans. Une gamine pauvre issue d'une famille pauvre, déscolarisée depuis des lustres, en rupture avec ses parents. Autant dire que personne ne s'était vraiment donné la peine de la rechercher. Diagnostiquée schizophrène, elle avait été internée un temps avant qu'on l'estime assez stable pour sortir.

Dans son malheur, elle avait eu de la chance : on lui avait attribué un appartement thérapeutique et une petite pension d'invalidité. Une assistante sociale passait régulièrement s'assurer qu'elle s'en sortait. Tizi avait pu se procurer son dernier rapport. En substance, ça disait qu'il n'y avait rien à signaler. Considérant que Sybille était sous le coup d'une injonction lui interdisant de contacter Hélène Pasquier, Léonie préférait vérifier par elle-même.

Elle sonna sans trop savoir à quoi s'attendre.

Une femme aux traits anguleux ouvrit. La petite trentaine, elle portait un bas de survêtement sur un T-shirt ample et fixait l'intruse d'un œil soupçonneux.

– Bonjour, je m'appelle Léonie Damanne. Je suis psychologue, je travaille avec la police. J'aurais quelques questions à vous poser. Je peux entrer ?

La femme se contenta de hocher la tête et ouvrit grand la porte. L'appartement, un studio, était plongé dans la pénombre. Léonie distingua un lit étroit, une table, une seule chaise et une télé posée à même le sol. Le strict minimum, scrupuleusement rangé. Sybille Jaouen se sentit scrutée. Elle lança, défiante :

– Vous êtes déçue ? Vous vous attendiez à me voir ouvrir en salopette rose ?

Elle mordait avant de se faire attaquer. Son hostilité disait : je sais très bien ce que la société pense de moi. Pour autant, elle n'était pas délirante, ça voulait dire qu'elle prenait ses traitements.

La psy pouvait imaginer sans peine tout ce par quoi elle avait dû passer. La longue suite de consultations avant de poser un diagnostic, les services sociaux et médicaux qui se renvoient la balle de sa prise en charge, toutes les molécules essayées avant de trouver le traitement qui la stabiliserait sans l'éteindre. Voir débarquer une inconnue chez elle, une psy qui travaillait avec les flics en plus, il y avait de quoi se sentir agressée.

Léonie s'employa à montrer patte blanche :

– Je ne m'attendais à rien. J'ai besoin de connaître votre emploi du temps pour la journée d'hier, c'est tout.

– Pourquoi ?

– Je ne suis pas habilitée à vous répondre. Je sais que c'est frustrant, je suis désolée.

Sybille haussa les épaules d'un air faussement dégagé, mi-frondeuse mi-indifférente.

– On peut s'asseoir ? proposa Léonie. On sera mieux pour parler.

De mauvaise grâce, Sybille désigna la chaise du menton. Elle-même s'assit sur le bord de son lit, puis se releva aussitôt comme si un clou l'avait piquée.

– Vous voulez boire quelque chose ? proposa-t-elle sans conviction.

– Bonne idée. Je prendrai comme vous.

Sybille fila vers la cuisine. Les yeux de Léonie s'étaient habitués à la pénombre. Elle étudia la pièce avec plus d'attention. C'était vraiment très bien rangé. La couette sur le lit avait été pliée dans le sens de la longueur, à l'allemande. L'oreiller au carré, bien perpendiculaire. Aucune trace de poussière nulle part, rien qui traînait. Sur un coffre contre le mur, une tenue repassée attendait. Un sentiment diffus de malaise s'empara de la psy.

Déjà Sybille revenait, un plateau dans ses mains. Elle posa deux verres sur la table. Ils étaient en plastique opaque, on ne voyait pas ce qu'ils contenaient. Dans la cuisine, elle avait ramené ses cheveux en queue-de-cheval. Ça dégageait son visage fin.

– Menthe à l'eau, annonça-t-elle en vidant son verre d'un trait. Je ne bois jamais de café.

– Menthe à l'eau. C'est parfait.

Sybille se rassit sur son lit. C'était un simple matelas à même le sol, de sorte qu'il lui fallait lever la tête pour garder le contact visuel avec Léonie. La psy but à son tour. La concentration de sirop aurait envoyé un diabétique au tapis. Après le paquet de Pim's, Léonie risquait le choc glycémique.

– Vous vous souvenez de ce que vous avez fait hier ? relança-t-elle.

L'autre haussa les épaules en triturant sa queue-de-cheval.

– Comme d'habitude. Je suis restée dans ma chambre, j'ai regardé la télé.

– Quelqu'un pourrait le confirmer ?

– Je ne vois pas qui.

– Vous avez peut-être des amis. Des connaissances dans le quartier ?

– Personne. Je suis tout le temps toute seule.

Le ton boudeur fit percuter Léonie. Elle réalisa que la femme ne s'était pas présentée. Ni Sybille, ni Magali, elle n'avait pas donné de prénom. Elle se savait malade, elle prenait son traitement mais qui était-elle vraiment à l'intérieur ? Comment se percevait-elle ? Derrière la femme adulte, Léonie voyait affleurer une petite fille. Une enfant qui a bien rangé sa chambre pour faire plaisir à sa mère.

Les timbales de dînette, la tenue du lendemain pour l'école déjà préparée. Elle faisait tout comme il faut pour qu'on l'aime, elle se conformait. Tous ces efforts, pour qui ? D'après son dossier, Sybille n'avait plus de contact avec sa famille depuis longtemps.

Une immense tristesse envahit Léonie en pensant à la solitude abyssale de la jeune femme.

– Je ne vous ai pas demandé comment je dois vous appeler, hasarda-t-elle.

Sybille la regardait du coin de l'œil. Léonie pensa à un animal blessé sur le bord de la route. Vous vous arrêtez pour lui porter secours, vous tendez la main vers lui mais vous ne savez pas s'il va vous mordre ou vous lécher.

Sybille ne fit ni l'un ni l'autre, elle se mit à pleurer.

– C'est douloureux, constata Léonie d'une voix calme.

L'autre pleurait doucement sans répondre. Léonie insista :

– Vous pourriez essayer de formuler ce que vous ressentez ?

Elle voulait amener Sybille à verbaliser ses émotions pour moins les subir. À tenter de les maîtriser.

La démarche était louable, mais elle arrivait trop tard. Un flot de chagrin longtemps contenu était sur le point de se répandre en gros rouleaux dans la chambre impeccable. Tout ce que Léonie pouvait faire désormais, c'était l'accueillir. Son corps retrouva instinctivement la posture d'écoute qu'elle avait dans son cabinet.

– Elle ne m'a pas reconnue, hoquetait la jeune femme. Ma propre mère. Elle a été me dénoncer à la police pour qu'ils m'empêchent de l'approcher. C'est de ma faute à moi si je me suis fait enlever ?

Léonie était tiraillée. L'intérêt de l'enquête exigeait de pousser les curseurs, d'aller racler la vérité au fond de la conscience de Sybille. Son expérience de psy lui soufflait au contraire de retenir les chevaux pour éviter la décompensation. Elle concéda patiemment :

– Personne n'a dit ça.

– C'est pour elle que je me suis sauvée, vous savez ? Je l'ai vue à la télé. J'étais enfermée mais on me laissait regarder la télé des fois. Un journaliste lui posait des questions devant chez elle. Elle disait que je lui manquais, et tout ça. Elle avait mon doudou dans les bras, elle jurait que si on me retrouvait, on ne se quitterait plus jamais. J'ai pas supporté de la voir pleurer comme ça, elle était tellement triste. Je me suis libérée toute seule pour la retrouver, et elle me rejette ? Quelle mère fait ça à sa fille ?

– Une mère profondément malheureuse. Une mère qui a déjà été approchée par d'autres filles qui prétendaient être Magali…

– Mais on s'en fout des autres ! Une maman, ça doit reconnaître son enfant. Rien qu'à l'odeur, ou je ne sais pas. Pourquoi elle m'a jetée comme ça ? Qu'est-ce que j'ai fait de mal ?

Deux heures plus tard, Léonie ressortait de là le cœur en miettes. Elle avait contacté l'assistante sociale qui avait promis de passer. Peut-être faudrait-il ajuster le traitement de Sybille, lui faire reprendre une thérapie en parallèle. Idéalement il faudrait la mettre en relation avec une association de pairs aidants, ces patients atteints eux aussi de troubles psychiques qui se soutenaient au quotidien sur le modèle des Alcooliques anonymes.

La jeune femme ne guérirait jamais de sa schizophrénie mais, bien entourée, elle avait une chance de se rétablir. Sybille devait apprendre à devenir sa propre instance de régulation.

Léonie assumait d'avoir traité la jeune femme comme une patiente et non comme une suspecte. Sybille Jaouen n'avait pas tué Magali, elle en était certaine. Sa fixation, son obsession étaient centrées sur Hélène Pasquier. L'image de la mère éplorée qu'elle avait vue en boucle à la télé quand ses propres parents n'étaient pas en capacité de s'occuper d'elle. Cette mère qui suppliait qu'on lui rende sa petite fille adorée. Un transfert s'était opéré dans le cerveau de Sybille, fragilisé par les carences affectives. C'est cet amour-là qu'elle voulait, cette maman-là. En aucun cas, elle ne cherchait à s'approprier le statut de victime de Magali. De ce côté-là, la vie l'avait déjà amplement servie.

Fomenter l'assassinat d'une hypothétique rivale, lui rouler dessus puis se procurer du poison, Sybille Jaouen était à des années-lumière de tout ça. Léonie n'avait pas fait avancer l'enquête d'un iota, mais elle avait aidé une femme qui en avait besoin. On était au soir de sa deuxième journée de travail au Bastion, et Léonie parvint à se dire que ça n'était peut-être pas si mal.

15

Daumesnil, Paris 12e

Arthur fouilla le sac de voyage une quatrième fois afin de s'assurer qu'il n'avait rien oublié. Il avait beau répéter les mêmes gestes chaque semaine, il avait toujours peur de ne pas en faire assez. Les serviettes de bain et les gants de toilette étaient au fond. Le linge qu'il avait lavé et repassé, au-dessus. Il avait glissé le dernier numéro du magazine *Historia* et des mots fléchés niveau huit. Un sac hermétique contenait les plats maison qu'il avait cuisinés la veille et qu'il ne manquait jamais d'ajouter. Le linge et la nourriture étaient des produits de première nécessité, pourtant Arthur savait que son père s'en fichait comme d'une guigne. Il ne voyait aucun inconvénient à mariner dans des vêtements sales et se contenter des repas insipides de son Ehpad. Une seule chose comptait vraiment à ses yeux : la pochette cachée dans la trappe du dressing.

Arthur se dirigea vers sa chambre. Colchique avait repris ses rondes hagardes et plaintives. Le chien leva ses yeux mouillés vers lui. Arthur savait que c'était irrationnel, mais il ne pouvait s'empêcher d'y lire du reproche. Comment oses-tu t'occuper de ton père au lieu de pleurer Neige ? Et c'est vrai qu'il se sentait coupable, mais c'était plus fort que lui. Son père était vivant, il avait besoin qu'Arthur s'occupe de lui. Le chien lui tournait autour, passait et repassait entre ses jambes, à croire qu'il cherchait délibérément à le faire tomber. Exaspéré, Arthur ouvrit la porte de l'appartement. Le chien fila en un éclair.

Les visites n'étaient pas autorisées après 19 heures, mais Arthur savait que les aides-soignantes l'avaient à la bonne. Il entretenait leur sympathie par des offrandes régulières de fruits confits et de marrons glacés. Il n'achetait que de la qualité (on entendait tellement de choses sur ces établissements), il voulait être certain que son père soit traité comme un roi.

Avant Neige, la vie d'Arthur tournait exclusivement autour de son travail et des visites à l'Ehpad. La passion amoureuse avait créé une brèche inattendue dans cette routine. Le rythme de ses visites ne s'était pas ralenti, mais le cœur n'y était plus, en tout cas plus autant. Il était accaparé ailleurs. D'autant que le silence de Neige sur sa propre famille l'avait incité à ne pas parler de la sienne. Ils étaient comme deux orphelins se contentant l'un de l'autre. La mort de Neige remettait en quelque sorte l'église au centre du village. Devant le bâtiment gris sale, Arthur avait le sentiment d'être un époux volage rentrant au bercail après avoir vu sa maîtresse. Un époux heureux de retrouver la chaleur de son véritable foyer.

L'interdiction des visites pendant le confinement avait été une torture. Sa mère leur avait déjà volé tellement de temps autrefois, il ne pouvait plus se permettre d'en perdre une miette. Il inspira une dernière goulée d'air frais et entra. Il flottait dans l'air une odeur indéfinissable mais reconnaissable entre toutes. L'odeur des vieux. Les vieux qui n'avaient pas les moyens de s'offrir un studio à la fondation Lalande. Un profond sentiment d'injustice le saisit aux tripes, comme chaque fois qu'il franchissait cette porte. Il réprima une montée de bile et toqua doucement à la porte de son père.

Aucune réponse. Une onde de frayeur le fit tanguer, un pur instant de panique qui remontait du fond de l'enfance. Il s'obligea à inspirer profondément et ouvrit la porte. Le vieil homme somnolait dans un fauteuil à haut dossier. Il était si maigre… Arthur l'observa un instant avec tendresse, rassuré par le sifflement régulier de sa respiration.

Il fit le tour de la chambre à pas feutrés pour ne pas troubler son sommeil. Le bouquet de dahlias qu'il avait apporté l'avant-veille commençait à piquer du nez. Il ôta les fleurs les plus abîmées, plia un gilet qui traînait au pied du lit. Il vida le sac de voyage, rangea le linge propre dans la commode et récupéra le sale. Une fois ces menues tâches accomplies, il se demanda s'il ne ferait pas mieux de repartir pour laisser son père se reposer tranquillement. Il pouvait toujours revenir demain matin avant d'aller au journal, il habitait si près… Ses yeux se posèrent sur une pile de cahiers à spirale.

Il devait y en avoir cinq ou six en équilibre précaire, tous de la même marque, à côté d'un verre débordant de stylos. Les derniers chapitres de son fameux « livre noir ». Arthur ouvrit le premier cahier et sourit devant l'écriture nerveuse qu'il connaissait par cœur. Malgré l'âge et la fatigue, le vieux ne désarmait pas. C'était un combattant de la vérité, un lanceur d'alerte. Nul doute pour Arthur qu'il mourrait sur scène, un stylo à la main.

– Bas les pattes !

La voix éraillée semblait sortir d'une caverne, un croassement. Arthur se retourna. Le vieil homme se détendit en reconnaissant son fils.

– C'est toi.

– Mais oui c'est moi, ne t'inquiète pas.

– Je t'attendais, mon garçon.

– Bien dormi, papa ?

Le vieux balaya la question d'un haussement de ses épaules maigres.

– Tu l'as apporté ?

Arthur s'assura que la porte de la chambre était fermée. Il rejoignit son père, effleura son front d'un baiser et entreprit de l'aider à se redresser dans son fauteuil. Agacé, le vieil homme répéta :

– Tu l'as ?

Arthur sortit la pochette en cuir qui pesait à l'intérieur de sa veste et la lui tendit. Le vieux s'en empara avec avidité. C'était son talisman, son *précieux*.

Le vieil homme caressait la pochette en souriant, et Arthur ne put réprimer une bouffée de fierté. Malgré toutes les manigances de sa mère, il était parvenu à tisser un lien indestructible avec son père. Cette vieille pochette en cuir était comme un objet transitionnel entre eux, le symbole de leur relation. Arthur se plaisait à croire que si on ne leur avait pas mis des bâtons dans les roues autrefois, son père l'aurait câliné avec la même tendresse. Il lui avait confié ce qu'il avait de plus cher. Ça voulait forcément dire quelque chose, non ?

Le vieil homme commençait à dénouer le lien en cuir de la pochette de ses doigts en serres d'aigle quand une aide-soignante entra dans la chambre sans se donner la peine de frapper. Le charme était rompu. Arthur reconnut Marie-Christine, elle assurait les nuits. Une tornade tout en sourire et zéro discrétion. Il tenta d'ignorer la déception dans les yeux de son père et récupéra prestement la pochette.

– Bonsoir, bonsoir !..., lançait Marie-Christine.

Déjà, elle enfilait des gants en latex. Elle ne voyait aucun problème à prodiguer ses soins devant Arthur – on était en famille après tout.

Il se hâta de quitter la chambre pour respecter l'intimité de son père. Pas assez vite cependant. Il ne put s'empêcher d'entendre :

– On va changer la protection ? Allez, tournez-vous…

Barbès, Paris 18e

Océane avait emballé la fléchette en acier dans un sac de scellés. Depuis, elle trépignait. Sissoko passait la chambre de Magali au peigne fin à la recherche d'autres pièges anti-intrusion. Il avait évité une vingtaine de minuscules billes transparentes sur le sol de l'entrée. Du couloir, Fennetaux suivait sa progression prudente en tentant d'ignorer les manifestations d'impatience de sa lieutenante. C'était assez difficile.

– Tu ne veux pas regarder des vidéos de chats sur ton téléphone au lieu de souffler comme une baleine ?

– Je souffle pas, je respire fort.

Fennetaux grogna d'exaspération.

Un voisin de palier atteignit le sixième étage au même moment, leur offrant une diversion bienvenue. Un vingtenaire, probablement étudiant, qui était allé courir ou qui revenait de la salle de sport. Océane lui montra son brassard « police ».

– Vous habitez là ?

– Heu… oui, la porte D. Y a un problème ?

– Vous connaissez votre voisine, porte C ?

– Neige ? Un peu. Enfin, pas vraiment, juste bonjour bonsoir. Elle vient presque plus depuis un moment. Elle a un mec.

– Elle vous en a parlé ?

– Non.

– Vous l'avez déduit. Parce que vous matez ses allées et venues.

Ce n'était pas une question. Le jeune homme le sentit et se crispa.

Fennetaux prit la suite des opérations.

– On ne s'est pas présentés. Commandante Fennetaux, police judiciaire. Vous êtes ?

– Étudiant en master 2 « droit pénal » à la Sorbonne. Qu'est-ce qui se passe avec ma voisine ?

Les deux enquêtrices échangèrent un regard appuyé. Le petit con.

– Rien qu'on soit habilitées à partager avec vous. Ça figure dans le premier cours sur les procédures policières. Par contre, si vous refusez de répondre, ça s'appelle de l'entrave, mais je ne vous apprends rien. On va reprendre depuis le début. Votre nom ?

L'autre pesa le pour et le contre. Ça ne lui prit pas longtemps.

– Édouard Lampré. Qu'est-ce que vous voulez savoir ?

– Est-ce que Neige fait venir du monde chez elle ? Régulièrement ou de façon occasionnelle ?

– Jamais. En tout cas, je n'ai jamais vu personne.

– Vous l'avez vue quand ici, la dernière fois ?

– La semaine dernière… Elle est passée deux fois. Mardi et samedi. Pas longtemps à chaque fois. Et elle était seule.

Océane s'apprêtait à traiter Édouard de stalker quand Sissoko cria :

– Couvrez-vous les yeux !

Immédiatement on entendit le bruit d'un gaz expulsé de sa bouteille. Un spray au poivre était en train de se vider.

Fennetaux courut à la fenêtre du palier et l'ouvrit pour faire courant d'air. Le gaz se répandait dans le couloir malgré tout. Ça vous rentrait dans le cerveau, ça vous brûlait le nez et les yeux.

Sa serviette sur le visage, Édouard ouvrit la porte de son studio à tâtons. Il revint vers les enquêtrices un instant plus tard avec des torchons humides.

– Merci, marmonna Fennetaux les yeux pleins de larmes.

– Ça fait mal, hein ? C'est ce que vos copains CRS font aux manifestants, releva-t-il.

– Rentrez chez vous, ça vaut mieux. On vous contactera si on a d'autres questions.

Édouard ne se fit pas prier. Intérieurement, il ciselait déjà son tweet pour raconter tout ça en moins de deux cents quatre-vingts signes.

Le gaz se dissipait sur le palier et dans la chambre de Magali.

Sissoko appela ses collègues.

– Il n'y a plus rien normalement. La fléchette, les billes, le spray au poivre. Les pièges n'étaient pas là pour alerter le voisinage, ils étaient là pour faire mal.

– Tu m'éto...

Océane n'eut pas le temps de terminer sa phrase. Une douleur intense lui vrilla le mollet. Colchique était arrivé comme une furie. Des intrus étaient chez sa maîtresse, peut-être responsables de sa mort. Il avait sauté sur sa proie. Océane hurla. Les crocs du chien étaient plantés dans sa jambe sur toute leur profondeur. Fennetaux tira l'animal en arrière, il refusait de lâcher prise. Sissoko agrippa son arme de service et donna un coup de crosse sur le crâne du chien, qui s'effondra dans un bruit mat.

16

Barbès, Paris 18e

La chambre de Magali Pasquier avait été fouillée de fond en comble. Deux éléments excitaient la curiosité des enquêteurs : un ordinateur portable que Fennetaux avait envoyé à Tizi pour analyse, et un Post-it collé sur le tableau électrique près de la porte d'entrée portant la mention « appeler Apé ». Apé, et non AP. C'était un surnom ou un diminutif, et sans doute quelqu'un d'important pour Magali puisqu'elle l'avait appelé comme on invoque une puissance protectrice au moment de mourir. Pouvait-il s'agir de son ravisseur ? Étaient-ils toujours en contact ? Magali était-elle encore sous son emprise ? Fennetaux rabâchait les mêmes questions depuis la veille.

Elle avait demandé à Léonie de la rejoindre pour qu'elle s'imprègne du lieu afin d'affiner sa perception de leur victime. La psy tournait maintenant sur elle-même comme une ballerine dans une boîte à musique. Une grosse ballerine dans une boîte juste assez grande pour la contenir. Elle scannait la chambre de Magali « sans les mains » (Fennetaux avait été très claire).

La pièce ne devait pas faire plus de huit mètres carrés. La

douche et les toilettes étaient sur le palier, a priori on avait vite fait le tour. À chaque rotation, Léonie se reprenait le sang d'Océane en plein cœur. Le sol avait été épongé mais il restait de grandes traînées rouge-brun qui laissaient l'imagination s'emballer. Le chien ne l'avait pas loupée.

Fennetaux raccrocha son portable et la rejoignit dans la chambre.

– Alors ? demanda Léonie, inquiète.

– On a évité le pire, elle n'aura pas besoin de greffe de peau. Ils lui ont tricoté un beau petit napperon sur le mollet, vingt-six points de suture quand même. Sans compter les vaccins contre la rage et le tétanos. Maintenant on croise les doigts pour qu'elle ne nous fasse pas une infection par-dessus.

Et le chien ?

– Quoi, le chien ? Il a survécu au coup de crosse, si c'est ta question. Il est en fourrière. On sait toutes les deux ce qui l'attend, pas la peine d'épiloguer.

Léonie préféra changer de sujet. Elle désigna les sacs de scellés alignés sur le comptoir de la kitchenette. Billes de verre, fléchette et spray au poivre.

– Ces pièges, ils étaient là pour faire mal, pas juste pour alerter les voisins.

– Complètement d'accord, confirma Fennetaux. À deux centimètres près, Sissoko se prenait la fléchette dans l'œil. Et c'est du matos de pro, pas les gadgets qu'on achète pour animer une soirée barbecue.

– Depuis qu'on connaît la véritable identité de Neige, l'image de la petite fille de quatre ans prend beaucoup de place dans nos têtes, et c'est bien normal. On a grandi avec sa photo à la télé, c'est l'incarnation de la victime sans défense. Mais ces pièges, là, ils racontent une autre histoire. Ils me parlent d'une femme qui veut rendre coup pour coup. Qui refuse d'être une victime.

– Quoi ? Une vengeance ?

– Peut-être. Il n'y a pas que les pièges qui vont dans ce sens. Tu as vu ses produits de beauté ?

Fennetaux lui lança un regard surpris.

– Ici ? Non…

– Exactement. Y a pas une crème, pas une brosse, rien.

– Elle vivait chez son mec, je te rappelle.

– J'ai posé la question à Arthur Ravel, il m'a dit qu'elle utilisait ses produits à lui. Sur le coup je me suis dit qu'elle avait tout gardé ici, un peu comme un sanctuaire. Mais regarde la chambre : il n'y a aucune affaire personnelle. Pourquoi payer un loyer si l'endroit n'a pas valeur de foyer à tes yeux ?

– Tu penses à quoi ?

– Une base arrière. Un lieu où tu te replies en cas de danger. Ça colle assez avec l'idée d'une femme qui se sait menacée et qui n'a pas l'intention de se laisser faire.

– La proie qui se transforme en prédateur…, murmura Fennetaux.

Léonie acquiesça.

– Peut-être que Magali avait décidé d'avoir la peau de son ravisseur et qu'il s'est trouvé en position de devoir se défendre. Une lutte à mort entre la petite fille et le grand méchant loup, si tu veux.

– Ça expliquerait plusieurs choses, approuva Fennetaux. L'excellente condition physique de Magali, déjà. Elle était en mode combat. Et son refus qu'Arthur Ravel dénonce la première tentative de meurtre avec la voiture. Elle voulait régler ses comptes toute seule.

– Ça pourrait expliquer d'autres choses aussi, avança Léonie. Je ne sais pas, son embauche à la fondation Lalande, par exemple.

L'œil de Fennetaux s'alluma.

– Pas con. Pas con du tout, même. C'est vrai, après tout, pourquoi se faire embaucher là-bas plutôt qu'ailleurs ? Surtout qu'elle a commencé au service du ménage, sans papiers et sans la moindre référence. Comme si elle avait une idée derrière la tête. Peut-être que son ravisseur est un des résidents. On va demander à Tizi de checker tout le monde, faire des recoupements. Tu m'écoutes ?

Léonie n'écoutait plus. Elle avait remarqué quelque chose au pied de la petite table de chevet. Elle se pencha mais Fennetaux la retint et lui montra ses propres mains couvertes de gants en latex. La commandante ramassa un rectangle de papier brillant. Une photo. Une photo dix par quinze à l'ancienne, probablement tombée pendant la fouille des enquêteurs. Le cliché avait été pris dans le restaurant de la fondation Lalande. Plusieurs résidents entouraient Magali. Parmi eux, Suzanne Dumaillet lui tendait une boule à neige en souriant. Les profils des deux femmes se faisaient face dans une symétrie parfaite. La vieille dame et la jeune femme, avec juste la boule de verre entre elles. Les autres résidents en arrière-plan avaient l'air de figurants dans la scène.

– Ça va être un gros choc là-bas quand ils découvriront qui elle était, commenta Léonie. Je peux la garder ?

– On n'emporte pas de goodies, sourit Fennetaux en faisant glisser la photo dans un sac de scellés.

– Bien sûr, s'empressa de répondre la psy.

Elle sortit son smartphone et photographia le cliché. Le tête-à-tête des deux femmes avait allumé une petite mèche dans son cerveau. De quoi, peut-être, alimenter ses réflexions pendant ses prochaines insomnies.

Parc du Saut du Loup, Le Perreux-sur-Marne

Les chœurs de *Carmina Burana* éclataient dans les écouteurs de Sissoko tandis qu'il rentrait à petites foulées de son footing vespéral. Vingt kilomètres tous les soirs dans le bois de Vincennes qu'il pleuve, qu'il vente ou qu'il neige. C'est la proximité du bois qui l'avait poussé à s'installer dans l'immeuble propret du Perreux où il vivait depuis cinq ans.

La course et la grande musique étaient les piliers sur lesquels reposait sa vie. Deux soupapes qui lui vidaient la tête et allégeaient son cœur. Deux contrepoints à la laitance humaine dans laquelle il pataugeait toute la journée.

Pénétrant dans le hall, il aperçut Solange devant les boîtes aux lettres. Trop tard pour l'éviter. Il retira ses écouteurs à contrecœur sans toutefois couper le son. La cantate résonna en sourdine dans la grande cage de verre et d'acier. Sa belle voisine avait le chic pour relever son courrier pile quand il passait par là. Sissoko la soupçonnait de guetter ses allées et venues depuis sa fenêtre. La chorégraphie qui allait suivre était jouée d'avance, il savait qu'il en prenait pour quatre à six minutes montre en main.

Solange était persévérante, on pouvait le lui reconnaître. Un peu styliste, un peu mannequin, elle n'avait pas l'habitude d'être éconduite. Le challenge l'excitait. Une série d'esquives permit à Sissoko de décliner une nouvelle invitation à « boire un verre ». Il s'en était sorti. Pour cette fois.

Il fila sous la douche avant de s'atteler à la préparation de son dîner. Un dos de saumon barbotait dans une marinade ail-gingembre. La friteuse sans huile préchauffait, un petit quart d'heure dedans (exactement le temps de faire cuire du riz sauvage) et le saumon serait parfait. Sissoko s'activait aux fourneaux, la tête vide et les muscles détendus, quand une pensée s'insinua dans son esprit. Une pensée parasite, légère mais importune, qui finit par s'imposer avec la netteté d'une image haute résolution : Océane, assommée par les antidouleurs devant sa télé, un Maxi Bucket de KFC sur les genoux. Il secoua la tête, affligé, sortit un tupperware et rajouta un demi-verre de riz dans la casserole. Avec un peu de chance, à cette heure-ci, le périph serait fluide.

Devant le studio d'Océane, Sissoko sortit son double des clés (à qui d'autre la jeune femme aurait-elle pu les confier ?). Il ne se donna pas la peine de frapper. Océane boitait, il ne voulait pas l'obliger à se lever. Il inséra la clé dans la serrure et s'étonna d'entendre l'écho d'une conversation animée. Combien étaient-ils là-dedans, et qui s'imposait chez sa collègue alors qu'elle avait besoin de repos ? D'une voix forte, il lança depuis l'entrée :

– Janvier, c'est moi. Tu as du monde ?

Les voix se turent immédiatement, plongeant le studio dans un silence vaguement coupable. Un silence de dortoir quand le surveillant vient faire sa ronde. Sissoko s'avança jusqu'à la pièce de vie. Trois paires d'yeux le fixaient par en dessous. En rang d'oignons sur le canapé-lit, Océane, Tizi et Fennetaux alignaient trois têtes de crapules prises en flag. Dans leurs mains, les manettes d'une console Nintendo. L'écran de télé inondait la pièce des couleurs criardes de Mario Kart. Le regard de Sissoko passa des visages de ses collègues à la télé, puis de la télé à la table basse où gisaient des cartons de pizza à moitié vides. Pouvait-on tomber plus bas ?

Océane craqua la première. L'air retenu dans son diaphragme sortit d'un coup. Son rire envahit la pièce, déclenchant celui des deux autres. L'hystérie dura plusieurs minutes, le fou rire semblait animé d'une vie propre. Sissoko finit par tirer une chaise et s'assit face aux trois larrons. Il ouvrit son tupperware et attaqua son saumon au milieu de l'hilarité générale.

Pyrénées, Paris 20ᵉ

Léonie n'était jamais rentrée aussi tard du boulot depuis qu'Ida était dans leur vie. C'était mort pour le bain et le repas, elle espérait que Ben ne l'avait pas déjà mise au lit. Elle sortit du métro Maraîchers aussi vite que le manque de sport le lui permettait.

Deux silhouettes descendaient la rue des Pyrénées en sens inverse, Léonie les perçut à la lisière de son champ périphérique sans vraiment les voir. Une enfant et une trentenaire lookée comme une adolescente rebelle. Une fille et sa mère probablement. Quand elles se croisèrent, le cœur de Léonie se rétracta dans sa poitrine. La femme pleurait à chaudes larmes, indifférente au mascara qui maculait ses joues. L'enfant s'efforçait de toutes ses forces de la rassurer. La psy n'entendit pas ce qu'elles se disaient, le langage des corps suffisait. Il lui tordit les tripes. La fillette levait son petit visage vers sa mère et dardait un regard bien trop mature sur elle. Un regard maternant. On sentait l'expérience, ces deux-là pratiquaient cette danse depuis longtemps. Mais qui rassurait l'enfant le soir ? Léonie se découvrait moins tolérante envers certains comportements depuis qu'elle élevait sa nièce. Elle serra les poings et pressa le pas.

Elle ouvrit la porte et découvrit sa belle-mère assise à même le tapis du salon. Sylviane faisait de la musique en manipulant des bouteilles en plastique remplies de pâtes crues. Ida battait des mains et poussait des petits cris de joie pure. Ben mettait le couvert. Ses lasagnes étaient en train de gratiner dans le four. Léonie se surprit à se demander ce que Sylviane pensait de son arrivée tardive. Depuis toujours, Benjamin assumait le gros des tâches domestiques. Il sortait de l'école à 16 h 30, il avait tout simplement plus de temps à y consacrer. Ça leur convenait à tous les deux.

Léonie en tirait même une sorte de fierté inavouée, comme si à sa petite échelle, elle contribuait à rééquilibrer un peu la balance cosmique du patriarcat. Ce soir, pourtant, elle se demanda si sa belle-mère ne la trouvait pas désinvestie de sa vie de famille. Elle l'observa du coin de l'œil, mal à l'aise. Sylviane était bien trop occupée à être heureuse pour la juger. Elle essayait d'apprendre à Ida le surnom que ses petits-fils utilisaient pour l'appeler.

– Tu sais dire « Nanou » ? Nanou.

– Ahou.

Léonie se lava les mains avec application. Elle enlaça Ben (qui mima un « désolé » muet dans le dos de sa mère) et prit Ida dans les bras pour la couvrir de baisers. Sylviane se remit debout.

– Ça fait plaisir de vous voir, mentit Léonie en l'embrassant, Ida bien calée contre sa hanche.

– Je faisais des courses dans le coin, je n'ai pas résisté à l'envie de passer. Mais je file, Théo m'attend et je n'ai encore rien préparé pour le dîner.

– Ahou !

Ida était fière de son nouveau mot.

– Ma vie..., susurra Sylviane en caressant le pied potelé du bébé. Et ta mère au fait ? demanda-t-elle à Léonie. Ida est sa première petite-fille, elle a choisi quoi comme petit nom ? Mamie ? Granny ?

Ben savait reconnaître une situation de crise quand elle se profilait. Il vola au secours de Léonie.

– Elle réfléchit encore. Allez, mam's, si tu ne veux pas que papa mange ses poings...

– Tu as raison, mon chéri, j'y vais.

– Mais non, restez, protesta mollement Léonie pour la forme.

Quatre heures plus tard, Léonie cogitait dans l'appartement silencieux. Sylviane était rentrée chez elle depuis longtemps, Ida et Ben dormaient (les bienheureux). Des images s'imposaient puis disparaissaient de son esprit comme des bulles de savon. Aucun lien, aucune logique. Sa sœur Ingrid galbée dans une robe fourreau rouge, Sybille Jaouen seule à crever dans sa maison de poupée grandeur nature, la petite fille croisée dans la rue tout à l'heure. Est-ce qu'elle avait mangé quelque chose de consistant, au moins ? À tous les coups, c'était elle qui avait préparé le dîner. Sylviane enfin, épouse, mère et grand-mère modèle.

Léonie n'avait pas le temps d'organiser ses pensées que les visages changeaient. Ça faisait comme un film qu'on regarde en accéléré sans pouvoir le comprendre. Frustrée, tendue, elle se sentait traversée par un cocktail d'émotions négatives et elle détestait ça. La tartine brioche-thon à l'huile de la nuit dernière pesait encore sur sa conscience, elle s'interdit de céder à une nouvelle compulsion.

Elle n'avait pas besoin de bouffe, elle avait besoin de changer son logiciel familial. Elle voulait pouvoir penser à sa famille sans que les premières images qui lui viennent à l'esprit soient son père mort, sa sœur morte ou sa mère mutique. La succession de ces drames avait cannibalisé les autres souvenirs, les bons souvenirs. Mais ça avait existé. Ils avaient été heureux. Aussi heureux que Ben, sa sœur et leurs parents. Ils étaient allés tous ensemble voir *Titanic* au ciné. Ils avaient fait des randonnées géniales dans le Jura en vacances. Ils avaient déjeuné de bœuf aux oignons et de riz cantonais chaque samedi pendant des années à La Prospérité, une gargote chinoise de leur quartier. Léonie aurait tout donné pour retrouver le goût de ces moments-là.

Sur une impulsion, elle récupéra son portable, son casque Bluetooth et fouilla dans l'appli musique jusqu'à trouver la playlist traîtreusement intitulée « Classiques ». Pas de Mozart ni de Chopin à l'intérieur, rien que de bons gros tubes de variété qu'elle n'était pas certaine d'assumer en public. Enfant, elle avait passé un nombre incalculable de soirées à reproduire les chorés du Top 50 avec Ingrid. Elles faisaient des spectacles pour leurs parents le soir, son père en avait filmé quelques-uns au caméscope. Les deux sœurs s'enfermaient aussi dans leur chambre pour d'interminables sessions karaoké, leurs brosses à dents en guise de micros. Elles avaient ce mimétisme des vraies groupies capables de reproduire le moindre vibrato des chanteurs à l'identique, elles s'y croyaient à mort.

Léonie lança la playlist avec la fonction aléatoire et savoura la délicieuse incertitude du morceau à venir.

Moi je m'appelle Lolita
Lo ou bien Lola, du pareil au même

Les souvenirs jaillirent tout seuls. Elle était en sixième. Adrien Baron était amoureux d'elle mais elle aimait Mamady Keïta en secret. La prof de physique était une peau de vache. Ingrid l'avait prévenue, elle l'avait eue deux années de suite, la pauvre.

C'est pas ma faute
Et quand je donne ma langue aux chats je vois les autres
Tout prêts à se jeter sur moi, c'est pas ma faute à moi

C'était *la* chanson de son séjour en classe verte. Le chauffeur du car avait accepté de la passer en boucle. Le titre était devenu la bande originale du séjour. En rentrant à la maison, Léonie avait couru à la Fnac avec sa sœur pour acheter le CD.

Au soleil succéda à *Savoir aimer*, Céline Dion passa le relais à Louise Attaque. Le mode aléatoire était une roulette russe à souvenirs. Un Noël en famille, une virée shopping entre sœurs, les prime times de la *Star Ac'* le samedi soir. Léonie était dans sa bulle, avec les siens. L'étau autour de sa poitrine se relâchait. Le sommeil la saisit par surprise, elle était bien.

17

Dordogne, 1946

Marie Dumaillet était déracinée. Littéralement. Elle passait ses journées à tourner en rond, hors-sol. Ils n'étaient pas partis bien loin pourtant, mais ils se seraient installés sur la Lune que ça n'aurait pas été plus étrange.

En avril 45, Robert avait remporté les premières élections municipales libres depuis l'effondrement de Vichy. Une victoire dès le premier tour, et il ne s'était même pas porté candidat. Peut-être pour effacer leurs propres compromissions pendant la guerre, les électeurs s'étaient choisi un maire à la moralité irréprochable. Un compagnon de la Libération, pensez donc. Et puis un proche du général de Gaulle, ça pouvait aider le village, on ne sait jamais.

Robert n'était pas dupe mais c'était le signe qu'il attendait, la porte de sortie pour vendre la ferme. Ils n'avaient pas trop mal vendu d'ailleurs, assez pour financer les études de Suzanne (elle faisait son droit à Bordeaux) et installer André qui avait été embauché au Café des platanes, opportunément rebaptisé Le National. Le patron était un vieux copain de Robert, il avait été jusqu'à bricoler un tabouret de bar avec des roulettes. Assis dessus en appui sur sa jambe valide, André coulissait derrière le comptoir pour servir les clients. Un coup à droite vers le percolateur, un coup à gauche pour tirer un demi pression. À le voir glisser toute la journée dans sa tranchée, on pensait à un gardien de but de baby-foot coulissant sur sa barre. Le métier avait ses risques, on est souvent tenté de lever le coude avec les habitués. Marie veillait au grain et passait le voir tous les jours, l'air de rien. Elle n'était pas loin.

Avec Robert, ils s'étaient installés dans le logement de fonction au-dessus de la mairie. Sur la place, en face du café. Les meubles rapportés de la ferme n'étaient pas adaptés à l'appartement. Ils mangeaient presque toute la place, on circulait difficilement. Marie, elle, étouffait. Fille, petite-fille, arrière-petite-fille de fermiers, elle savait coudre, tricoter, elle cueillait les légumes de son potager, plumait les volailles de sa basse-cour. L'été, elle faisait des bocaux, ils avaient des réserves pour l'année. L'hiver, elle bricolait les meubles et raccommodait les vêtements qui duraient une vie. Une vie chiche, peut-être, mais c'était la sienne. Elle en avait maîtrisé les codes à la perfection.

Désormais il fallait tout acheter, et l'indemnisation de Robert n'était pas mirobolante. Elle aurait aimé contribuer, malheureusement les compétences qui faisaient d'elle une fermière accomplie étaient inutiles au village. Elle déchiffrait ses lettres péniblement et n'osait pas postuler un emploi de bureau. Qui aurait voulu d'elle ? Quant aux petits métiers, la femme du maire, ça n'aurait pas été bon pour l'image de Robert. Elle se sentait coincée, inutile. Alors pour se rassurer, elle s'était mise à compter. Ce qu'ils avaient, ce qui manquait. Dans le secret de leur appartement, elle empilait des boîtes de conserve, rognait sur chaque dépense, conservait jusqu'au moindre rogaton de fromage.

Le pire pour Marie n'était pas la peur de manquer, c'était l'angoisse que tout s'arrête après sa mort. La guerre les avait saignés. André ne fréquentait personne et ne montrait aucun désir de fonder une famille. Suzanne était partie et ne reviendrait pas. La famille s'éteindrait avec eux, et Marie ne pouvait rien faire pour empêcher ça. Elle ruminait, sombre et inutile, et pensait de plus en plus souvent à cet enfant dont elle aurait été la grand-mère. Cela aurait pu être différent. Elle aurait pu lui transmettre son savoir, et qui sait si un jour il n'aurait pas repris la ferme à son tour… Étaient-ils punis parce qu'elle avait décidé de le faire passer ? Malgré tout, même dans ses pires accès de mélancolie, Marie savait que les Dumaillet n'étaient pas les plus à plaindre.

Au village, Colette et sa famille étaient les grands perdants de la Libération. L'épicier tenait le seul commerce alimentaire à dix kilomètres à la ronde. Il avait beaucoup prospéré pendant la guerre. Ses étagères étaient restées achalandées toute la durée du conflit, et ce nouveau rayon mercerie… Forcément, on soupçonnait des trafics. On parlait de marché noir, de grosses commandes passées par les Allemands. En plus il refusait de faire crédit aux locaux, ça avait beaucoup choqué. Il préférait vendre aux boches, le salaud ! Sa femme, c'était pire. Des bruits couraient depuis longtemps, on la disait faiseuse d'anges. Les femmes *embêtées* se refilaient son nom sous le manteau. On l'appelait la « Ravaude », personne ne savait plus pourquoi. Elle avait continué son office pendant la guerre. Comme celles de son mari, ses affaires avaient été florissantes. Trop, de l'avis général. On murmurait qu'elle avait aidé les putes à boches à faire passer leurs lardons.

Le feu couvait sous la braise depuis l'été 44. Le 11 novembre, tout explosa. Le village honorait ses morts de la Grande Guerre pour la première fois depuis le départ des boches. Lever du drapeau, *Marseillaise*, l'émotion était grande. Un beau moment de communion patriotique. La procession se dirigeait vers le café quand on remarqua que l'épicier n'avait pas fermé boutique pour l'hommage aux poilus. Ce fut perçu comme la provocation de trop. Le déchaînement de haine fut tel que même Robert ne put l'endiguer.

L'épicerie fut saccagée. Vitrines explosées, comptoirs détruits. Le commerçant courut se réfugier chez lui à l'étage. La foule le suivit. Sa femme tenta de faire barrage de son corps pour le protéger. Elle n'aurait pas dû, les chiens étaient lâchés. On cria « avorteuse », « meurtrière ». Surtout que sa gamine ne valait pas mieux qu'elle, on l'avait vue aider la Ravaude dans son office malsain. Telle mère, telle fille. Colette et sa mère furent empoignées sans ménagement et traînées dehors. On fit passer deux chaises de main en main jusqu'au milieu de la place. La femme et la jeune fille furent assises de force. Déjà les ciseaux apparaissaient, la tondeuse. Elles y passèrent l'une après l'autre, abreuvées d'insultes et de crachats.

Les auteurs de lettres anonymes, les maréchalistes et les pleutres de tous poils participèrent au pugilat avec l'ardeur des convertis. Des femmes qui avaient bénéficié des services de la Ravaude se mirent au premier rang des outragés. On lavait plus blanc que blanc. On restaurait l'honneur de la France. Quand ce fut fini, un grand silence s'abattit sur la place. On n'entendait que les sanglots étouffés de Colette. La foule se retira pour aller fêter ça au National.

Contre toute attente, le père refusa de partir. Il resta vissé derrière son comptoir d'où il toisait les villageois avec morgue, bien conscient qu'on ne pouvait pas se passer de lui. Il gonfla même ses prix, histoire de faire payer les réparations à ceux qui avaient saccagé sa boutique. Par un étrange phénomène, l'animosité manifeste de ses clients renforçait l'estime qu'il avait de lui-même. Chaque vente le confortait un peu plus dans le sentiment de sa propre importance.

Colette et sa mère restèrent cloîtrées dans leur appartement le temps que leurs cheveux repoussent. Désormais lorsqu'elles sortaient au village, elles rasaient les murs. Seule Marie Dumaillet les saluait dans la rue.

*

Paris, 1946

Paul avait seize ans et il était en colère. Du matin au soir il était animé d'une rage froide, stérile, il en voulait à la terre entière. Il ne le disait pas ouvertement, mais il regrettait la guerre. Enfin, pas la guerre en tant que telle, la vie qu'il menait à cette époque. Le monde n'était plus qu'une source inépuisable de déceptions. Paris cristallisait son ressentiment. Le vacarme des voitures, les queues interminables devant les magasins vides, et cette volonté collective si palpable d'oublier, de faire comme si rien ne s'était passé.

Il avait beau taire ses pensées, son corps parlait. Ses muscles avaient fondu, son visage était constellé d'acné. Il en avait conscience et ne regardait plus personne en face. En dix-huit mois le solide gaillard aux yeux francs était devenu un garçon mou et fuyant, perdu dans une ville où il n'avait plus de famille.

Ses parents avaient échappé à la rafle du Vél d'Hiv, Villedieu avait pu les prévenir la veille et les avait cachés chez lui. Ils avaient gagné six mois. En janvier 43, ils étaient arrêtés dans leur atelier. Une dénonciation, sans aucun doute. Ce fut Drancy puis Auschwitz, convoi numéro 48. Un aller sans retour. Un comptable et sa femme avaient récupéré leur appartement au titre de l'aryanisation des biens juifs et refusaient de le rendre, l'affaire était en attente de jugement. Villedieu avait recueilli Paul chez lui. L'appartement du commissaire était juste au-dessus de celui de ses parents. Les premiers mois, Paul sautait chaque nuit sur la tête des usurpateurs avec une joie bilieuse.

À l'automne 45, sa rentrée au collège fut un désastre. Les professeurs devaient répéter son nom plusieurs fois à l'appel, il avait mis tant d'ardeur à l'oublier. Ses camarades ne savaient comment aborder ce type au nom polonais et à l'accent gascon qui vivait chez un flic. Paul ruminait seul dans son coin et dessinait pendant les cours. Ses résultats étaient calamiteux. On comprit assez vite qu'il n'était pas nécessaire de s'acharner. Villedieu lui trouva une place en apprentissage chez un cordonnier de Belleville. Ça dura deux mois, le patron ne supportait pas son caractère ombrageux.

Le commissaire n'avait pas beaucoup de temps à consacrer au garçon. À la préfecture, un ambitieux fraîchement inscrit au PCF convoitait son poste. Comme d'autres fonctionnaires restés en place sous l'Occupation, Villedieu était sur la sellette. Le soir après son service, il devait parcourir Paris et la banlieue à la recherche de survivants qu'il avait aidés pour qu'ils témoignent en sa faveur. C'était humiliant et exténuant. Quand enfin il rentrait chez lui, il n'avait pas la force de recadrer un Paul vindicatif et malheureux.

Pour ne rien arranger, ni Suzanne ni Colette ne répondaient à ses lettres. Il se rongeait les sangs, tiraillé entre rancœur et inquiétude. L'avaient-elles oublié ? Lui en voulaient-elles pour quelque chose dont il n'avait pas conscience ? Se seraient-elles liguées contre lui ? Son esprit enfiévré jonglait avec les hypothèses les plus folles. Paul pensait à ses deux amies nuit et jour. Un psychanalyste aurait parlé de stratagème dérivatif. Son cerveau ressassait les années en Dordogne pour éluder la disparition de ses propres parents dans les chambres à gaz d'Auschwitz.

Le garçon filait un mauvais coton. Livré à lui-même, il n'aspirait qu'à lire et à traîner dehors. La bibliothèque de Belleville osa lui réclamer le remboursement de *Corsaire Triplex*, il n'y remit plus les pieds. Pour assouvir sa soif de lecture, il lui fallait de l'argent. Frustré, sans ancrage et sans perspective, il lui sembla logique de le voler. Il établit ses quartiers à Pigalle. Il ciblait les bistrots à proximité des théâtres, commandait à boire et faisait les poches de clients trop occupés à se raconter la dernière pièce de boulevard pour surveiller leurs affaires.

Quand il se faisait prendre, le client détroussé ou le cafetier lui en collait une, on ne dérangeait pas la police pour si peu. Mais il revenait toujours, à croire qu'il cherchait les baffes au moins autant que l'argent facile. Son manège finit par agacer, Villedieu fut averti. Il vint récupérer Paul en cellule et l'entraîna dans un troquet de la rue Frochot. Des mômes comme lui, ses hommes en ramassaient tous les jours dans les rues de Belleville. Des orphelins écorchés vifs. Il ne pouvait pas les sauver tous, mais celui-là, c'était le sien. Villedieu se devait au moins d'essayer.

– Ça ne peut plus continuer comme ça.

– Si tu le dis.

– Je le dis, parce que je sais de quoi je parle. Tu commences par faire les poches des pochtrons dans les bistrots, ensuite tu tires le sac des vieilles dans la rue. L'étape d'après, c'est la cambriole à domicile. T'es accro au pognon à ce stade, tu prends de plus en plus de risques. Si l'appartement que tu visites est occupé, ben tu cognes le proprio, forcément. Un jour tu cognes plus fort que d'habitude, et te voilà devenu un tueur.

– Je suis pas un tueur !

– Pas encore. Mais continue comme ça…

Le garçon se rencogna sur son siège. Il était plus ébranlé qu'il ne voulait le montrer. Villedieu se pencha vers lui pour accrocher son regard :

– Qu'est-ce que tu veux faire de ta vie, Paul ?

– …

– Sérieusement. Tu as bien des envies, des ambitions.

– Tu sais ce que je veux.

Le commissaire soupira, Paul lui faisait de la peine.

– C'est pas possible, mon gars. Marie aurait voulu que tu restes mais Robert, tu sais bien… Il faut que tu penses à toi, à ton avenir. Tu adores dessiner. Ils cherchent des graphistes dans la publicité. Tu pourrais trouver une place.

– Non. Le dessin, c'est… personnel.

– Autre chose alors, n'importe quoi. Qu'est-ce que tu aimes ? Dis ce qui te passe par la tête sans réfléchir.

À son grand étonnement, Paul s'entendit répondre :

– Les bêtes.

– Les bêtes ?

– À la ferme, c'était ce que je préférais. M'occuper des bêtes.

– Les bêtes. D'accord.

Villedieu déplaça des montagnes. Un mois plus tard, Paul intégrait une maison d'enseignement rural dans le Lot-et-Garonne. Plus qu'un métier, son ange gardien venait de lui offrir un avenir.

18

Les Dalles, Bobigny

La bouteille de gin trônait sur le buffet du salon. Hélène Pasquier n'avait pas bu une goutte d'alcool depuis plus de dix ans. Une petite voix, après le départ de cette psy, l'avait poussée à entrer dans une supérette et à sortir son porte-monnaie. Depuis des heures la bouteille susurrait son chant de sirène. Hélène résistait mais elle sentait ses forces faiblir. La petite voix insistait, mielleuse, aguicheuse. Un verre, juste un seul, pour atténuer les images qui avaient pris possession de son esprit fiévreux.

Elle revoyait la photo de la femme morte sur son chariot en inox. Ça ne pouvait pas être sa fille, impossible. Sa Magali était morte à quatre ans. Un juge l'avait écrit sur un acte officiel : *déclaration judiciaire de décès*. Il lui avait fallu une vie pour y survivre et voilà qu'on lui présentait une autre morte, adulte, et que tout était à refaire ? « Désolé, madame, on s'est trompé la dernière fois, mais maintenant on est sûr, vous pouvez pleurer pour de bon. » Non ! Non, non, non, non, c'était hors de propos, hors de question, c'était inacceptable ! Magali, *sa* Magali avait les joues rondes. Une de ses incisives était ébréchée à cause d'une chute, ça lui faisait un sourire de friponne.

Ce sourire… Hélène aurait pu le dessiner les yeux fermés. Elle les ferma et les rouvrit aussitôt, assaillie d'images morbides. Ses mains commençaient à trembler. C'était le signe annonciateur des flammes. Hélène se leva d'un bond, enfila une veste et claqua la porte de son appartement.

Elle traversa la cité endormie et s'engouffra dans le métro. La faune de la nuit réinvestissait doucement les lieux depuis la fin du confinement. Un couple de SDF organisait son couchage pour la nuit. Un homme seul dans son coin invectivait son ami imaginaire. Un schizophrène peut-être, ou juste un mec bourré, c'était difficile à dire. Hélène trépignait, fébrile. Avec sa maigreur et ses longs cheveux filasse, un observateur extérieur l'aurait trouvée parfaitement à sa place parmi les marginaux.

Enfin une rame arriva. Elle y monta sans savoir où aller, pressée par l'urgence de fuir ses souvenirs. Le roulis fracassant du métro exacerba sa fièvre. Elle s'assit sur un strapontin, se releva, elle ne tenait pas en place. À chaque station elle hésitait à descendre. Une de plus. Encore une autre. Jusqu'où, et pour quoi faire ? Elle retrouva l'air libre après un trajet d'une heure en apnée. Elle était à Montrouge, dernier arrêt avant Bagneux. Alors elle comprit ce qui avait agi en elle et l'avait jetée dehors.

Elle se dirigea résolument vers le cimetière.

La lourde porte était fermée, évidemment. Hélène l'escalada sans problème, la colère lui donnait des ailes. Elle avait l'âge d'entrer au cimetière en corbillard, mais elle y pénétrait par effraction. Cette nuit, elle n'était plus septuagénaire. La petite fille en elle avait repris possession de la tour de contrôle.

Retrouver la tombe, même de nuit sans éclairage public, lui prit à peine quelques minutes. L'idée de la peur ne l'effleura même pas. Elle longea le carré musulman, frappée comme toujours par la grégarité des hommes qui poussaient l'entre-soi jusque dans la mort. La tombe qu'elle cherchait pouvait se targuer d'être avec les majoritaires. Les catholiques. Les bien-pensants. Elle était là. *Ils* étaient là, ou ce qui restait d'eux.

Jacqueline et Bernard Pasquier. Jacqueline était partie la première et, jusqu'à sa propre mort, son mari avait mis autant d'ardeur à la pleurer qu'il en avait mis à faire de sa vie un enfer. Hélène avait vu sa mère se faner année après année jusqu'à devenir une petite chose soumise et effacée. Son propre père avait transformé sa mère aimante en un ectoplasme indifférent à tout, y compris à sa fille. Il l'avait tuée de son vivant bien avant que la maladie ne l'emporte. Bernard avait fini par la rejoindre dans la tombe une quinzaine d'années plus tard, relançant pour l'éternité le cycle de sa haine recuite.

Hélène savait que leurs cercueils étaient empilés l'un sur l'autre. Symboliquement, pourtant, elle s'était toujours imaginé que sa mère reposait à gauche et son père à droite. Elle n'entretenait que la partie gauche de la pierre tombale, la moitié droite était couverte de fientes et de lichen. Cette rébellion posthume avait quelque chose de ridicule qui ne lui échappait pas. Chaque fois que ses yeux se posaient sur la ligne de démarcation, elle entendait son père ricaner de mépris. Où était son courage quand il était bien vivant ?

Lire son nom gravé dans le marbre raviva sa rage. C'était exactement ce qu'elle était venue chercher, substituer la colère au chagrin. Dans sa tête, le joli sourire ébréché de Magali fut remplacé par un autre, pervers et manipulateur ; le sourire qui avait hanté toute son enfance.

Un mauvais bulletin scolaire, une tache sur le canapé du salon, une porte qu'on a simplement oublié de fermer : Hélène avait fauté, elle devait être punie. « Qui aime bien châtie bien », répétait Bernard en soupirant, accablé par le poids de ses devoirs de père. Accroupi devant la cheminée, il tenait fermement le tisonnier avec lequel il venait de remuer les braises. Il jubilait de l'effroi dans les yeux de sa fille. Le crépitement de la peau fine au contact du fer incandescent le mettait en extase. Hélène avait encore l'odeur de chair brûlée dans les narines. Sa propre chair, brûlée par son propre père.

Gouffre du Faisan, Dordogne

André Dumaillet revint à lui dans un hurlement de douleur. À ses côtés, le Vieux ne bougeait plus. Des miliciens les torturaient depuis des heures. Ils étaient trois, peut-être quatre, une torche braquée sur son visage l'empêchait de les distinguer. Des beaux enculés, tout fiers de collaborer à la Grande Allemagne. Le Vieux et lui étaient tombés dans leur embuscade en rentrant du ravitaillement. Sac sur la tête, coups dans le ventre, ils s'étaient réveillés attachés au fond d'un gouffre, la lumière dans la gueule, et ce n'était que le début. Un des fachos devait être mécano ou un truc du genre, il avait bricolé une dynamo manuelle avec des électrodes et leur envoyait des courts-jus dans les roubignolles, ça faisait marrer ses potes. Le cœur du Vieux avait lâché aux premières décharges.

André manquait de s'évanouir à chaque électrocution. Il hurlait comme un fou, c'était plus fort que lui, mais jusqu'à maintenant il avait réussi à ne rien leur dire. Une sueur acide se mélangeait à sa morve, ses sphincters avaient lâché. Il n'espérait plus s'en sortir (y avait qu'à voir le Vieux tout raide à côté pour savoir ce qui l'attendait). Il priait juste pour avoir la force de continuer à la fermer. Les collabos ne cherchaient pas à démanteler des réseaux de résistance ou à identifier les cibles de leurs prochains sabotages. Non, ils voulaient le trésor de guerre du maquis. Ils parlaient de coffres remplis de lingots d'or largués par les Anglais et voulaient mettre la main dessus. L'or ! Où était l'or des angliches ? Ils n'avaient que ça à la bouche.

Des bruits de pas dans l'entrée du gouffre. Les miliciens tournèrent leurs torches. À moitié mort, André vit le petit Paul foncer sur eux armé d'un poignard. C'était inespéré, complètement dingue, c'était... sanglant. Paul embrochait les miliciens un à un. Sa lame émettait d'horribles bruits liquides en ressortant de leurs flancs. En moins de temps qu'il n'en faut pour le dire, les salauds étaient ligotés. Le rapport de force s'était inversé et Paul menait l'interrogatoire. Un Paul inflexible qui frôlait l'entrejambe des prisonniers avec les électrodes, l'air de se demander lequel il allait torturer en premier.

– Où sont les lingots ?

Les collabos le fixaient sans répondre, tétanisés. Paul approcha encore les électrodes :

– Les lingots ! Quand on est arrivés sur le terrain du largage, il restait plus que les toiles de parachute. On sait que c'est vous. Pas vrai, André ?

Paul se tournait vers lui, les électrodes en main. Il n'avait plus rien du petit Parisien timoré qui avait débarqué à la ferme de ses parents.

– Tu dis rien, camarade ? C'est forcément eux, qui ça pourrait être d'autre ?

Ce ton menaçant, ce regard torve... André ne comprenait plus rien. Une nouvelle décharge électrique lui déchira le corps. Il poussa un hurlement.

Suzanne se réveilla dans un sursaut. Elle était en nage, le corps trempé d'une sueur glacée. Une plainte lancinante traversait les murs de son studio. Maudites canalisations !

Quatre heures du matin, elle ne se rendormirait pas. Elle se leva péniblement, la gorge sèche, et s'emmitoufla dans sa robe de chambre. Son rêve s'effilochait par fragments dans sa mémoire brumeuse. L'or des Anglais, André, la gégène de la guerre d'Algérie. Elle avait tout mélangé. Et Paul en tortionnaire, ça n'avait aucun sens… Sa vieille carcasse n'était plus très vaillante, Suzanne en avait pris son parti. Si son cerveau commençait lui aussi à la trahir, c'était le début de la fin. Quelque chose s'insurgea au plus profond de son être. La pulsion de vie qui lui avait permis de traverser toutes les épreuves, de survivre à tout le monde. Elle frissonna.

Le restaurant ne servirait pas le petit déjeuner avant plusieurs heures. Elle avait de quoi se concocter un en-cas dans son studio mais n'avait pas vraiment faim. Elle fit bouillir de l'eau et prépara un thé, plus par désœuvrement que par réelle envie. Encore secouée par son cauchemar, elle attrapa un roman qui traînait sur son bureau depuis des semaines. Quelqu'un le lui avait offert, elle ne se rappelait pas qui, il était rare qu'elle lise de la fiction. Une photo était coincée derrière la page de garde. Suzanne eut un petit coup au cœur en la redécouvrant. L'anniversaire de Neige…

Elle n'avait pas choisi le cadeau ; une boule à neige pour Neige, elle trouvait ça un peu niais, mais la jeune femme avait beaucoup apprécié. C'était tout ce qui comptait. Suzanne contemplait le cliché, pensive. Une brochette de petites vieilles dont elle était la doyenne (la moyenne d'âge devait frôler les quatre-vingt-huit ans) et c'est Neige qui était morte la première. La pleurait-on au-delà du mur d'enceinte de la fondation Lalande ? Suzanne se demandait ce qu'avait pu être sa vie, et quel sens donner à une existence fauchée si jeune, sans enfant qui vous survive.

Suzanne non plus ne laisserait pas d'enfant derrière elle, mais ce n'était pas pareil. Elle avait le sentiment du devoir accompli. Qui sait ce que sa vie aurait été si elle avait gardé l'enfant qu'elle… Quel genre d'enfant aurait-il été ? Et elle, quel genre de mère ? Elle se leva d'un bond, agacée par ces élucubrations sentimentales du petit jour. Il était temps que Bessières règle ce problème de plomberie, ces insomnies ne lui réussissaient pas du tout.

19

Vendredi 19 juin

Bastion, Paris 17ᵉ

Léonie arriva au Bastion vers 8 h 30 avec le sentiment d'avoir gravi l'Everest. Elle n'avait jamais été prête aussi tôt depuis ses années lycée. Tizi était seul dans l'open space. Une quarantaine de gros cartons étaient entreposés dans un coin de la pièce. Les archives de l'enquête de 1989 sur la disparition de Magali. La jeune femme remarqua aussi que deux tours supplémentaires s'étaient ajoutées au nombre déjà impressionnant d'ordinateurs. Tizi était retranché derrière ces machines comme un sniper dans son bunker numérique. Ça chauffait et ça bourdonnait autour de lui. Il était la reine des abeilles au milieu d'un essaim de données.

– Salut !

Absorbé par son travail, l'Alsacien ne l'entendit pas. Léonie se laissa tomber sur sa chaise sans insister. Fennetaux et Sissoko firent alors une entrée groupée et la commandante lança un « Lapins » fatigué à la cantonade.

Sissoko remplit le réservoir de la machine à café et prépara une tournée générale. Océane arriva entre un lungo et un volluto.

Elle avait troqué son éternel jean slim pour un bas de jogging ample et devait prendre appui sur une béquille. Dans sa main libre, elle tenait une laisse au bout de laquelle haletait le berger australien de Magali Pasquier.

Le chien était placide, à mille lieues de la bête fauve qui l'avait attaquée la veille. Sissoko réagit le premier :

– Tu m'expliques ?

– Quoi ? Ils allaient le piquer.

– Et… ? Ça ne t'a pas suffi hier, tu veux égaliser avec l'autre jambe ?

– Hier, il a fait son taf, il défendait le territoire de sa maîtresse. Et sa maîtresse, maintenant, c'est moi.

Sissoko leva un sourcil réprobateur, auquel Océane répondit par un regard frondeur. De mémoire de Bastion, on n'avait encore jamais vu la jeune femme s'opposer à son capitaine.

– Océane, intervint Fennetaux, tu as le droit de prendre toutes les mauvaises décisions que tu veux, mais ce chien n'a rien à faire ici.

– Je sais, cheffe, je suis venue direct de la fourrière, c'est pour ça. Il rentre avec moi ce soir et vous le verrez plus, promis.

– Le sujet est clos, on s'y met. Tizi, il y a eu du nouveau dans la nuit ?

Le jeune homme se détacha de ses écrans pour faire face à l'équipe.

– Le labo a envoyé des analyses préliminaires. Magali Pasquier a été empoisonnée aux anatoxines.

– Mais encore ?

– D'après le rapport, ce sont des toxines présentes dans les champignons vénéneux, type amanite phalloïde. Il suffit d'une dose de sept milligrammes pour tuer un adulte. Le labo ne peut pas encore nous dire quel champignon précisément a été utilisé, ils font des analyses plus poussées.

– Des champignons… qu'est-ce que ça nous raconte ?

– Si j'ai bien compris la littérature scientifique, il a fallu que la victime les ingère, donc peut-être que Magali a partagé un repas avec son assassin. Après, ne nous emballons pas : les anatoxines peuvent mettre entre six et vingt-quatre heures pour agir. Tant qu'on ne saura pas exactement quel champignon a été utilisé, on ne pourra pas dater le moment précis de l'ingestion.

– Océane, entre l'entourage proche de Magali et la fondation Lalande, il faudrait établir une liste de toutes les personnes qui avaient accès à ses effets personnels.

– Je m'en occupe.

– Autre chose, Tizi ? demanda Fennetaux. Tu as pu regarder ce que l'ordinateur de Magali a dans le ventre ?

– La bécane est vide, ou quasi. J'ai repéré des fichiers vidéo écrasés, j'essaie de les récupérer. Elle n'avait pas effacé son historique Internet par contre, et je peux vous dire qu'elle a fait des recherches sur son propre enlèvement en janvier dernier.

L'info réveilla tout le monde d'un coup.

– Quoi comme recherches ?

– Des sites de presse écrite surtout, un peu de YouTube pour voir la marche blanche de décembre 89 et les JT au moment de sa disparition.

– Comme si elle découvrait toute l'histoire, réfléchit Fennetaux.

– Elle voulait des certitudes, renchérit Tizi, parce que dans son historique il y a aussi des recherches sur les boîtes américaines qui font des comparaisons ADN.

– Logique, opina Fennetaux. Quand tu découvres ton identité à l'âge adulte, et *cette* identité en particulier, j'imagine que tu as besoin de preuve pour encaisser le coup. Léonie, tu en penses quoi ?

Océane se mordit la lèvre. C'était la deuxième fois en deux

jours que sa cheffe sollicitait l'avis de la grosse. Elle ne lui demandait jamais le sien…

– Si on part de l'hypothèse qu'elle ignorait son passé avant cette date, commença la psy, on peut parler de commotion identitaire au moment où elle y a été confrontée. Elle s'est appelée Neige toute sa vie. Avec une histoire, des souvenirs, des liens affectifs, même si c'était avec son ravisseur. Soudain, cette identité vole en éclats et elle comprend que sa vie repose sur un mensonge. Il y a de quoi perdre pied.

– Sans doute…

– Il y a six mois entre sa découverte de la vérité et son meurtre, calcula Léonie. Et quand on est allées la voir, elle ne nous a pas dit qui elle était vraiment.

– Tu en conclus quoi ? demanda Fennetaux.

– Elle devait estimer qu'elle avait une bonne raison de se taire. Peut-être qu'elle avait un plan.

– Un plan pour quoi ? Pour confronter son agresseur ? Tu penses qu'elle est allée au-devant de son meurtrier en posant les mauvaises questions à la mauvaise personne ?

– Ce n'est pas tant ce qu'elle a pu faire qui me questionne, que ce qu'elle n'a pas fait. Comment se fait-il que sa première réaction n'ait pas été d'aller voir sa mère ?

– Elle a bien dû aller la voir si elle a fait une comparaison ADN, objecta Océane.

Léonie secoua la tête :

– Hélène Pasquier est formelle : Neige ne l'a jamais contactée, elle ne l'a jamais vue. Du coup je me demande : si la comparaison ADN n'était pas pour sa mère, pour qui elle était ?

Un silence consterné accueillit cette question. Même Océane dut le reconnaître : la grosse venait de marquer un point.

Beaugrenelle, Paris 15^{e}

Arthur Ravel se rendait à la conférence de rédaction quand le directeur de la publication lui tomba dessus dans le couloir. Berberian ne cacha pas sa stupéfaction.

– Qu'est-ce que tu fais là ?

– Pardon ?

– Je veux dire… ça va ? On pensait tous que, enfin, avec ce qui t'arrive… On pensait que tu prendrais au moins une semaine. Tu es sûr de vouloir bosser ?

Arthur ressentit un gros coup de mou. Des flashs de son appartement vide lui mouillèrent les yeux. Il se contenta d'un simple :

– Je préfère. Ça me permet de penser à autre chose.

– OK… OK. Bien sûr, je comprends.

Une tape gênée sur l'épaule et les deux hommes entrèrent dans la grande salle carrée. La rédaction de *L'Hebdo* se composait de onze journalistes titulaires, trois stagiaires et deux secrétaires de rédaction. Tout le monde était déjà installé. Arthur sentit les regards compatissants sur lui et plongea les yeux dans son carnet de notes. Il n'était pas certain de pouvoir retenir ses larmes sinon. Depuis la veille, son corps avait tendance à s'émanciper de la tutelle de son cerveau.

Berberian se racla la gorge, envisagea un moment de prononcer un petit laïus en mémoire de la compagne de son collaborateur et eut la bonne idée d'y renoncer.

– J'ai du lourd, lança-t-il d'emblée pour accrocher son auditoire. Une source à l'Élysée m'a confié que Suzanne Dumaillet serait élevée à la dignité de grand-croix de la Légion d'honneur le 14-Juillet prochain. Je sais, c'est demain, mais si on s'y met tous, on peut lui consacrer un numéro spécial pour le jour J et coiffer nos concurrents au poteau. Il ne se passe jamais rien en juillet. La moitié de notre lectorat sera en vacances, l'autre moitié sera en train de les préparer. Un numéro spécial sur la dernière grande dame de la Seconde Guerre mondiale, c'est parfait pour glisser dans le sac de plage de nos lecteurs intellos-mais-pas-trop. On angle sur le patriotisme et le féminisme, comme ça on fait d'une pierre deux coups et on déclenche l'impulsion d'achat chez Monsieur *et* Madame.

– Tu es sûr de ta source ? se permit de demander son bras droit.

– Certain. Ça vient du secrétariat général. Le Président a signé le décret de promotion mais ça n'a pas encore été publié au *Journal officiel*. C'est tout chaud.

– Ils ont raison de la promouvoir avant qu'elle meure, remarqua la doyenne des journalistes. Zéro risque politique, c'est tout bénef pour l'Élysée. Comment tu vois les choses ?

– Un panorama exhaustif sur tous les aspects de sa vie. On fait chronologique et thématique. L'enfance en milieu rural, la guerre. L'ascension sociale par les études. Sa redécouverte par les féministes, la reconnaissance sur le tard. La totale, quoi.

Une des stagiaires leva la main comme à l'école. Elle n'avait pas vingt-cinq ans.

– Oui, Djamila ?

– Pardon, mais je ne vois pas le rapport avec le féminisme. Pour moi, Suzanne Dumaillet, c'est l'incarnation de la droite tradi. Quand je pense à elle, je visualise un tailleur Chanel, je ne la vois pas du tout brûler son soutien-gorge dans une manif du MLF.

– Tu as raison, concéda Berberian. Elle n'a jamais été une militante féministe et s'il y a des lycées qui portent son nom aujourd'hui, c'est pour son travail de mémoire sur la Résistance. Mais elle est plus que ça. En fait, rétrospectivement, je crois qu'on peut dire que Dumaillet a été une des premières icônes médiatiques contemporaines.

– Comment ça ?

– Une des premières personnalités à être devenues célèbres grâce aux médias. *Les Dossiers de l'écran*, ça te dit quelque chose ?

La stagiaire secoua la tête. C'était la réponse que Berberian espérait. Le gars adorait le son de sa propre voix.

– C'était un programme à la télé dans les années 70 et 80, une soirée thématique, chaque semaine, avec un film suivi d'un débat. Certaines émissions sont devenues cultes, il y a eu des passes d'armes légendaires, des engueulades qui sont restées dans les annales. Si tu veux prendre le pouls de la société française des Trente Glorieuses, va voir sur le site de l'INA, ça vaut le détour. Bref, en 79 ils consacrent une émission à la Résistance intérieure et ils ouvrent la soirée en diffusant le film de Louis Malle, *Lacombe Lucien*. Suzanne Dumaillet participait au débat. Sur le plateau, c'était la seule témoin qui avait connu cette époque. On doit trouver des extraits sur YouTube, attends.

Il saisit son portable, lança l'appli de vidéos en ligne, scrolla, scrolla encore… et finit par trouver ce qu'il cherchait. Il émit un claquement de langue satisfait et fit basculer l'image sur l'écran plat de la salle de réunion. La vidéo était un aller simple pour les années 1970. Un journaliste au look pompidolien (col roulé en acrylique et lunettes à monture épaisse) était entouré de six invités assis en cercle dans des fauteuils en cuir. Cinq hommes dans la trentaine, le cheveu long et la cigarette aux lèvres, tous historiens, ainsi qu'une femme dans la petite cinquantaine, chignon serré et tailleur ajusté : Suzanne Dumaillet.

Elle représentait la génération des témoins, celle qui avait vécu la guerre. Inconnue du grand public, elle avait publié un roman en 64 qui dépeignait de façon poignante le quotidien des maquis de Dordogne. *Aux larmes, citoyens* n'avait pas trouvé son public. Les années 60 étaient celles de la prospérité, des yéyés, les Français ne voulaient plus penser à la guerre. Les rares fois où ils y pensaient, ce n'était plus avec la vision idéalisée que de Gaulle avait tenté d'imposer à la Libération. Les baby-boomers nés après-guerre savaient à présent que leurs parents n'avaient pas tous été exemplaires sous l'Occupation. On tuait le père. L'heure des comptes avait sonné.

Sur le plateau des *Dossiers de l'écran*, le face-à-face virait au pugilat. Suzanne Dumaillet, dont la famille avait pourtant été irréprochable, prenait les critiques des historiens pour des attaques personnelles et les parait en radotant « de Gaulle » comme on mentionne le corps sacré du roi. Un des historiens, Alain Etcheverri, frustré d'entendre en permanence ce disque rayé, voulut la prendre à revers.

– Elle est belle, la France que vous décrivez dans vos articles et dans votre bouquin, madame Dumaillet, mais c'est une mystification.

– J'ai vécu ces événements, pas vous, jeune homme.

– « Jeune homme »… Il y a tellement de mépris dans cette expression. Vous avez raison, je n'ai pas vécu l'Occupation, mais je l'ai étudiée. Vous décrivez les maquis comme des pépinières de héros prêts à donner leur vie pour la patrie.

– Absolument, et je sais de quoi je parle.

– Mmmm, bien sûr. C'est pour sauver la France que vous étiez chez la Ravaude à l'automne 44, peut-être ?

Le jeune homme affichait le sourire satisfait du tireur ravi d'avoir lâché la bombe qu'il avait préparée en secret. Il avait soufflé les autres historiens et fermé le clapet de la vieille bique. Suzanne Dumaillet restait muette de stupeur. Sur le plateau, personne ne comprenait. Le présentateur du débat la relança :

– La Ravaude ?

Suzanne avait fermé les yeux, on sentait qu'elle livrait une bataille intérieure sur ce qu'elle pouvait ou devait dire. Finalement, elle planta son regard dans celui d'Etcheverri, et répondit d'une voix forte :

– Je ne pensais pas devoir essuyer une attaque aussi basse dans un débat sur l'histoire de mon pays. La Ravaude était la faiseuse d'anges de mon village, en Dordogne. L'avortement était interdit, je vous le rappelle, et sévèrement sanctionné par le régime de Vichy.

– C'est bien ce que je dis, répliqua Etcheverri, acide. Vous passiez de bonnes soirées, entre maquisards…

Grisé par son succès, il n'entendait pas laisser Suzanne reprendre l'ascendant moral sur le plateau.

– Imbécile ! siffla-t-elle. Oui, j'ai dû recourir aux services de la Ravaude. Oui, je me suis fait avorter, monsieur l'historien. Pas parce que je batifolais avec mes camarades. Une femme ne devrait pas avoir à raconter ces choses-là. Pour votre information, j'ai été violée par trois soldats allemands. Des soudards ivres morts. Je venais juste d'avoir dix-sept ans.

Un silence stupéfait s'abattit sur le plateau enfumé. Puis le public assis sur les gradins, composé en majorité de hippies qui avaient jusque-là bruyamment soutenu les historiens, se leva comme un seul homme pour applaudir Suzanne Dumaillet. Une véritable standing ovation. La loi Veil sur l'interruption volontaire de grossesse était passée cinq ans plus tôt. Les jeunes femmes en tunique à fleurs savaient parfaitement ce que cet aveu public venait de coûter à la magistrate qui avait l'âge de leur mère.

Un plan de coupe montra Alain Etcheverri. Il avait l'air ahuri de quelqu'un qui vient de rater une marche dans l'escalier. La situation lui avait échappé sans qu'il comprenne pourquoi. Voyant que la caméra passait sur lui, il baissa les yeux. Pas assez vite cependant. Dans ses pupilles, on pouvait voir un mélange explosif de honte et de colère.

Berberian éteignit l'écran et se tourna vers la stagiaire.

– Ce débat a complètement changé le statut de Suzanne Dumaillet. Jusque-là, c'était une magistrate anonyme, auteur d'un roman qui était passé complètement inaperçu. Elle avait ses entrées dans les cercles des nostalgiques de De Gaulle, mais à part ça… Après l'émission, tout le monde s'est mis à parler d'elle. Sa dignité face à cet historien a créé une identification chez les féministes de la nouvelle génération. Elle était un contrepoint à la figure de Simone de Beauvoir que beaucoup de femmes trouvaient trop à gauche. Les enseignantes, les bibliothécaires, tout le monde a voulu lire son roman et le faire lire. On s'est rendu compte que le viol était un acte de guerre. À travers l'exemple de Suzanne, c'est le vécu des femmes pendant la guerre qui a été reconnu. Elle est devenue incontournable. Et le plus fou, c'est que sans cet historien, personne n'aurait jamais rien su. Il a voulu la rabaisser et il en a fait une icône.

– Dingue, lâcha Djamila.

– Je ne te le fais pas dire. Allez, on va répartir les papiers. Qui veut quoi ?

Ce fut la foire d'empoigne entre les journalistes. Berberian laissa son bras droit arbitrer. Un bras droit sert aussi à endosser le mécontentement des équipes. Ravel demanda s'il pouvait s'occuper de la jeunesse de Suzanne Dumaillet. Il aurait pu avoir le sujet qu'il voulait. Personne ne se sentait le droit de lui refuser quoi que ce soit.

20

Place des Fêtes, Paris 19ᵉ

Dominique Grault avait coupé le son de la télé pour répondre à l'appel de sa mère. Les deux femmes n'avaient pas attendu le Covid pour apprécier les avantages du distanciel. Elles avaient instauré ces déjeuners téléphoniques depuis l'installation de Colette à Lalande. Colette se préparait une salade dans son studio de la fondation. Si elle était au boulot, Dominique se contentait d'un sandwich. À la maison, elle piochait dans le frigo ou descendait un paquet de chips (elle n'avait pas le palais bien exigeant). Les deux femmes mettaient leur téléphone sur haut-parleur et papotaient sans se voir devant leur assiette.

Aux yeux du monde extérieur, mère et fille s'entendaient à merveille. La réalité, comme souvent, était plus nuancée. « Ambivalente » était sans doute l'adjectif qui caractérisait le mieux leur relation. Dominique avait d'abord follement admiré sa mère. À cinq ou six ans, elle n'aimait rien tant que s'asseoir sur le rebord de la baignoire pour l'observer dans la salle de bains. Habillage, maquillage, parfum. Colette apportait un soin tout particulier à ses cheveux. Elle portait depuis toujours un carré frangé blond cendré. Comme Linda Evans, l'héroïne du feuilleton *Dynastie*.

Dominique la regardait sculpter sa frange à petits jets de laque Elnett pour lui donner le bombé parfait. Ces attributs de la féminité grisaient la petite fille et mettaient ses sens en émoi. Elle apprenait, ne doutant pas un seul instant qu'un jour elle aussi maîtriserait cet arsenal.

Des phrases revenaient souvent dans la bouche des amis de ses parents : « Dominique, c'est le portrait craché de son père », « Ma parole, Régis, ta fille et toi vous êtes des décalcomanies ». Avec son front haut et son nez fort, son père avait « une tronche ». Sur Dominique, ces attributs ne provoquèrent aucun emballement amoureux dans la cour du collège ni ailleurs. En un mot comme en cent, Dominique était laide. Entendons-nous, elle n'était ni difforme ni repoussante. Elle était juste... vilaine.

Quand elle en prit conscience, elle en voulut à la terre entière (et sans doute plus encore à sa mère qui n'avait pas été fichue de lui transmettre sa beauté). L'amertume avait de surcroît creusé deux profonds sillons aux coins de ses lèvres. À cinquante ans passés, elle ne se cachait plus. Ses vêtements confortables et ses cheveux courts proclamaient haut et fort : « Si vous n'aimez pas ma tête, regardez ailleurs. »

Dominique n'avait pas fondé de famille. Le couple de ses parents ne l'avait pas particulièrement fait rêver, et il faut avouer que les candidats au mariage ne s'étaient pas bousculés au portillon. Elle assumait son statut de vieille fille sans se raconter qu'elle était célibattante, asexuelle ou n'importe quel autre concept à la con. Après la mort de son père au tournant du millénaire, elle s'était sentie obligée de réintégrer le domicile familial. En même temps que sa chambre d'ado, elle avait retrouvé les routines immuables de l'appartement (France Inter en fond sonore toute la journée, extinction des feux à 23 heures). Elle contribuait aux dépenses, aidait sa mère dans ses démarches administratives et médicales, rapidement elle s'était rendue indispensable.

Colette avait toléré sa présence tout en luttant intérieurement contre un puissant sentiment d'invasion. Elle se sentait responsable du célibat de sa fille. C'était irrationnel, elle le savait, mais elle ne pouvait pas s'en empêcher. La mère et la fille ayant consenti à cette cohabitation pour de mauvaises raisons, chacune était convaincue de se sacrifier pour l'autre. Dans le trois-pièces de la place des Fêtes, la rancœur, doucement, avait gangrené leurs deux cœurs.

La fondation Lalande avait représenté une issue aussi inattendue que bienvenue à une situation potentiellement explosive. C'est Dominique qui l'avait proposé, elle avait tout organisé. Colette avait sauté sur l'occasion. À la fondation, l'intimité de son studio n'avait pas de prix. Plus exactement, elle préférait ne pas trop s'appesantir sur son coût. Elle tenait plus que tout à y rester.

– Tu es sûre de ce que tu fais ? répétait-elle pour la cinquième fois à sa fille.

– Maman…, soupira Dominique, excédée.

– Mais imagine qu'on remonte jusqu'à moi ?

– Ça n'arrivera pas.

– Comment tu peux en être sûre ?

– Parce que j'en suis sûre, c'est tout.

– Ça me met mal à l'aise, Dominique. En plus, c'est illégal. Ça pourrait aller très loin, tes trafics.

– Ça n'ira nulle part, sauf si tu fais tout foirer. On peut changer de sujet ?

Colette soupira et céda. Elle cédait toujours. Dominique était son talon d'Achille. Elles finirent par raccrocher, le cœur lourd et l'assiette à moitié pleine.

Dominique se prépara un Nescafé et releva ses mails. Un torrent de messages submergea sa boîte de réception. Ce fut tellement soudain qu'elle eut un mouvement de recul sur sa chaise. Le petit compteur affichait les messages par paquets de dix, puis trente puis cinquante, ça n'en finissait pas d'affluer. Inutile de les ouvrir, les intitulés parlaient d'eux-mêmes : « suicide-toi », « mal-baisée », « mange tes morts ».

C'était une offensive massive, une attaque de trolls dans les règles de l'art. La plupart des messages étaient générés automatiquement par des programmes informatiques. Certains contenaient des images pornographiques ou sadiques, des images de femmes torturées, humiliées, d'autres des enregistrements audio de bêtes agonisantes dans des abattoirs. Dans ce domaine, l'imagination humaine n'avait pas de limites. Bien planqués derrière leur écran d'ordinateur, des individus suréquipés en systèmes de cryptage attaquaient en meute. Ils avaient fixé la date et l'heure de l'opération et lâché leurs chiens. Aujourd'hui ils lançaient des raids numériques, hier ils auraient organisé des rafles, avant-hier des lynchages. Leurs méthodes évoluaient mais leur violence restait la même. Aucun diplôme d'école supérieure, aucun costume à mille balles n'émoussait leurs crocs de mâles des cavernes. Leurs cibles étaient toujours des femmes, des femelles qui se mêlaient de ce qui ne les regardait pas et entendaient mettre leur grain de sable dans les rouages bien huilés du patriarcat. Ils se refilaient leurs noms sur des forums masculinistes et planifiaient leurs opérations des jours, voire des semaines à l'avance. Les baisables, ils les menaçaient de viol. Les moches, ils les incitaient au suicide. Ils récupéraient leurs adresses et ajoutaient parfois des photos de leur immeuble, de leurs enfants, même, quand elles en avaient.

De ce côté-là, Dominique était tranquille, elle ne laissait que peu de prise au chantage. Sa mère était à l'abri et quant à elle, qu'ils viennent la chercher. Elle savait qu'ils voulaient la déstabiliser, la faire flancher. Elle sourit en refermant son ordinateur. Ils pouvaient toujours essayer.

*Bastion, Paris 17e*

Fennetaux et Léonie s'apprêtaient à partir chez Hélène Pasquier quand Tizi leur fit un grand signe de la main.

– Qu'est-ce qu'il y a, biquet ?

– J'ai peut-être quelque chose sur le téléphone grave danger de Magali.

La commandante fit volte-face et se planta devant lui.

– J'ai vérifié les procédures. Dans certains cas exceptionnels, les associations de défense des femmes sont autorisées à délivrer un TGD. Seulement si elles estiment que c'est une nécessité vitale. Rien qu'en région parisienne, il y a une myriade de petites associations qui défendent les femmes battues…

– Encore heureux ! le coupa Océane.

– Je n'ai jamais dit le contraire, se défendit le pauvre Tizi. Avec le numéro de série du TGD de Magali, j'ai pu remonter jusqu'à une assoce du Val-d'Oise.

– C'est parfait. On va se diviser en équipes pour gérer les deux pistes en parallèle. Léonie et moi on va chez Hélène Pasquier. Océane, avec ta jambe…

Océane s'apprêtait à monter sur ses grands chevaux quand le portable de Fennetaux se mit à sonner, suivi immédiatement par celui de Sissoko et la ligne fixe de Tizi. Ce genre d'assaut n'annonçait rien de bon. Les enquêteurs échangèrent des regards interloqués. Tizi décrocha son fixe comme s'il était relié à un détonateur.

– Lieutenant Ziegler.

Il blêmit, raccrocha sans un mot et ouvrit une fenêtre de son ordinateur sur le direct de BFM TV.

Un bandeau déroulant rouge sang flanqué de l'expression « Alerte info » barrait le quart inférieur de l'écran. Une série d'éléments de langage racoleurs défilaient en boucle : « Incroyables rebondissements dans l'affaire de la petite Magali. La jeune femme vivait à Paris, elle est morte à trente-cinq ans dans des circonstances suspectes (sources proches de l'enquête). » En haut à droite, la photo emblématique de la fillette dans sa salopette rose en 1989 ainsi qu'un cliché assez flou de leur victime adulte. Le pire était sans doute la mine réjouie du voisin de Magali, un micro sous le nez, qui pérorait en gros plan : « … très discrète. Elle ne faisait confiance à personne, ça se sentait, et elle avait bien raison d'ailleurs. Le plus dingue, c'est que la police l'avait retrouvée, mais trop tard. Ils ont débarqué chez elle *après* sa mort. Elle avait placé des pièges dans son appartement, elle devait se douter qu'elle ne pouvait pas avoir confiance en eux pour la protéger. Imaginez, non seulement ils ne l'ont pas retrouvée à l'époque, mais en plus ils la laissent se faire tuer trente ans plus tard. Pour gazer les gilets jaunes ils sont là, mais pour s'occuper des vrais… »

Léonie était livide. Le visage perfide de la journaliste qui avait tenté de la piéger en se faisant passer pour une flic s'insinua dans son esprit. La fuite venait-elle de là ? De là ou d'ailleurs, de toute façon, le mal était fait.

Sissoko empoigna la souris de Tizi et ferma la fenêtre sur son ordinateur. Le silence n'eut pas le temps de s'installer. Déjà, tous les téléphones portables se remettaient à sonner.

21

Névache, 1959

La vallée de la Clarée avait été épargnée par l'agriculture intensive et vivait toujours au rythme du pastoralisme. Le curé était venu bénir le troupeau avant le grand départ, puis les brebis s'étaient élancées vers les sommets en faisant tinter leurs sonnailles. Elles formaient en montant des vagues blanches sur le vert tendre des montagnes. L'immense troupeau se fragmentait à mesure que les bergers gagnaient leur estive. Ils étaient dix à se partager ces alpages des Hautes-Alpes autour du mont Thabor, et tous avaient hâte de se retrouver avec les bêtes qu'on leur avait confiées, leurs chiens et l'immensité du ciel.

Cinq mois de travail acharné attendaient Paul à trois mille mètres d'altitude. Cinq mois d'intense bonheur. Seule la perspective de ces étés solitaires lui rendait tolérable la fréquentation de rares semblables dans la vallée pendant l'hiver. Ce bout de France enclavé l'avait accepté sans réserve, ça méritait quelques entorses à sa misanthropie. Paul était devenu berger. Le chemin avait été chaotique et cruel, mais à bientôt trente ans, il s'était trouvé.

Il ne cherchait plus à savoir pourquoi ses amies de Dordogne n'avaient pas répondu à ses lettres. Il aurait pu demander à

Villedieu de se renseigner, appeler Marie Dumaillet pour prendre de ses nouvelles, ou même retourner au village, personne n'entravait plus ses déplacements. Il n'avait rien fait de tout ça, il refusait de se torturer davantage. S'il lui arrivait encore de discerner les visages de Suzanne ou de Colette dans les cirrus d'altitude, l'image s'étiolait et finissait par disparaître. Il avait connu des femmes, mais aucune n'avait compté. Paul n'avait pas perdu une famille, il en avait perdu deux et portait une urne funéraire enchâssée dans le cœur. La vie lui avait appris à fonctionner en circuit fermé. Ne s'attacher à personne était encore le meilleur moyen de ne plus souffrir. L'hiver était difficile à passer, mais chaque été il repartait le cœur léger vers les sommets pour laisser le soleil et le vent l'avaler.

Sa cabane était en vue. À l'idée de s'en délester, Paul sentit douloureusement le poids du sac sur ses épaules. Il s'obstinait à monter des livres jusqu'à l'estive, on le prenait pour un fada (sans oublier le lingot qui ne le quittait jamais et qui pesait bien plus sur la conscience du jeune homme que son poids en or). Il inspecta la clôture du parc de nuit, évalua les réparations à entreprendre et siffla les chiens pour regrouper le troupeau. La faim lui tenaillait l'estomac, il l'ignora. Ce qui dominait en lui était un sentiment de joie pure. Bientôt, il le savait, les étoiles s'allumeraient l'une après l'autre rien que pour lui.

Il s'apprêtait à donner un bon coup d'épaule pour ouvrir sa cabane. Chaque année c'était pareil, la neige faisait gonfler le bois et il devait raboter la porte en début d'estive. Berger, c'était un peu comme couteau suisse, il fallait savoir tout faire.

À sa grande surprise, la porte s'ouvrit parfaitement. Paul se tint immédiatement sur ses gardes. Il inspecta rapidement son refuge et sentit l'odeur d'un autre. Deux yeux le défiaient dans la pénombre. Il brandit sa lampe torche et soupira. Le gamin devait avoir entre treize et seize ans. Les tatouages artisanaux sur ses mains indiquaient qu'il s'était probablement enfui d'un centre de redressement. Depuis combien de temps errait-il dans la haute montagne ? Qui fuyait-il ? Une mère ou des complices s'inquiétaient-ils pour lui quelque part ? Impossible de lui tirer les vers du nez, le gosse était mutique.

La nuit était tombée et Paul se résolut à lui faire une place pour la soirée. Il le présenta aux chiens afin qu'ils ne le prennent pas pour un prédateur et doubla les rations de son frichti. Le gamin dévora comme un affamé et s'endormit à même le sol. Toute la nuit, son corps fut agité de soubresauts. On aurait cru un possédé. Il geignit, hurla plusieurs fois, son sommeil ne s'apaisa qu'au petit matin. Paul le veilla bien malgré lui. Aux premières lueurs du jour il partit à la traite en se demandant comment aider cet enfant perdu.

Les choses se firent d'elles-mêmes. Le sauvageon ne dévoila rien de son histoire. Il prétendit s'appeler Albert, et c'était peut-être vrai. Toujours est-il qu'il resta aux côtés de Paul pendant les cinq mois de l'estive. Il aida à la traite, aux foins, à la confection des fromages. Il s'efforça d'apprendre à communiquer avec les chiens et, surtout, il réapprit à faire confiance à un adulte. Paul parlait peu, c'était dans sa nature, mais il enseigna au gosse ce qu'il savait avec des gestes et beaucoup de patience. Quand l'automne arriva, les nuits d'Albert étaient sereines. Il maîtrisait les bases du métier. S'il parvenait à garder les embrouilles et les mauvaises fréquentations à distance, il se pourrait qu'il s'en sorte.

Cette présence aurait pu gâcher l'estive de Paul. Étonnamment il n'en fut rien. Le berger redescendit vers la vallée le cœur moins lourd que les années précédentes. Dans les mois qui suivirent, il prit des nouvelles plus régulières de Villedieu. Peut-être commençait-il à se sentir un peu à la hauteur de son bienfaiteur.

Dordogne, 1959

Suzanne n'aimait pas revenir au village. Longtemps, ses études supérieures l'en avait préservée. Les révisions et les concours justifiaient son absence. Et ça avait payé : avec quelques autres pionnières, elle avait passé le concours de la magistrature et obtenu un poste dans l'administration pénitentiaire. Les prisons, on le sait, n'ont jamais été une source de fierté nationale. Ses homologues masculins rechignaient à s'y intéresser, tout était à construire. Le sort des femmes incarcérées lui tenait particulièrement à cœur, elle se démenait au quotidien pour améliorer leurs conditions de détention.

Elle avait trente-deux ans à présent et refusé une bonne demi-douzaine de demandes en mariage. Se consacrer à un mari et des enfants ? Non merci. Ses ambitions n'étaient pas compatibles avec une vie de famille. En parallèle de sa carrière, elle entendait faire reconnaître au pays ce qu'il devait aux sacrifices des maquisards. Elle y employait tout son temps libre.

Présente dans de nombreux comités, elle s'assurait que les maquisards les plus âgés touchent bien la pension qui leur était due et scrutait les listes d'anciens combattants volontaires pour débusquer les escrocs qui n'avaient rien à y faire. Elle contribuait aussi régulièrement à quelques revues confidentielles qui entretenaient pieusement la mémoire de la Résistance. En plus de ce travail de fourmi, depuis plusieurs mois les grandes lignes d'un roman lui trottaient dans la tête. Les Glières, le Vercors, Le Chambon-sur-Lignon : elle avait compilé les témoignages de survivants des principaux maquis et commençait à tisser les destins de ses protagonistes. Personne ne comprenait son ardeur à collecter des histoires que le pays essayait à toute force d'oublier.

Suzanne était une femme occupée. Malgré tout, elle était consciente de ses devoirs envers sa mère. Aussi revenait-elle chaque été passer une semaine au village. Elle ne nourrissait aucune nostalgie pour la ferme, mais voir Marie tourner en rond dans son petit appartement comme un hamster dans sa roue lui tordait le cœur.

Robert avait été emporté par une embolie pulmonaire trois ans plus tôt. Il avait conservé la mairie jusqu'à sa mort. Le nouveau maire avait eu la bonté (ou l'intelligence politique) de laisser la jouissance du logement de fonction à sa veuve. Sans ce geste, Marie se serait retrouvée à la rue. La sédentarité et le poids des années impactaient sa santé. Inflammation, problèmes de circulation, tension artérielle : d'une visite sur l'autre, Suzanne voyait la liste des maladies de sa mère s'allonger.

André faisait ce qu'il pouvait. Son invalidité l'empêchait d'emprunter chaque jour l'escalier tortueux qui montait chez elle. Il avait trouvé un accord avec une serveuse du National qui livrait ses repas à sa mère, mais le système atteignait ses limites. Marie tombait de plus en plus souvent, elle avait besoin d'une présence constante. Les deux enfants Dumaillet s'inquiétaient.

André finit par demander à Suzanne de passer le voir au bar un soir après la fermeture. Il lui servit un Martini, tira un demi pour lui et plongea son regard dans sa bière.

– Je crois que j'ai une solution pour maman, commença-t-il, évasif.

– Comment ça, une solution ? Quelle solution ?

– De l'argent. Assez pour lui payer une dame de compagnie à demeure.

Suzanne n'en croyait pas ses oreilles. Tout de suite, elle s'alarma.

– Rassure-moi, tu n'as pas fait de conneries au moins ?

– Non…

Le ton manquait de conviction.

– Tu as combien ?

– Cinq cent mille francs. Pour l'instant. Je peux doubler la mise. La tripler. La quadrupler même. Ce que je veux dire, c'est qu'on a de quoi voir venir.

Suzanne faillit tomber de son tabouret. Le franc s'était beaucoup dévalué et ne valait plus grand-chose, mais là son frère parlait d'une fortune. Des sommes délirantes qui n'avaient rien à voir avec le salaire d'un cafetier de village. André consentit à s'expliquer.

– On m'a refilé un tuyau, j'ai eu de la chance.

– De quoi tu parles ?

– Dans un bar les gens boivent, des fois ils ne maîtrisent plus ce qu'ils disent, et le lendemain ils ont tout oublié.

André s'exprimait sur un ton monocorde, le visage baissé vers sa bière qu'il n'avait pas touchée. Un frisson d'anxiété lécha la nuque de Suzanne.

– Un poivrot t'a confié le code de son coffre-fort ? Personne n'a autant d'argent dans le coin.

– C'est pas de l'argent, sœurette, c'est de l'or. Tu te souviens de Tintin ?

Le visage de Suzanne se crispa. Augustin Bost, dit Tintin, était le fils du garagiste. Pétainiste convaincu pendant la guerre, il avait rejoint les rangs de la Milice dès sa création en 1943. À la Libération, il avait disparu du village pour fuir les représailles, Suzanne n'avait plus entendu parler de lui.

– Il est revenu, ce salaud ?

– Depuis longtemps. Y en a ici qui disent qu'il est jamais parti, qu'il est resté planqué des années comme un rat dans le grenier de ses parents. Il a repris le garage de son paternel. Bref, un soir de cuite il s'est vanté d'avoir raflé un largage destiné au maquis.

– L'or des angliches…

– Ouais. C'était lui. Avec deux merdeux de son acabit qui l'ont suivi dans la Milice. Morts en 44 tous les deux. L'hiver dernier, fin bourré, il balance son histoire, il dit que sur les cinquante lingots du largage, il lui en reste trente bien planqués dans le garage derrière le stock de pneus.

– Quoi ?...

Sans un mot, André fit signe à Suzanne de le suivre. De sa démarche claudicante, il l'entraîna dans son appartement. Un simple carton était posé dans un coin de la pièce à vivre. Il le fit glisser vers la lumière et l'ouvrit. Les lingots scintillaient sous l'ampoule électrique. Suzanne n'eut pas la patience de les compter, mais elle croyait son frère sur parole. Trente lingots. Trente kilos d'or pur. La tête lui tournait. Elle se dit qu'André, malgré sa jambe en moins, avait dû faire plusieurs allers et retours entre le garage et chez lui pour les rapporter tous. Et si on l'avait vu ?

– Et Tintin ? demanda-t-elle, angoissée.

– Quoi, Tintin ? Il n'a qu'à porter plainte, grommela André. Je demande à voir, tiens ! Ça se trouve, il s'est même pas rendu compte que le magot était plus là. En tout cas, il a pas fait le rapprochement avec moi, parce qu'il continue à picoler au bistrot.

Suzanne fit un effort pour s'arracher à la contemplation des petits pavés jaunes.

– Tu ne peux pas garder ça. Cet or n'est pas à nous.

– On l'a mérité, tu crois pas ? Maman a besoin d'aide.

– Je ne sais pas...

– On fait comme j'ai dit ! assena André avec autorité.

Suzanne lui lança un regard en coin. Elle sentait chez son frère une indécision qui contrastait avec ses propos. Un malaise, même.

– Tu ne me dis pas tout.

– Y avait pas que les lingots derrière les pneus, finit-il par avouer.

Il glissa sa main dans le carton et en sortit un roman à couverture cartonnée, *Corsaire Triplex*. Suzanne leva un regard interrogateur vers son frère.

– Ça vient d'une bibliothèque. Y a la liste des gens qui l'ont emprunté. Regarde le dernier.

Suzanne ouvrit le livre. Elle parcourut la fiche et se figea.

– Szwizka..., déchiffra-t-elle atterrée. C'est le nom de Paul. Qu'est-ce que ça veut dire ?

– Je ne sais pas, lâcha André (mais une dureté dans sa voix laissait penser qu'il avait échafaudé quelques scénarios).

– Tu ne crois quand même pas que Paul était de mèche avec des miliciens ?

– Comment tu expliques le livre, alors ?

– Enfin Dédé, c'était qu'un gosse !

– Au début. La guerre nous a tous fait grandir très vite.

– Je ne peux pas y croire. Rappelle-toi, il voulait tout le temps te suivre, il voulait s'engager.

– Ou localiser le maquis pour mieux nous balancer.

Suzanne leva un regard troublé vers André. Il avait tant perdu pendant la guerre, elle ne pouvait pas lui en vouloir de ressasser le passé (d'une certaine façon, elle-même avait choisi de s'y consacrer tout entière). Paul avait disparu de leurs vies depuis si longtemps maintenant. Comment savoir ?

Pour les lingots, elle n'était pas mécontente qu'un collabo se soit fait dépouiller par un ancien maquisard. Et dans le fond, André n'avait pas tort. Leur mère avait pris des risques inconsidérés pendant la guerre. Elle s'était montrée d'une probité exemplaire. Personne ne méritait plus qu'elle de profiter de cet or tombé du ciel. Elle égrenait les arguments et tentait d'étouffer la petite voix qui susurrait « danger ». Insidieusement, l'or avait commencé à l'envoûter.

*

Ce même été, Colette aperçut Suzanne dans les rues du village sans oser l'aborder. Elle ne l'avait pas revue depuis quinze ans. L'ostracisme dont souffrait sa famille s'était un peu relâché. On ne les invitait toujours pas au baptême du petit dernier, mais on ne leur tournait plus ostensiblement le dos. L'eau avait coulé sous les ponts. Il n'empêche, Suzanne et Colette n'étaient pas du même monde.

Depuis la fin de la guerre, la jeune femme s'était consciencieusement sabordée. Ses parents, pourtant peu portés sur les questions existentielles, n'en dormaient plus la nuit. Leur fille unique, bonne élève, disciplinée, belle comme le jour, avait scié toutes les branches sur lesquelles ils s'étaient ingéniés à la faire grimper. Ça avait commencé par un refus catégorique de préparer le bachot. Le père n'avait pas insisté, il se méfiait des filles trop cultivées. La mère s'était étonnée, elle avait déjà remarqué que Colette ne piochait plus dans la bibliothèque en merisier du salon. Elle ne semblait plus avoir d'autre ambition désormais que de remplir les cabas des villageois dans la boutique de ses parents.

Qu'à cela ne tienne, avait conclu le père, on va la marier, jolie comme elle est. Il sélectionna les candidats selon des critères de maquignon. Colette opposa une fin de non-recevoir à chaque proposition. On recommença à jaser sur la famille : une fille pareille (du premier choix) qui reste seule, ça cache forcément quelque chose. Une infirmité, des tendances contre-nature, allez savoir. À la maison, la tension montait. Pour apaiser les choses, la mère convainquit Colette de partir à Périgueux suivre une école de secrétariat. Qui sait ce qui pouvait se passer d'ici là...

Il ne se passa rien. Deux ans plus tard, Colette réintégrait sa chambre et l'épicerie familiale. Elle était toujours d'humeur égale. Polie avec les clients, respectueuse envers ses parents qui finirent par se faire une raison. Jamais ils ne comprirent pourquoi leur fille se contentait de cette vie de nonne neurasthénique. Il ne leur vint pas à l'idée que le départ brutal de Paul (ce vrai-faux cousin que les Dumaillet avaient hébergé pendant la guerre) pouvait avoir un lien avec son état. Ils s'épargnèrent ainsi la culpabilité d'avoir escamoté tous les courriers que ce bouseux lui avait envoyés pendant des années.

On le voit, les vies de Colette et de Suzanne n'auraient pu prendre des tours plus différents. Prisonnière volontaire de l'épicerie familiale, Colette observait les allées et venues sur la place du village. Elle ne se priva pas de détailler la silhouette svelte et les tailleurs élégants de Suzanne. Elle admirait la jeune magistrate. Son indépendance. Son assurance. Personne ne savait comme Colette l'incroyable revanche qu'elle avait prise sur son destin.

Les souvenirs de leur dernière rencontre affluèrent à sa mémoire. Suzanne âgée de dix-sept ans, secouée de tremblements sur un établi dans la réserve de l'épicerie. Sa mère s'activant entre ses cuisses avec une canule bricolée à partir d'une chambre à air de bicyclette (l'épicière avait dans ce domaine des fulgurances d'ingénieur). Marie Dumaillet attendait au salon, elle n'avait pas eu le droit de rester. Colette avait une mission, toujours la même : obtenir le nom du géniteur. Sa mère refusait de pratiquer le moindre avortement sans savoir, disait-elle, « où elle mettait les pieds ». La jeune femme sourit amèrement en y repensant, cette prétendue assurance-vie n'avait pas empêché leur lynchage. Retranchée derrière la vitrine de l'épicerie, Colette laissa dériver ses pensées. Suzanne aurait-elle eu la même vie si elle avait gardé son bébé ?

22

Bastion, Paris 17e

Sur le papier, Yves Leprince était chef de la sous-direction des brigades centrales. « Taulier », c'était plus simple. Surtout, ça lui allait comme un gant. Le type ne marchait pas, il louvoyait entre les quatorze étages du Bastion. Il chapeautait la Crim', les Stups, la BRB, la BRI, la Mondaine et la brigade des mineurs. Aucun vice d'aucune nature ne lui était étranger, à se demander comment il parvenait à trouver le sommeil. Si quelque chose remontait jusqu'à lui, ça voulait dire que c'était grave. Si son nom s'affichait sur votre ligne directe, ça ne pouvait pas être bon pour vous.

Fennetaux n'attendit pas de se faire siffler. Elle sauta dans un ascenseur, grimpa jusqu'au sommet de la hiérarchie et déboula dans son bureau. L'assistante en faction ne tenta même pas de la retenir.

Une femme occupait déjà le terrain. Belle, très belle même, et d'une beauté si évidente qu'elle n'avait besoin d'aucun artifice. La commissaire Maxine Noiriel avait une petite quarantaine, des cheveux roux flamboyants et un regard vert sapin hypnotique.

C'était la princesse Rebelle de Disney devenue adulte, sanglée dans un tailleur noir tout simple. Fennetaux avait croisé le fer avec elle dans ce même bureau et remporté leur première bataille. La revanche s'annonçait plus serrée. La rousse ne se laisserait pas évincer cette fois-ci, Fennetaux le lisait dans ses yeux.

Les bureaux de l'OCRVP étaient à Nanterre. Soit Noiriel avait volé jusqu'au Bastion, soit elle avait appris la fuite dans la presse avant la presse. Une chaîne d'info en continu faisait d'ailleurs opportunément défiler ses images épileptiques sur un écran plat fixé au mur façon chambre d'hôtel. Les photos de Magali Pasquier tournaient en boucle. Même sans le son, ça puait la débâcle.

– Commandante, salua Noiriel d'une voix glaciale.

– Commissaire…

Le taulier coupa court aux amabilités :

– On ne va pas se mentir, on est dans une merde noire. Les politiques, les experts autoproclamés, ils vont tous essayer de s'approprier une partie de la dépouille. Ça va pleurer des larmes de crocodile en direct, ça va exiger des enquêtes internes. Tout le monde va vouloir se servir sur la bête. La « petite Magali »… une machine à cash, oui !

– Je suis bien d'accord, monsieur le sous-directeur. Et avec cette fuite dans la presse, on vient nous-même d'ouvrir les enchères, regretta Noiriel. Je me demande qui les a tuyautés. Vous êtes sûre de vos hommes, commandante ?

– Certaine. Mais je note que vous êtes arrivée bien vite. Plus vite que moi en fait, et j'ai eu qu'à prendre l'ascenseur.

Le rouge irradia les pommettes de Noiriel. D'une geste, le taulier bloqua sa réplique :

– Ça va ! C'est bon, on a compris. Vous ne pouvez pas vous encadrer. Il faudra passer outre. Vous allez reprendre votre ego toutes les deux et vous asseoir dessus. À partir de maintenant vous bossez en équipe.

– Pardon !

Elles avaient crié en même temps. Il leva les yeux au ciel et se tourna alternativement vers l'une puis l'autre.

– Noiriel connaît l'affaire en profondeur et Fennetaux a une semaine d'avance sur le meurtre, donc aucune de vous ne peut s'offrir le luxe de se passer de l'autre. Commissaire, j'ai prévenu votre divisionnaire, vous êtes détachée au Bastion jusqu'à la résolution de l'enquête.

– Sous quelle autorité ?

La question avait fusé, acide. Leprince répondit calmement :

– La mienne.

Le sujet était clos.

Peu de femmes avaient grimpé aussi haut que Noiriel dans la hiérarchie de la PJ, et elle n'y était pas parvenue en servant des tasses de thé à ces messieurs. Son ascension avait été plus difficile que celle de ses collègues masculins, elle avait dû apprendre à mordre avant de sourire. Une femme ne pouvait pas se contenter d'être compétente. Non seulement elle devait marquer des points, mais il lui fallait en plus le faire savoir pour empêcher quiconque de s'attribuer ses propres mérites. Il n'y avait aucune place pour la coopération dans ce système, encore moins pour une hypothétique sororité. Fennetaux se demandait comment la commissaire comptait gérer le partage des responsabilités. Naturellement bienveillante, elle n'entendait pas se faire manger la laine sur le dos ni servir de marchepied à l'ambition de la rouquine. Elle se sentait dépossédée de *son* enquête, elle avait déjà oublié que Noiriel planchait sur l'affaire depuis deux ans avant qu'elle-même ne s'en empare.

Dans l'ascenseur qui les ramenait au niveau des simples mortels, les deux femmes dégageaient des phéromones de catcheuses. La tension était si palpable entre elles que personne n'osa mettre un pied dans l'habitacle. Les portes s'ouvraient à tous les étages ou presque, les collègues qui s'apprêtaient à y monter humaient l'air et se souvenaient tout à coup qu'ils avaient oublié quelque chose.

Un silence de crypte planait dans l'open space. Tous les téléphones étaient en silencieux ou décrochés pour échapper aux médias. Les présentations furent vite expédiées. Les rapports de force allaient se mettre en place. Fennetaux exposa leurs dernières avancées. Noiriel eut l'intelligence de ne pas intervenir. Elle prenait le pouls de l'équipe, sentait les énergies. Vint le moment de répartir les missions. Fennetaux hiérarchisa les nouvelles urgences et donna ses instructions. Là encore, la commissaire la laissa s'organiser. Pour sa part, elle avait besoin de rattraper son retard et demanda à consulter la liste des saisines et des procès-verbaux depuis l'ouverture de l'enquête. Tizi attrapa une ramette de papier et alla remplir le bac de l'imprimante.

Enghien-les-Bains

Océane ne pouvait pas conduire à cause de sa blessure à la jambe. Fennetaux avait eu la bonne idée de lui coller la psy dans les pattes (faudrait pas que ça devienne une habitude) et aucun gardien de la paix n'était disponible pour les emmener. Elle se retrouvait donc dans un taxi. Un taxi ! Aucun flic digne de ce nom ne se déplaçait en taxi, pourquoi pas une chaise à porteurs ? Maigre consolation, elle avait négocié de s'installer sur le siège passager. Ça ménageait un peu sa susceptibilité et ça lui permettait de maintenir Léonie à distance.

Malheureusement le chauffeur écoutait RMC en édition spéciale sur la « petite Magali ». La police en général et Fennetaux en particulier en prenaient pour leur grade. On parlait d'incurie, d'incompétence. Des sous-entendus perfides étaient jetés en pâture au public avide de pointer un coupable. On aurait voulu un cow-boy pour faire rendre gorge au meurtrier de l'enfant martyre et on se retrouvait avec une petite bonne femme proche de la retraite qui n'avait pas été foutue de reconnaître Magali quand elle l'avait interrogée.

– Vous pouvez pas mettre de la musique, plutôt ? maugréa Océane.

Le chauffeur lui lança un regard noir et bascula sur une station pour ados qui tabassait des musiques urbaines. Océane se rencogna contre la fenêtre et feignit de s'intéresser au paysage.

Sur la banquette arrière, Léonie faisait défiler les dernières photos d'Ida sur son portable. Voir cette petite bouille sous tous les angles déclencha un afflux d'ocytocine dans son système nerveux. Ida dans sa chaise haute, brandissant victorieusement une cuillère, le visage recouvert de yaourt ; Ida dans le bain, hilare ; Ida fière comme Artaban au manège, maintenue fermement par un Ben aussi fier qu'elle. Photo après photo, Léonie opposait un barrage d'amour aux ondes délétères de sa collègue.

Le taxi les déposa dans un quartier résidentiel d'Enghien-les-Bains. Avec son lac et son casino Second Empire, la ville avait des allures de Genève du Val-d'Oise. Pas du tout le cadre dans lequel on imaginerait des violences conjugales. L'association Pluri'elles bourdonnait pourtant comme une ruche. Une ruche feutrée où des femmes tentaient de redonner confiance à d'autres femmes. Les locaux étaient modestes mais chaleureux (une plante en pot ici, là une petite table et des crayons de couleur pour faire patienter les enfants). Pas d'affiches trop parlantes sur les murs, on n'était pas à la brigade de protection de la famille. L'idée, c'était d'aider les victimes de violences à trouver la force de pousser la porte du commissariat.

Océane et Léonie se présentèrent à l'accueil. Une bénévole les conduisit dans le bureau de la directrice.

– La police. C'est pour toi.

Elle s'éclipsa sans plus de précisions.

Une quinquagénaire à la carrure de lanceuse de javelot leva les yeux vers elles. Bouche pincée et regard de rapace, c'était le genre de femme à qui un touriste perdu ne demanderait pas son chemin.

– Dominique Grault. Qu'est-ce qui se passe ?

Son ton disait l'habitude d'encaisser les mauvaises nouvelles. Océane s'épargna les préliminaires et alla droit au but. Elle lui tendit une photo du TGD de Magali avec le numéro de série surligné au marqueur fluo.

– D'après nos informations, ce téléphone grave danger vient de chez vous.

– C'est possible…

Le tourteau contractait ses pinces pour rentrer dans le sable.

– C'est certain. Écoutez, on va éviter de se prendre mutuellement pour des truffes, on est toutes dans le même camp.

– Lequel ?

– Celui des victimes.

La directrice fixa alternativement Océane et Léonie avant de lâcher :

– Faites voir le numéro de série.

Elle entra l'information dans un ordinateur qui soufflait comme un vieux carlin (Tizi en aurait eu des suées) et finit par hocher la tête.

– Effectivement.

– On peut savoir à qui vous l'avez remis ? Il n'est rattaché à aucune procédure d'éloignement de conjoint violent.

– Normal. On nous l'a volé il y a un an.

– Volé ?

– Comme je vous le dis.

– On vous a volé autre chose ? D'autres TGD ?

– Juste celui-ci.

– Vous n'avez pas porté plainte…

– Non seulement je n'ai pas porté plainte, confirma Dominique Grault, mais en plus j'ai activé le téléphone dès que j'ai constaté sa disparition. J'ai inventé une référence de procédure bidon pour le service de téléassistance.

– Pourquoi vous avez fait ça ?

– Simple bon sens. Je me suis dit que la personne qui avait pris le risque d'entrer ici par effraction ne l'avait pas embarqué pour le revendre sur eBay.

– C'est complètement hors cadre, commenta Océane.

Dominique soutint son regard avec placidité. Dans ses yeux brun fade on devinait que le hors cadre, c'était un peu la spécialité de la maison. Elle n'allait pas s'en vanter, mais elle ne s'en excuserait pas non plus.

Léonie rompit leur duel oculaire.

– Vous avez une idée de la femme qui vous l'a pris ? Ou à qui ce téléphone était destiné ?

– Aucune. On reçoit beaucoup de monde, vous n'avez pas idée.

Après un regard à Océane, Léonie lui montra une capture d'écran de la fausse carte d'identité de Neige Thomas en zoomant sur la photo.

– Elle, peut-être ? C'est une femme que vous suiviez ?

Dominique Grault blêmit.

– Vous vous foutez de moi ? On voit sa tête partout depuis ce matin. C'est Magali Pasquier ! C'est elle qui avait le TGD ?

– Dingue, hein ? lâcha Océane sur un ton qui sous-entendait clairement le contraire.

– Je vous jure que j'en avais pas la moindre idée. Il y a une heure, je ne savais même pas qu'elle était encore vivante. Enfin, je sais qu'elle vient de mourir, mais je veux dire…

Océane fit un geste qui pouvait signifier : « laissez tomber ».

L'autre enchaîna :

– En tout cas je peux vous assurer qu'elle n'a jamais mis les pieds à l'association.

– On va quand même récupérer la liste de toutes les femmes que vous suivez depuis un an. Dix-huit mois, même, soyons folles.

La directrice poussa un soupir las.

– Ça ne vous servira à rien. La plupart des femmes ici tiennent à rester anonymes. Quand elles nous donnent un nom, le plus souvent il est faux. Donner leur nom, c'est dénoncer officiellement leur mari. Ici à Enghien, on est sur du notaire, du médecin de famille, de la bonne bourgeoisie chabrolienne. Ils tabassent leur femme autant que les prolos, ils sont juste plus discrets. Impossible de deviner quoi que ce soit si vous les croisez au marché. Les épouses ont un budget fond de teint illimité pour cacher les bleus.

Le regard d'Océane s'assombrit. Elle ne se voyait pas harceler ces femmes pour obtenir des infos. À peine levée, leur piste s'évaporait. Les deux enquêtrices quittèrent le bureau dans un silence lourd de déception.

Après leur départ, Dominique s'obligea à attendre une longue minute pour se calmer. Jusqu'à présent ses interactions avec les flics avaient consisté à les secouer, les forcer à ouvrir les yeux sur la réalité des maltraitances subies par ses protégées. Ces deux-là l'obligeaient à sortir de sa zone de confort. Il s'agissait plutôt de les endormir, leur donner juste assez à manger pour qu'elles lui foutent la paix, et surtout, surtout, les empêcher d'aller fouiner de son côté. Si elles découvraient son casier, Dominique pouvait dire adieu à beaucoup de choses. Et elle n'était pas la seule impliquée.

Elle empoigna son téléphone. Colette décrocha à la deuxième sonnerie.

– On a un problème, maman.

Fondation Lalande, Paris 17e

« On a un problème », elle en avait de bonnes, Dominique. *On* n'avait aucun problème. Sa fille avait un problème, et si elle ne le réglait pas, Colette risquait de se faire expulser de son petit paradis. Or, elle ne s'imaginait pas vivre ailleurs et autrement désormais. Dominique et ses intrigues…

Une petite voix murmurait pourtant à Colette que c'était grâce à ces intrigues qu'elle avait pu s'installer à la fondation Lalande. Colette savait bien, au fond, que sa fille lui mentait depuis le début. Que ce n'était pas avec son microsalaire de l'association et ses prétendues économies qu'elle pouvait offrir à sa mère un studio pareil, une vie pareille. Mais elle était si bien ici, elle n'avait pas voulu creuser. Elle avait fait l'autruche et voilà le résultat.

La vieille dame observait son studio comme on regarde un soldat aimé en partance pour la guerre. Son royaume faisait environ quarante mètres carrés en comptant la kitchenette et la salle de bains. Ce n'était pas Byzance, mais c'était chez elle. Elle avait disposé son lit dans un recoin afin de libérer le plus grand mur pour une bibliothèque. S'y côtoyaient amoureusement les fresques historiques d'Henri Troyat et de Robert Merle, des piles et des piles de Simenon, mais aussi les romans plus contemporains de Sylvie Germain et de Laura Kasischke. Quand un roman lui plaisait, Colette dévorait toute la bibliographie de l'auteur. Les livres avaient été les compagnons de sa vie.

Un chevalet était installé près de la baie vitrée pour bénéficier à plein de la lumière du jour. Elle avait commencé à peindre après le décès de son mari. Elle n'aurait su dire où elle avait puisé l'audace de s'y mettre, toujours est-il qu'un matin elle s'était lancée. Non seulement elle y avait pris un plaisir infini, mais elle avait découvert qu'elle n'était pas mauvaise. Son approche était totalement intuitive. Elle n'avait aucune formation académique et, lorsqu'elle posait une toile blanche sur le chevalet, elle ne savait jamais à l'avance ce qui surgirait. Des influx, des ondes dont elle ignorait tout passaient directement de son inconscient au pinceau.

Colette peignait comme on rêve, en conséquence de quoi elle était toujours la première surprise du résultat. Une fois sèches, ses toiles ne l'intéressaient plus. Elles s'accumulaient au sol le long des plinthes. Le même motif se retrouvait sur nombre d'entre elles. Deux silhouettes juvéniles évoluaient au milieu de grands aplats de couleurs, un garçon et une jeune fille. Sur certaines toiles, les deux silhouettes semblaient avalées par l'obscurité comme Jonas dans le ventre de la baleine. Les couleurs étaient sombres, menaçantes, et les deux silhouettes se pressaient l'une contre l'autre pour se protéger d'un danger invisible. D'autres toiles, moins nombreuses, respiraient l'allégresse. Les silhouettes se déployaient dans l'espace sur des ocres éclatants de lumière. Un œil averti aurait pu reconnaître Paul et Colette jeunes. Mais alors il lui aurait fallu se demander pourquoi Suzanne, l'autre membre de leur trio, avait été littéralement effacée du tableau.

Colette se remit devant le chevalet dans l'espoir de calmer son angoisse. La toile sur laquelle elle travaillait était presque achevée. Elle faisait partie des plus lumineuses. Les deux silhouettes couraient à perdre haleine dans un jaune d'or qui évoquait les blés mûrs. La vieille dame mélangea plusieurs couleurs sur sa palette et se mit au travail. Deux heures passèrent en un éclair. Quand elle se recula pour juger du résultat, elle découvrit que la course bucolique avait désormais des airs de fuite éperdue. Les deux enfants tentaient d'échapper à une menace aux contours flous. On n'aurait su dire s'il s'agissait d'un animal fantastique ou d'un spectre. Une gorgone peut-être ?

23

Beaugrenelle, Paris 15ᵉ

Arthur Ravel ne s'attendait pas à trouver autant de monde dans le bureau du patron. Berberian lui avait demandé de monter (il avait textoté « passe me voir », un verbe évocateur de discussion informelle). En entrant dans le grand bureau d'angle, Arthur découvrit son bras droit, une demi-fesse posée sur un coin de table, ainsi que le responsable juridique du canard, droit comme un « i » dans un costume tout flasque qui ne trompait personne (le gars était notoirement pingre). Pourquoi Berberian les avait-il convoqués ? Arthur ne comprenait pas.

Depuis trois heures, à vrai dire, il ne comprenait plus grand-chose. Sa vie ressemblait à ces blagues de métiers qui commencent par « quel est le comble… ? ». Effectivement, que pouvait-il y avoir de pire pour un journaliste que de découvrir qu'il avait eu le scoop du siècle sous le nez, dans son lit même, et qu'il l'avait laissé passer ? Arthur avait été marié à Cosette et n'avait été foutu ni de la sauver, ni de la venger des Thénardier. Au journal, la commisération de la veille avait fait place aux ricanements plus ou moins discrets. Son deuil était oublié, supplanté par le ridicule. Il n'en voulait pas à ses collègues, lui-même n'avait que trop conscience de sa stupidité. Comment, alors qu'il était toujours à l'affût, avait-il pu ne pas sentir ? Ne pas comprendre ? Comment avait-il pu passer à côté ? Il était le dindon de sa propre farce. Mais ses employeurs étaient-ils en droit de le lui reprocher ?

Le message de Berberian l'avait délogé des toilettes où il s'était enfermé pour se repasser le film de sa relation avec Neige. Il essayait de traquer des indices qu'il aurait loupés, des petits cailloux semés ici ou là, mais rien. Il se força à faire le vide dans son esprit et traversa le bureau directorial jusqu'au canapé. Un print de son article sur l'enfance de Suzanne Dumaillet était posé sur la table basse. Tous ses collègues étaient en train de plancher pour rendre leur papier dans les temps. Arthur n'avait pas pu résister au plaisir de rendre le sien dans la journée. Et pour cause, il était prêt depuis des mois. Berberian le pointa du doigt.

– Tu nous expliques ?

Ce ton condescendant, comme si la messe était dite. Mais de quelle messe parlait-on ? Arthur comprit soudain la présence des deux sbires. La salope… Son pouvoir s'étendait donc jusqu'ici ? Il se raidit.

– Je peux prouver chaque ligne de mon article.

Le responsable juridique laissa échapper un « Hmm » dubitatif comme on expulse un rot (même lâcher une syllabe lui coûtait). Berberian planta son regard dans celui d'Arthur et contre-attaqua :

– Franchement ça m'étonnerait, mais je vais te dire, même si c'était vrai, *L'Hebdo* ne publierait pas ce… ça. Qu'est-ce qui t'a pris ?

Blanc comme un linge, Arthur mit un point d'honneur à rester stoïque. Il refusait de se laisser déstabiliser par ce ridicule procès de Moscou.

– J'ai des sources de première main.

– À ce propos…, tenta le juriste.

– Jamais, le coupa Arthur. Et vous le savez très bien. Si je divulgue leurs noms, je suis grillé.

– Si tu refuses aussi, j'en ai peur, intervint le numéro deux du journal, un sourire faussement peiné aux lèvres. Qu'est-ce que tu as contre Suzanne Dumaillet ? Cette femme représente tout ce qui reste de respectable dans ce pays. Qu'est-ce que tu lui reproches ? J'essaie de comprendre, là. C'est politique ? C'est personnel ? Ça sort d'où, toute cette haine ?

Arthur l'ignora délibérément et interpella son patron.

– Tu ne dis rien ?

Berberian ouvrit la bouche, la referma. Une fois n'est pas coutume, le tribun de salon cherchait ses mots. Quand il finit par les trouver, sa voix vibrait de colère contenue.

– Est-ce que tu as une idée de l'image qu'on a à cause de toi ? On est la risée de tout Paris. J'ai mis dix ans à construire *L'Hebdo*, asseoir sa crédibilité. Dix ans, et tu viens de tout foutre en l'air.

– Qu'est-ce que tu me reproches au juste ? Mon article ou ma vie privée ?

Le juriste risqua un aparté qui se voulait discret :

– Si je peux me permettre, juridiquement la vie personnelle des collaborateurs ne relève pas…

– Oh toi, ta gueule ! vociféra Berberian.

Il revint vers Arthur, rouge de rage, il en crachait des postillons gros comme des noisettes.

– Comment t'as pu ne pas te rendre compte de qui était ta meuf, bordel ? Ta meuf ! Et alors, tes élucubrations complotistes sur Dumaillet par-dessus le marché… C'est quoi ton projet, tu veux couler le journal ? Je t'ai mal regardé un matin dans l'ascenseur ? J'ai oublié de te dire bonjour ? Dis-moi ! Non mais dis-moi, qu'est-ce que je t'ai fait ?

*Bastion, Paris 17e*

Maxine Noiriel avait passé deux heures en apnée à éplucher toutes les procédures du groupe depuis le début de l'enquête. Sa concentration était maximale, Tizi n'avait pas osé se lever de peur de la déranger. Une envie pressante le tenaillait depuis un moment, il se consolait en s'autorisant un coup d'œil dans sa direction de temps en temps. La courbe de sa nuque auréolée de cette chevelure été indien le rendait tout chose.

La commissaire finit par relever la tête, aussi fraîche que si elle sortait de sa douche. Elle demanda à voir la vidéo de la première tentative de meurtre contre Magali Pasquier. Tizi lui transféra le fichier. Elle remercia d'un signe de tête et se replongea dans le travail. Dix minutes plus tard, elle réémergeait.

– J'ai peut-être quelque chose.

Le lieutenant la rejoignit sur le poste de travail de Sissoko. Elle lança la vidéo au ralenti.

– Là, regarde. On peut se tutoyer ?

Tizi acquiesça en rosissant, flatté. Noiriel pointa l'avant de la voiture du chauffard au moment où elle prenait de la vitesse.

– Tu as vu ? Le moteur saute. C'est léger mais il saute. Typique du surrégime au démarrage. Et qu'est-ce qui se passe quand tu montes à huit mille tours minute sur un moteur froid ?

– L'huile n'a pas le temps de chauffer, comprit-il.

– Absolument ! Elle ne peut pas lubrifier et ça, ça peut faire très mal…

Une bouffée de chaleur embrasa les joues du lieutenant. Noiriel réalisa le double sens de sa phrase et jugea préférable d'éluder.

– Tu pourrais me sortir une liste de garagistes ? Paris et la première couronne pour commencer.

– C'est comme si c'était fait, bafouilla-t-il en se retranchant derrière son ordi pour cacher son trouble.

Fennetaux les rejoignit une heure plus tard après avoir été soumise à la question par les grands manitous de la communication. La hiérarchie du Bastion cherchait à se couvrir. Elles étaient deux désormais en charge de l'enquête, mais Noiriel était commissaire au sein d'un prestigieux office central tandis qu'elle n'était que simple commandante. Si l'affaire nécessitait un fusible, Fennetaux avait compris que c'était elle qui sauterait.

En pénétrant dans l'open space, elle se fit la réflexion que Noiriel avait l'air de ronronner comme une vieille chatte. Au lieu de s'en réjouir, elle s'en alarma et réalisa qu'il leur faudrait beaucoup ramer toutes les deux si elles voulaient créer un semblant de cohésion d'équipe.

– Besoin d'une bonne nouvelle, cheffe ? proposa Tizi.

– Je ne dis pas non.

Noiriel lui grilla la politesse et annonça :

– On a le conducteur de la première tentative d'homicide.

– La commissaire a eu le nez creux, précisa Tizi, gentleman. En reprenant la vidéosurveillance, elle a repéré un incident moteur sur la voiture au moment du démarrage. On a contacté les garages pour voir si des réparations de ce type avaient concerné des Dacia Duster juste après les faits. Vous n'allez pas le croire…

– Tente toujours, lâcha Fennetaux.

Une fois encore Noiriel le coiffa au poteau :

– Arthur Ravel. Le compagnon de la victime.

– Ravel ? Mais c'est lui qui est venu dénoncer…

– Je sais, la coupa l'autre. Soit il est très con, soit c'est un génie du mal. Dans les deux cas, on va le savoir très vite. J'ai pris sur moi d'envoyer une équipe pour le cueillir.

Elle avait « pris sur elle », c'était trop aimable. Fennetaux comprit que dans cette audition il lui faudrait affronter non pas un mais deux antagonistes, et qu'Arthur Ravel ne serait sans doute pas le moins retors des deux. Elle venait de voir Noiriel à l'œuvre avec Tizi. Comment elle l'avait amadoué dans un premier temps pour mieux le court-circuiter et déposer elle-même le nom de leur nouveau suspect aux pieds du groupe. Nul doute qu'elle avait déjà appelé le taulier pour le prévenir, histoire de se faire mousser. Et peut-être même la juge d'instruction, qui sait ? Cette fille savait faire avancer ses pions.

Pas besoin d'être grand clerc pour deviner sur quel mode elle allait cuisiner Ravel. Fennetaux imaginait sans mal son numéro de charme. Ce qui lui laisserait *de facto* le rôle de la vieille peau. La flic acariâtre qu'on envoie en première ligne pour attendrir la viande avant l'entrée en scène de Mata Hari. Fennetaux accordait peu d'importance à ce qu'on pouvait penser d'elle d'ordinaire. Jouer la bad cop faisait partie du jeu, ça n'aurait pas dû l'émouvoir plus que ça. Sauf que là, si. Ça l'emmerdait carrément, même. Elle s'en prenait déjà plein la gueule dans les médias depuis ce matin, sa hiérarchie était en train de la lâcher au lieu de la soutenir, c'est bon, elle avait eu sa dose. La commandante se souvint que Sissoko avait reçu le témoignage d'Arthur Ravel avant le début de l'enquête. C'était à peine trois jours plus tôt, ça lui semblait il y a une vie. Elle décida de lui refiler le bébé et partit s'enfermer dans son bureau.

Certains êtres, par leur personnalité, ont la capacité de faire jaillir ce qu'il y a de plus beau en vous. Ils vous rendent meilleur. Noiriel faisait à Fennetaux l'effet exactement inverse.

24

Bastion, Paris 17ᵉ

Arthur Ravel se sentait l'âme d'un prisonnier politique. Il était Lino Ventura dans *L'Armée des ombres* marchant d'un pas décidé vers le peloton d'exécution. Il était Bobby Sands dans une geôle britannique, prêt à mourir de faim pour l'indépendance de l'Irlande. On l'avait fait entrer dans une salle blanche comme un bloc opératoire. Le grand Noir qu'il avait déjà rencontré lui faisait face. Une rousse sculpturale se tenait à ses côtés. Sur la table qui le séparait de ses accusateurs se trouvait la photo d'une voiture qu'Arthur reconnut immédiatement.

Rapidement, il calcula ce qu'il devrait lâcher s'il voulait sauvegarder l'essentiel. Il avait une mission à accomplir. Quelque chose de plus grand que lui qui requérait des sacrifices. Son amour pour Neige avait pu l'en détourner un temps, mais le clash avec son rédac' chef lui avait redonné le sens des priorités. Sa stratégie était simple : reconnaître ce qu'il n'avait plus les moyens de nier pour sortir le plus vite possible et se remettre au travail.

– Commissaire Noiriel, se présenta la rousse. Vous connaissez déjà le capitaine Sissoko, je crois. On ne va pas y aller par quatre chemins, est-ce que vous reconnaissez cette voiture ?

Arthur acquiesça. Bien obligé, il l'avait louée sous sa véritable identité. L'amour vous faisait faire de ces choses, il se serait baffé.

– Vous reconnaissez avoir loué une berline du même modèle, un Duster, jeudi 11 juin dernier ?

Nouveau hochement de tête.

– Vous êtes donc venu voir mon collègue, dit la rousse en désignant l'armoire à sa droite, pour dénoncer un crime que vous veniez de commettre.

– Un crime ? Quel crime ? Un coup de sang tout au plus. Regrettable, minable même si vous voulez, mais je n'ai pas touché à un cheveu de Neige.

– Parce que vous n'aviez pas anticipé ses capacités de réaction. La vidéosurveillance montre clairement votre intention de tuer. Je vous rafraîchis la mémoire ? proposa-t-elle en brandissant son téléphone portable.

Il leva nonchalamment la main, sans façon.

– L'intention… C'est difficile à établir. Juridiquement, je veux dire. Je connais plusieurs avocats en droit pénal qui ont bâti leur carrière en démontant ce type d'argument.

– Je me réjouis d'avance de voir comment le vôtre se débrouillera à votre procès, répliqua Domina. En attendant, on a quand même quelques petites choses à vérifier ensemble. À commencer par votre mobile. Elle voulait vous quitter et vous n'avez pas supporté ? Vous aviez découvert qu'elle vous trompait ?

– Vous n'y êtes pas du tout.

– Alors dites. On ne lance pas une voiture d'une tonne cinq sur le corps d'une femme de soixante kilos sans raison.

– J'invoque mon droit à garder le silence, répliqua Ravel en s'enfonçant dans son siège.

– Vous vous croyez dans une série américaine ? J'ai vu et revu les images. Vous n'avez pas eu la moindre hésitation. Il n'y a aucune trace de freinage au sol. Vous avez prémédité votre geste et vous l'avez exécuté. Manque de chance pour vous, elle vous a échappé la première fois. Alors vous avez changé votre fusil d'épaule et vous êtes passé au poison.

– Je ne sais absolument pas de quoi vous parlez.

Soutenant son regard, Arthur s'autorisa un mince sourire. La rousse le lui rendit. Elle était calme, sûre d'elle, et Ravel commençait à apprécier leur duel.

– Vous avez voulu faire le malin, monsieur Ravel. Vous êtes venu dénoncer une tentative de meurtre que vous veniez de commettre précisément pour vous en disculper. Vous disculper de cette tentative ratée, déjà, mais aussi des prochaines par anticipation. Parce que vous saviez qui était réellement votre compagne. Vous saviez qu'elle était Magali Pasquier et vous ne pouviez pas vous permettre de la laisser en vie.

Ravel voyait clair dans son jeu. La garce cherchait à le déstabiliser, elle voulait qu'il baisse sa garde. Elle n'avait toujours pas compris à qui elle avait affaire. Il était un moine shaolin, un templier.

– Je vous arrête tout de suite. Pour commencer, j'ignorais complètement la véritable identité de Neige. Et même si j'avais su qui elle était, en quoi ça m'aurait donné la moindre raison de la tuer ? Je n'ai aucun lien avec son histoire. Quand elle a été enlevée, j'avais à peine dix ans.

– Un bien bel âge, acquiesça la rousse. C'est celui qu'avait Mary Bell quand elle a entraîné le petit Martin Brown dans une maison abandonnée pour l'étrangler. Amarjeet Sada n'avait que huit ans quand on a découvert qu'il avait déjà assassiné sa petite sœur, sa cousine et le bébé des voisins.

– Des dégénérés, répliqua Ravel en haussant les épaules.

– Précisément. Et nous avons vingt-quatre heures devant nous pour découvrir quel genre de petit garçon vous étiez. Arthur Ravel, il est 19 h 24. À compter de maintenant je vous signifie votre placement en garde à vue dans le cadre de l'enquête sur le meurtre de Magali Pasquier.

Dans l'open space, Fennetaux assistait à l'audition entourée de ses ouailles. Océane ne cachait pas son admiration.

– La vache… dans le genre pitbull elle se pose là. En même temps, on aurait pu y penser plus tôt. C'est *toujours* le mari. Ou l'ex. Je trouve ça complètement dingue de se dire que la « petite Magali » est revenue d'entre les morts pour être victime d'un féminicide.

– On en est à 87 depuis le début de l'année, et on n'est qu'en juin, confirma Tizi.

Fennetaux se tourna vers Léonie :

– Tu n'as pas l'air convaincue, constata-t-elle.

La psy se massait les tempes en affichant un air dubitatif.

– Je ne sais pas…

– On est entre nous, lui rappela Fennetaux, tu peux tout dire. Tu ne le crois pas coupable ?

– En fait, non.

– Ça m'aurait étonnée, marmonna Océane. On peut savoir pourquoi ? Avec des mots simples si tu peux.

– Il est heureux.

– Ah oui, c'est simple.

Aucun des trois ne comprenait pourtant, Léonie le voyait dans leurs yeux.

– Un peu moins simple ? tenta Océane.

La psy réfléchit à la meilleure façon d'incarner sa pensée sans jargonner.

– Arthur devrait être dévasté. En tant qu'homme d'abord. Il venait d'emménager avec sa compagne. Leur couple était tout beau tout neuf, et soudain, elle meurt dans des circonstances atroces. Il n'y a pas que ça. En tant que journaliste, imaginez le choc. Il pensait vivre avec Neige Thomas et il découvre la vérité en même temps que tout le monde. Est-ce qu'elle le savait ? Est-ce qu'elle lui a délibérément menti ? Il devrait être obsédé par ces questions, anéanti. C'est l'impression qu'il vous donne ? Vous avez vu son attitude, ses postures ? Il rayonne. Il y a quelque chose dans sa vie qui prend toute la place. Quelque chose de beaucoup plus important pour lui que Magali. Quand je l'observe, il me fait penser à un disciple de secte qui a tout perdu mais qui s'en fout parce qu'il sait que son gourou lui garde une place dans son vaisseau intergalactique.

– Et si c'est son gourou qui lui a ordonné de la tuer ? demanda Fennetaux.

– Dans ce cas, oui. Peut-être. Mais de lui-même, je n'y crois pas.

Fennetaux se tourna vers Tizi, qui acquiesça en étirant les bras.

– Je vais creuser. De toute façon, garde à vue, ça veut dire que je vais passer la nuit à fouiller la vie numérique de Ravel.

– On peut t'aider ? proposa Léonie.

Océane lui lança un regard surpris.

– Tu fais des heures sup ce soir ?

– Pourquoi ? Il est quelle heure ?

– Bientôt 20 heures.

– Merde !

Léonie plongea dans son sac et en ressortit son téléphone pour vérifier l'heure. Ben avait tenté de l'appeler une bonne dizaine de fois. Il avait laissé cinq messages. Le dernier SMS hurlait en capitales : *QU'EST-CE QUE TU FOUS BORDEL ?!!!!* Son sang se figea dans ses veines.

Hôpital Robert-Debré, Paris 19e

L'hôpital pédiatrique était bondé. Des enfants d'âges divers couraient, pleuraient, chahutaient dans tous les sens. On se serait cru dans la volière du zoo de Vincennes. Léonie aperçut Ben dans la salle d'attente du service de radiologie. Il était gris de fatigue et se balançait d'un pied sur l'autre pour bercer Ida. Il avait confectionné une écharpe de portage avec un drap et la serrait contre sa poitrine. La petite cherchait son sommeil, elle geignait doucement au rythme des caresses de Ben le long de son dos.

La jeune femme mobilisa ses forces pour les rejoindre d'un pas calme. Ida avait eu besoin d'elle. Elle avait eu mal, elle avait eu peur, et Léonie n'avait pas été là. Cette pensée lui déchirait le cœur. La voyant arriver, Ben fut traversé par un double élan de colère et de soulagement. Léonie ne savait pas par où commencer. Elle bredouilla :

– Qu'est-ce qui se passe ? Comment… ?

Les yeux pleins de larmes, elle cherchait à voir Ida. Un cri d'angoisse s'étrangla dans sa gorge en découvrant sa tête emmaillotée dans les bandages. La colère de Benjamin reflua d'un coup sec.

– Pardon… pardon…, répétait Léonie en boucle, sans qu'il comprenne si elle parlait à Ida ou à lui.

Il lui prit la main et l'entraîna vers deux chaises miraculeusement libres.

– Elle a fait une chute à la crèche. Comme elle a vomi son goûter juste après, ils ont dû appliquer le protocole. Ils ont essayé de te joindre mais tu étais sur répondeur.

Léonie allait recommencer à se justifier, Ben l'arrêta d'un geste.

– L'IRM est nickel, précisa-t-il immédiatement. Il faut surveiller dans les vingt-quatre heures, mais tout va bien. Regarde.

Il lui tendit le compte rendu hospitalier. Léonie secoua la tête, elle n'avait pas la force de se concentrer. Son œil fut quand même attiré par un détail.

– Attends, il date de plus de trois heures, ce compte rendu. Pourquoi tu ne l'as pas ramenée à la maison ?

Le geyser gronda à nouveau. Léonie comprit qu'elle venait d'appuyer sur le mauvais bouton.

De retour chez eux, ils installèrent le lit d'Ida dans le salon pour la garder sous les yeux. Ben n'avait pas desserré les lèvres de tout le trajet. Après s'être assuré que la petite dormait, il consentit à raconter.

L'infirmière inflexible quand elle avait compris que Benjamin n'avait pas le même nom qu'Ida. Ses questions, sa suspicion. Ben revivait la scène. Son ton restait neutre mais ses mains tremblaient. L'idée de ne pas avoir pu consoler Ida qui hurlait... L'infirmière refusait de la lâcher, physiquement, elle disait qu'elle avait des consignes draconiennes à faire respecter (« Vous n'imaginez pas les situations qu'on doit gérer tous les jours »). Le silence radio de Léonie renforçait ses soupçons, elle était allée jusqu'à menacer de prévenir les services sociaux. Ben avait dû faire défiler les trois mille photos de son smartphone pour avoir l'autorisation, sous bonne garde, de prendre Ida dans ses bras. La ramener à la maison en revanche, c'était hors de question. Benjamin n'avait pas apporté de livret de famille, il ne pouvait justifier d'aucun lien légal avec l'enfant. Il n'était ni son père ni son tuteur, seule une personne dépositaire de l'autorité parentale était habilitée, etc., etc.

– Ils auraient pu l'envoyer dans un foyer, non mais tu imagines ? Je comprends tes arguments par rapport à Ingrid, franchement je les comprends, mais elle est morte et Ida est vivante. Je suis désolé si je te choque. Il faut qu'on pense à Ida. C'est ma fille, Léonie. C'est ma fille.

Léonie n'avait jamais vu Ben dans cet état. Il s'efforçait de parler à voix basse pour ne pas réveiller la petite, mais ne réussit pas à réfréner ses larmes. Il pleurait de rage.

Hélène Pasquier lui avait dit exactement le contraire la veille.

« Ce n'est pas ma fille. » Dans leurs deux voix, la même douleur. Personne jamais ne pourrait rendre Magali à Hélène, mais pour Ida et Ben tout était possible. L'histoire de leur famille était à écrire et Léonie tenait le stylo. L'hémisphère gauche de son cerveau, le rationnel, lui disait que c'était ce qu'il fallait faire. Une *vraie* famille. Elle le devait autant à Ida qu'à Benjamin. Malgré cela, quelque chose en elle résistait. Quelque chose, mais quoi ?

*Place des Fêtes, Paris 19e*

Dominique émergea du métro la gorge en feu et sentit son portable vibrer dans la poche de son jean. Quatre messages s'étaient accumulés pendant son trajet depuis Enghien : sa mère. Colette était dans tous ses états. Dominique s'en voulut de l'avoir inquiétée en lui parlant de la visite des fliquettes. Elle la rappela immédiatement et dut déployer des trésors de patience pour la convaincre de maintenir ses plans pour la soirée. Surtout, ne rien changer à ses habitudes.

Les enquêteurs ignoraient encore que sa mère résidait à Lalande. Ils ignoraient tellement de choses sur elle d'ailleurs, sur elle et sur Neige. Quand ils découvriraient son lien avec la fondation, ils comprendraient qu'elle leur avait menti en prétendant ne pas connaître Magali. Elle avait forcément croisé la thanadoula. Son aversion pour la police était telle qu'elle avait menti bêtement, par réflexe. Il fallait absolument empêcher sa mère d'en rajouter une couche de son côté en attirant l'attention des vieilles biques de Lalande.

La fondation était un monde en soi, un écosystème où, mine de rien, chacun surveillait son voisin. Le moindre changement de comportement de la part de Colette ne manquerait pas d'attirer l'attention sur elle, et par extension sur Dominique. Surtout, elle ne devait à aucun prix annuler son dîner. Étonnamment, dès son installation, Colette avait été adoubée par les résidentes les plus populaires de la fondation. Un groupe d'une demi-douzaine d'octogénaires qui se recevaient à tour de rôle dans leurs studios pour déblatérer sur les autres. Dominique les imaginait sans peine soixante-dix ans plus tôt faire la même chose dans la cour du lycée. Elles tenaient une comptabilité maniaque des visites et les commentaient jusqu'à plus soif. Une résidente recevait sa fille et son gendre à déjeuner au restaurant de Lalande ? Ces dames spéculaient sur la solidité du couple. Des adolescents papotaient avec leur grand-père dans le parc ? Elles évaluaient, impitoyables, leurs manières et leur éducation. Dominique était sûre d'une chose : si Colette séchait leur dîner ce soir, elle en deviendrait automatiquement le plat de résistance.

Dominique avait développé une activité parallèle en marge de son emploi associatif. Un second marché en quelque sorte. Sa petite entreprise était florissante. Malheureusement, le meurtre de Neige bouleversait son organisation. Elle allait devoir trouver en urgence une nouvelle base arrière. Avec toute cette flicaille et cette agitation, la fondation Lalande était définitivement grillée.

Son radar interne se déclencha dès l'ouverture de l'ascenseur. La porte de son appartement bâillait sur ses gonds. Dominique la poussa du bout du pied et découvrit un carnage. Pas le petit cambriolage discret vite fait bien fait, non, une tornade. Pas un meuble qui ne soit renversé, pas un tiroir qui ne soit vidé et son contenu éparpillé. Le ou les intrus avaient dû faire un raffut de tous les diables. Où étaient passés les hipsters du sixième étage qui l'emmerdaient dès qu'elle allumait sa télé ? Dominique était certaine qu'ils s'étaient terrés chez eux en attendant que ça passe. Elle imagina l'effroi de sa mère si elle voyait son appartement dans cet état et se félicita une fois de plus de l'avoir installée à Lalande.

Une poupée Barbie était scotchée sur la fenêtre du salon. La tête à moitié décapitée pendait mollement, les seins et l'entrejambe avaient fondu, brûlés au briquet. Sur la vitre figurait une promesse, écrite en majuscules grossières : « La prochaine chatte qu'on brûle, c'est la tienne. » Des empreintes digitales pourraient sans doute être relevées autour de la Barbie mutilée, sur le scotch notamment, mais Dominique ne porterait pas plainte. Elle était bien placée pour savoir que la parole des femmes n'avait aucune valeur pour les autorités.

Les flics et les magistrats voyaient les victimes comme des chieuses, des problèmes à traiter. Si elles n'ouvraient pas leur grande gueule pour se plaindre, ils pourraient tous rentrer plus tôt chez eux. Des femmes plus belles, plus jeunes, plus douces que Dominique étaient renvoyées chaque jour dans des foyers dangereux au motif que leur calvaire n'était pas assez visible, qu'il n'entrait pas dans le cadre d'un délit caractérisé. Il fallait être morte pour être prise au sérieux. Militante entre deux âges, laide et acariâtre, Dominique n'avait aucune chance d'être entendue. Heureusement qu'elle était dégourdie.

Elle empoigna une chaise renversée dans un coin, grimpa dessus et fit courir ses doigts le long du cadre de la porte qui donnait sur sa chambre. Il ne lui fallut que quelques secondes pour extraire une caméra miniature de la moulure en bois où elle était cachée. Elle émettait toujours. Ce petit gadget lui avait coûté une fortune, on allait voir si c'était un bon investissement. Pour exercer son activité comme elle l'entendait, Dominique avait dû apprendre à transgresser, à mentir, à tricher. À mesure qu'elle s'éloignait des rives de la légalité, elle avait compris qu'il lui faudrait investir dans sa sécurité personnelle.

Elle lança la vidéo sur son téléphone et l'accéléra jusqu'au moment de l'intrusion. Elle vit plusieurs silhouettes masculines passer et repasser dans le champ de la caméra. Combien étaient-ils en tout ? Impossible à dire pour l'instant. Un des intrus s'arrêta devant la chambre. Trapu, il portait une casquette qui masquait son visage. Dominique ne discernait ni ses traits ni son âge. L'homme se tourna vers ses complices, prononça des mots inintelligibles et entra dans la pièce. Les images en noir et blanc défilaient sur l'écran du téléphone. L'intrus saccageait la pièce avec entrain, il sortait les vêtements de l'armoire, en déchirait certains avant de les jeter sur le lit. Comme de bien entendu il s'acharna sur le tiroir des sous-vêtements. Dominique le vit déboutonner sa braguette, sortir son sexe et arroser le lit d'un puissant jet d'urine. Le rufian se reboutonna et quitta la chambre.

Dominique figea la vidéo et la fit reculer de quelques images. Comme ses lointains ancêtres du temps des cavernes, l'homme avait admiré sa verge pendant la miction puis levé la tête en fermant sa braguette. Ce sont ces gestes du fond des âges qui nous perdent. Même sur le petit écran du portable, le visage de l'intrus était parfaitement discernable. Dominique le reconnut tout de suite. Identifier ses complices serait un jeu d'enfant. Un sourire se dessina sur son visage disgracieux alors qu'elle effectuait une capture d'écran.

– Comme on se retrouve, adjudant-chef...

25

*Porte de Saint-Ouen, Paris 18e*

Portable vissé à l'oreille, Sissoko écoutait Fennetaux débriefer son rendez-vous avec la juge d'instruction.

– Tu aurais vu comme elle bichait ! À mon avis, elle n'en revient toujours pas de sa chance. On lui assigne une simple suspicion d'homicide sur une employée de maison de retraite et elle se retrouve avec l'affaire du siècle. À même pas trente ans ! Il doit y avoir des tas de juges plus capés qu'elle qui l'ont mauvaise et qui l'attendent au tournant. Je te laisse imaginer sur qui elle fait passer son stress.

– Toi ?

Fennetaux tiqua. Sissoko avait laissé passer une seconde de trop avant de répondre et n'avait pas surenchéri dans l'ironie. Il n'était ni dans le rythme, ni dans le ton. Lui qui savait si bien écouter d'habitude. Elle demanda :

– Y a du bruit autour de toi. T'es où ? Tu fais quoi ?

Sissoko se reprocha de ne pas être sorti du bar avant de prendre son appel. Trop tard. Il croisa le regard émeraude de Maxine Noiriel. Elle le dévorait des yeux. La bouteille de Zubrowka était restée sur la table. Elle enquillait tranquillement les shots depuis qu'il avait répondu à son téléphone. Ses yeux brillaient d'une légère lueur de désir. Sissoko eut chaud soudain. Il avait perdu le fil de sa conversation.

Fennetaux dut le sentir, elle coupa court.

– Allez, on est tous crevés. Je te laisse, à demain.

Sissoko reposa son smartphone et plongea son regard dans celui de Noiriel. Ils avaient été les derniers à quitter le Bastion. Quand elle avait proposé de boire un verre, à sa propre surprise il avait accepté. Ils avaient trouvé un rade ouvert porte de Saint-Ouen et s'étaient glissés sur les banquettes du fond, pile sous le miroir piqueté qui affichait le plat du jour. Le même chaque jour, couscous.

Noiriel lui sourit et se servit un autre shot. Un homme peu sûr de lui aurait tenté de suivre le rythme de peur de passer pour un puceau de comptoir. Sissoko sirotait la même bière devenue tiède depuis une heure. Ils parlaient peu, se caressaient des yeux et laissaient leur imagination faire le reste. L'atmosphère au-dessus de leur table se chargeait peu à peu en électricité. Désignant le portable du capitaine, elle devina :

– C'était Fennetaux… Elle n'est pas trop dégoûtée que ce soit moi qui aie identifié le principal suspect ?

– On n'en a pas parlé.

– Tant mieux. Vous bossez ensemble depuis combien de temps ?

– Sept ans.

Noiriel haussa ses beaux sourcils arqués en signe d'étonnement.

– C'est plus une équipe, c'est un mariage ! J'imagine qu'elle a de solides arguments pour te garder auprès d'elle.

– Elle en a.

– Je ne suis jamais restée en tandem aussi longtemps.

– Je m'en serais douté, dit-il en souriant.

Ils se fixèrent un instant sans rien dire.

– T'es pas un bavard, hein ? constata Noiriel.

Sissoko haussa les épaules. Sa grande main lâcha la bière pour venir chercher celle de Maxine.

– Je te ramène chez toi ?

Elle secoua la tête.

– Il vaut mieux pas.

– Tu as un chien qui attend sa petite promenade du soir ?

– Quelque chose comme ça.

– Tu vois, ça, je ne m'en serais pas douté, reconnut-il en caressant sa main.

Elle sourit.

– Il s'appelle Romain. On a deux fils.

Sissoko suspendit son geste.

Les Olympiades, Paris 13e

Fennetaux pouvait tout supporter tant qu'elle avait Sissoko à ses côtés. Il était son roc. Il était son ami aussi, et ce soir il l'avait plantée. Rien de grave, ça arrivait à tout le monde d'avoir la tête ailleurs, disait son cerveau. Son système inflammatoire était moins magnanime.

La commandante sentait un nodule se former sur son mollet, une boursouflure chaude. Elle était en train de faire un érythème noueux, elle était prête à le parier. C'était toujours le premier signe chez elle. Viendraient la fièvre et les douleurs articulaires, autant d'alertes pour la prévenir de ralentir le rythme si elle ne voulait pas que ses boyaux la lâchent. Au volant de sa voiture, elle programma sa soirée en conséquence : bouillon clair, bouillotte et le final de la série *Chernobyl*. Elle se le gardait sous le coude depuis un moment en prévision d'une journée bien merdique pour se consoler.

Une armée de journalistes l'attendait devant chez elle, au pied de la tour Athènes. Les plus malins s'étaient positionnés à l'entrée du parking. Ils collèrent leurs micros sur sa vitre dès qu'elle s'arrêta pour actionner la porte. Leurs questions lui parvinrent étouffées.

– Magali vous a dit qui l'avait kidnappée ?

– Est-ce qu'elle a compris qu'elle était en train de mourir ?

– Vous vous sentez coupable de sa mort ?

– Est-ce que vous envisagez de démissionner ?

Elle s'enfonça dans le parking sans faire de commentaire. Aucun n'osa la suivre. Comment avaient-ils obtenu son adresse ? Ce guet-apens était définitivement à l'image de sa journée.

L'ascenseur la propulsa au quatorzième étage. Elle ouvrit la porte et se figea. Quelque chose n'allait pas. Elle fit un premier tour de l'appartement sans toucher à rien. Les lieux étaient exactement dans l'état où elle les avait laissés en partant ce matin. Pourtant elle en était certaine, quelqu'un était venu. C'était une densité de l'air, le souvenir d'une odeur. Elle n'aurait su dire exactement quoi, mais c'était là.

La commandante ôta sa veste et commença une inspection plus poussée. *On* s'était concentré sur sa table de travail. *On* avait fouillé dans ses notes sur l'enquête. Ulcérée, elle se pencha à la fenêtre. Quelques journalistes traînaient encore au pied de son immeuble. Du quatorzième étage, ils n'étaient que des points colorés, des fourmis. L'un d'eux se serait-il permis d'entrer chez elle par effraction ? L'appât du scoop était puissant et l'affaire de la « petite Magali » aimantait le public. De là à risquer sa carte de presse et une solide inimitié chez les flics ? Non, plus Fennetaux y pensait, moins cette perspective lui semblait plausible. Ces journalistes posaient des questions stupides et vexantes, ils manquaient de pudeur pour certains, mais c'étaient de jeunes salariés qui bossaient aux trente-cinq heures pour des groupes de médias cotés en Bourse. Ni les employés ni leurs employeurs ne pouvaient se permettre de voir leur réputation entachée par ce genre de méthode. Alors qui ?

Elle repensa à Louise Gulin, la fausse flic qui avait tenté de piéger Léonie. Vu ce qui lui pendait au nez en cas de nouvelle incartade, il y avait peu de chance qu'elle se soit amusée à venir narguer Fennetaux à domicile. Seul un professionnel du coup tordu pouvait prendre le risque de s'introduire chez un flic sans laisser de trace. On disait « officine » aujourd'hui. Ça fleurait bon la pharmacie de province, mais ça restait de la barbouzerie. Qui avait pu commanditer cette intrusion ? Qui avait intérêt à connaître les billes des flics sur l'affaire ? Qui, sinon le meurtrier de Magali ?

Fennetaux sentit ses intestins se tordre. Et s'il lui prenait l'envie de revenir pour un petit tête-à-tête ? Elle frissonna et rappela Sissoko. Plus pour se rassurer au son de sa voix grave que dans l'idée de lui demander de l'aide. Son allié de toujours était sur messagerie.

C'était le coup de grâce. Les sphincters de la commandante lâchèrent. Un filet chaud et brun ruissela le long de ses cuisses. Et c'était comme si toute la tension qui pesait sur ses épaules depuis le début de l'enquête cédait aussi. Le premier spasme était passé, d'autres suivraient. Elle avait vécu ça si souvent. Ça allait être « une de ces nuits ».

Fennetaux se dirigea vers la salle de bains le plus lentement possible pour protéger le parquet du liquide acide. Dieu merci, elle avait fait retirer la moquette en emménageant ici. Elle enjamba le rebord de la baignoire comme elle put, fit couler l'eau chaude et se recroquevilla sur la faïence. Il était inutile de lutter, elle ne pouvait qu'attendre de s'être totalement vidée.

Les Dalles, Bobigny

Hélène Pasquier ne sut jamais comment elle était rentrée du cimetière. Elle se retrouva devant son immeuble alors que les oiseaux saluaient l'arrivée du jour. Il devait être entre 4 et 5 heures du matin. Grise de fatigue, elle ne pensait à rien, ne ressentait plus rien, son esprit avait comme déserté son corps. Elle monta chez elle et sombra dans un sommeil sans rêve. De violents coups de sonnette la sortirent de sa torpeur. Elle avait dormi toute la journée. Hagarde, elle se traîna jusqu'à l'interphone. Personne. Sûrement une erreur, ou une blague des gamins de l'immeuble.

La télé était restée allumée sur la chaîne d'info la plus racoleuse. Hélène se dirigea vers le canapé. Son œil croisa la bouteille de gin. On était vendredi soir. Un long week-end sans la moindre obligation l'attendait. Un long combat contre elle-même. Elle s'installa sur son canapé.

L'animateur vedette lança un nouveau journal. La mort de Magali tenait le haut du pavé bien sûr. La photo d'un trentenaire apparut à l'écran tandis que les mots « garde à vue » glissaient sur un bandeau déroulant. Hélène fixait les images sans les voir, mobilisée tout entière par sa lutte pour résister à l'appel de la bouteille. Une photo d'elle remplaça celle du suspect à l'image.

Hélène monta le son et força ses yeux à faire le point. Le regard bien ancré dans celui des téléspectateurs, le journaliste buvait du petit-lait :

– On s'étonne tout de même du silence de cette mère. Alors vous me direz, chacun exprime son chagrin à sa manière. Je veux bien, mais vous ne m'enlèverez pas de l'idée que ce silence cache quelque chose. Madame Pasquier a refusé chacune de nos demandes d'interview, et elles ont été nombreuses. Parce que Magali n'est pas que sa fille à elle. C'est un peu l'enfant de la nation. Nous sommes tous en deuil ce soir et, si vous voulez mon avis, le chagrin du peuple a droit à un minimum de considération. Cette dame aussi mérite notre considération bien sûr, mais ça ne l'exonère pas de ses responsabilités. Nos équipes se sont renseignées sur elle. Le droit à l'information avant tout, chers téléspectateurs. Le moins qu'on puisse dire, c'est que la « petite Magali » n'a pas grandi dans un foyer très équilibré. Loin de moi l'idée de jeter en pâture une femme déjà éprouvée par le sort, mais quand même, pensez qu'à l'âge de quatre ans Magali passait plusieurs nuits par semaine sans surveillance. Et où était sa mère pendant ce temps-là ? Je vous le donne en mille, Mme Pasquier travaillait dans un bar de nuit. Alcool, drogue et j'en passe, on imagine sans peine le type de fréquentations qui fraye dans ces établissements. Est-ce qu'une fillette plus encadrée, oserais-je dire mieux aimée, aurait été kidnappée ? Je pose la question. J'entends déjà les cris d'orfraie des bien-pensants, mais on peut poser la question, non ?

Hélène se leva et traversa le salon d'une démarche d'automate. Le buffet. La bouteille. Pas besoin de verre. Arrêter de résister. Le beau parleur n'avait pas idée à quel point ses propos faisaient écho à ceux qu'elle ressassait depuis trente ans. Trente ans de sobriété qui s'arrêtaient ici et maintenant. Elle ouvrit la bouteille et monta le son de la télé, quitte à s'intoxiquer autant y aller à fond.

Les premières gorgées eurent du mal à passer. Son corps se rebellait contre le poison, mais Hélène tint bon. Le feu de l'alcool embrasa sa trachée et en alluma un autre dans son cerveau. La silhouette de son père se découpa devant ses yeux, tisonnier à la main. *Qui aime bien châtie bien.*

Tout devint rouge. Hélène ne chercha pas à fuir. Au contraire, elle aspirait à la souffrance. Laisser sa chair griller, étouffer sa culpabilité sous la douleur. Au milieu de son brasier intérieur, une issue lui apparut soudain. Un appel.

Elle s'arracha péniblement à la télé. Sans savoir pourquoi, elle avait conservé la laisse de son chien, mort dix ans plus tôt. Une laisse en cuir longue et fine. Du solide. À tâtons, elle sortit le petit escabeau du placard de la cuisine. Sa décision prise, elle se demanda pourquoi elle avait attendu si longtemps.

26

Paris, 1985

Dominique traînait les pieds derrière sa mère dans les rayons du Bazar de l'Hôtel de Ville. Elle avait quinze ans et le choix des nouveaux rideaux du salon la laissait froide. Elle n'avait qu'une hâte : rentrer s'enfermer dans sa chambre pour ruminer son spleen. On était samedi, à cette heure-ci la plupart des filles de sa classe se demandaient ce qu'elles allaient porter pour la boum de Nathalie Lemaître. Elles avaient sans doute tiré le fil du téléphone jusqu'à leur chambre et se tenaient devant leur penderie, envisageant avec une copine l'éventail de leurs tenues possibles. Dominique, bien sûr, n'était pas invitée. Elle essayait très fort de se persuader que ça ne la touchait pas. En réalité la perspective de passer la soirée devant *Champs-Élysées* avec ses parents lui donnait envie de pleurer. Elle se demandait de plus en plus souvent quand sa vie, sa *vraie* vie, allait enfin commencer.

Trois pas devant, Colette palpait les étoffes et scrutait les étiquettes. Tout lui paraissait hors de prix. Ces nouveaux rideaux finalement, en avaient-ils vraiment besoin ? Régis avait la sécurité de l'emploi désormais, l'EDF était nationalisée, mais il n'arrêtait pas de dire qu'il fallait faire attention. La crise, la crise, il n'avait que ce mot à la bouche. Colette aurait aimé travailler elle aussi. Régis n'était pas chaud. Il avait toujours été fier de subvenir seul aux besoins de sa petite famille. Et c'est vrai, se disait Colette, qui voudrait embaucher une femme au foyer plus toute jeune et sans expérience ? Sans compter que Dominique, quoi qu'elle en pense, avait encore un peu besoin d'elle.

Colette avait noté l'humeur maussade de sa fille et se dit qu'un chocolat chaud lui ferait sûrement plaisir. Elle se composa un visage enjoué et se retourna. La proposition resta coincée dans sa gorge.

Suzanne parcourait les rayons au pas de charge. Elle avait une liste de courses longue comme le bras. Après trois mois d'attente, elle venait enfin de récupérer les clés de son appartement. Pour la première fois de sa vie, elle accédait à la propriété. Soixante-dix mètres carrés pour elle toute seule, c'était presque indécent. Il fallait tout meubler à présent, tout équiper. Non qu'elle ait des goûts de luxe, mais un minimum de confort s'imposait. Elle allait enfin pouvoir recevoir chez elle, rendre les dîners de ses collègues du Palais et de ses amis parisiens. Elle avait espéré faire ses achats rapidement et regrettait de ne pas avoir mieux choisi son heure.

Les allées étaient bondées de familles en goguette. Ça musardait, ça traînait. Ces gens n'avaient donc rien de mieux à faire de leur samedi après-midi ? Une femme était figée au beau milieu du chemin, Suzanne faillit lui rentrer dedans. Elle contournait l'obstacle quand quelque chose l'arrêta. C'était son regard. Suzanne avait déjà vu ces yeux. Elle ne parvenait pas à la remettre. Une justiciable, peut-être ?

Une adolescente balourde s'était rapprochée et demandait à la femme :

– C'est qui, maman ? Tu la connais ?

La femme murmura :

– Suzanne…

Ce n'était pas une question. Elle eut un petit rire gêné avant d'ajouter :

– Je suis bête, tu ne me reconnais pas, ça fait tellement longtemps. J'ai eu l'occasion de te voir à la télé, mais toi tu ne m'as pas vue depuis… ouh, près de quarante ans.

– Pardon, s'excusa Suzanne, mais je…

– Colette, sourit Colette. Et c'est ma fille, Dominique. Domi, je te présente Suzanne Dumaillet. Je t'en ai déjà parlé. C'est elle qui a écrit le livre qu'on a à la maison, tu te souviens ?

Dominique esquissa un salut maussade. Son regard passait de sa mère à l'inconnue. Colette replaçait sa frange de façon compulsive, elle avait ce tic quand elle était nerveuse. Depuis longtemps, Dominique ne voyait plus sa mère comme la déesse de la féminité qu'elle admirait autrefois dans la salle de bains. Elle nourrissait des sentiments plus ambivalents à présent, et c'était bien normal. Malgré tout, elle savait que Colette était une femme aimable, honnête, en un mot une belle personne. Alors pourquoi se comportait-elle comme une inférieure face à cette inconnue ? Pourquoi restait-elle au garde-à-vous, la main fichée dans ses cheveux, alors qu'elles n'avaient visiblement rien à se dire ?

Dominique avait oublié ses propres complexes. La boum du lycée, son impopularité. Elle aurait voulu prendre sa mère par la main et l'entraîner loin de cette femme au regard magnétique.

Colette était prise dans le regard de Suzanne comme un lapin dans les phares d'une voiture. Les yeux clairs de son ancienne amie la ramenaient à un passé qu'elle avait à toute force tenté d'oublier. Elle entendait les hurlements de la foule sur la place du village. Elle sentait la présence de sa mère, ligotée sur la chaise d'à côté, et le froid de la tondeuse qui passait et repassait sur son crâne. Elle revoyait l'opinel qu'on sortait d'une poche sale, le briquet qu'on actionnait pour faire chauffer la lame. C'était un film d'horreur impossible à lâcher.

Absorbée par son propre cauchemar, il lui aurait paru inconcevable que Suzanne se sente aussi misérable. Et pourtant… Derrière son masque austère de magistrate, malgré son roman, ses articles et son entregent, Suzanne était assaillie par les images de son pire souvenir. Le tréteau en bois dans la réserve de l'épicerie, la peur, la honte, et ce mantra qu'elle se répétait en boucle pour tenir : on ne l'y reprendrait plus. Suzanne était chez la Ravaude à nouveau. Colette se penchait vers elle alors que sa mère farfouillait en bas avec des airs de générale en chef. Colette, qu'elle pensait être son amie bien qu'elle l'ait toujours un peu méprisée. La petite Colette tenait son visage dans ses mains et lui ordonnait de dire la vérité, toute la vérité et rien que la vérité.

Dominique arracha sa mère à ce face-à-face et l'entraîna vers la sortie du magasin. Colette avait la gorge sèche et les mains moites. Elle se tourna vers sa fille et réussit à articuler :

– Tu n'aurais pas envie d'un chocolat chaud ?

– Je préfère qu'on rentre, maugréa Dominique.

Dès qu'elle se retrouva chez elle, Colette fut saisie d'une impulsion qui la fit frissonner. Elle ne chercha pas à peser le pour et le contre. Pour une fois dans sa vie, elle céda à son instinct. Elle saisit le bloc-notes qui lui servait à faire ses listes de courses et commença à rédiger sa lettre.

Montrouge, 1985

Au même moment, de l'autre côté du périphérique, un petit garçon de six ans était tiré de sa sieste par le grincement de la porte d'entrée. Arthur émergea doucement du sommeil et aperçut son père. Son papa ici en plein week-end ? Ça n'arrivait jamais, ces jours-là il était avec son autre femme et ses autres enfants. Arthur adorait les surprises ! Iraient-ils voir Guignol ? Ou au cirque peut-être ? D'un bond, il fut debout et battait des mains.

– Papa, papa, papa !

– Une minute, mon grand, laisse-moi dire bonjour à maman d'abord.

– Câlin à trois ! exigea Arthur.

Alain Etcheverri enlaça sa maîtresse et leur fils d'un seul mouvement. Lové contre ses deux parents, l'enfant était au comble du bonheur.

– On va au manège ? demanda Arthur.

– Pas aujourd'hui, répondit son père. J'ai eu une mauvaise journée. Tu me sers un whisky, Agnès ?

– Qu'est-ce qui se passe ? demanda Agnès en sortant la bouteille de Johnnie Walker du placard. Arthur, tu ne veux pas aller jouer dans ta chambre ? Papa et maman veulent discuter un peu. On sortira après.

– Non ! répliqua l'enfant en se blottissant sur les genoux de son père.

Etcheverri caressa distraitement les cheveux de l'enfant, puis suspendit son geste pour saisir le verre que lui tendait sa maîtresse. Son front se barra d'un pli soucieux.

– C'est toujours la même histoire. Les étudiantes sabordent mes TD, et mes collègues sont trop lâches pour me soutenir. C'est pétition après pétition, maintenant elles exigent carrément mon renvoi. Je peux te dire qu'elles sont organisées. Et tenaces. Le directeur de l'UFR m'a prévenu que si je ne présentais pas des excuses en bonne et due forme à la Dumaillet, il ne pouvait pas garantir mon poste. On marche sur la tête.

Agnès se mordillait la lèvre.

– Quoi ? aboya Etcheverri, sur la défensive.

– Ça ne te coûterait pas grand-chose de t'excuser, Alain.

– Hors de question !

Il avait bondi sous le coup de la colère, manquant de faire tomber Arthur.

– Et puis quoi encore ? On ne va pas leur laisser les clés du camion, à ces hystériques. Dumaillet joue la victime pour faire pleurer dans les chaumières, et je devrais m'écraser ? Elle s'est fait violer, et alors ? C'était la guerre, les hommes meurent au front et les femmes sont violées, qu'est-ce que j'y peux, moi ?

– Ce n'est pas la question, chéri. Tu as dénoncé son avortement en public, osa Agnès d'une petite voix.

– Je me suis fait manipuler !

Agnès réprima un soupir las.

– C'était il y a six ans. Tu ne veux pas passer à autre chose ? Si tu rédigeais cette lettre d'excu…

– Tu es de leur côté maintenant ? s'insurgea Etcheverri. Je repars tout de suite si c'est ça.

– Pars pas ! cria Arthur.

Il ne comprenait pas pourquoi maman était méchante avec son père. Pour une fois qu'il était là un jour sans école…

– Il y en a au moins un qui a un peu de bon sens dans cette maison, râla Etcheverri en désignant son fils. Heureusement que tu es là, toi.

L'enfant se rengorgea, fier comme Artaban. Papa et lui formaient une équipe.

– Tu fais comme tu veux, Alain, soupira Agnès. Tu as toujours fait comme tu voulais de toute façon.

– Qu'est-ce que tu insinues ? répliqua Etcheverri.

– Je parle de ton divorce. Tu m'avais promis…

– C'est vraiment pas le moment. Tu ne vois pas que j'ai des problèmes autrement plus graves à gérer ?

– Justement. Comment tu vas subvenir aux besoins de tes deux familles si tu perds ton poste à la fac ?

– Mais je n'ai pas l'intention de le perdre. Je garde la Dumaillet à l'œil. Je compte bien montrer au monde qu'elle n'est rien d'autre qu'une manipulatrice. Figure-toi qu'elle vient d'acheter un trois-pièces sur les jardins du Luxembourg. Rue Guynemer, rien que ça ! J'ai interrogé la gardienne, il paraît qu'elle a payé comptant. Comptant, tu imagines ? Ça m'étonnerait qu'elle ait pu sortir une telle somme d'un coup avec son salaire de fonctionnaire…

Le regard d'Agnès passa de son fils à son amant. L'enfant regardait son père avec des yeux débordants d'attente. Elle savait qu'une fois encore, cette attente serait déçue et qu'elle devrait consoler, rassurer, réparer les pots cassés. Elle se demandait par quel mystère chaque déception ne faisait que renforcer l'amour du petit garçon.

Hôpital Bichat, Paris 18e

Hélène Pasquier nageait en plein cauchemar. Tenaillée par des douleurs au dos depuis deux jours, elle avait négocié la permission de quitter la caisse du supermarché où elle travaillait depuis un mois pour se rendre à l'hôpital. Elle redoutait des calculs rénaux. Son père en avait souffert autrefois, il disait que c'était ce qu'il y avait de pire et, en matière de douleur, ce salaud savait de quoi il parlait. L'urologue n'avait rien constaté. Un interne plus dégourdi que les autres avait eu l'idée de pratiquer un examen gynécologique : son col de l'utérus était dilaté à huit.

Hélène n'avait rien compris. Elle était plate comme une limande et elle avait toujours ses règles, comment pouvait-elle être enceinte ? Son brancard avait migré vers une salle de naissance. L'accouchement s'était déroulé presque sans elle. Des mains l'avaient manipulée, fouillée. On lui avait demandé de pousser. Vrillée par la peur, le choc et la douleur, elle n'avait aucune prise sur les événements. Une demi-heure plus tard, on déposait une chose boursouflée contre sa poitrine. Une petite fille. *Sa* fille. Tout ce qu'elle ressentait était un grand vide intérieur. En voyant le bébé tout rouge recouvert d'une pellicule blanchâtre, elle avait pensé à un Babybel inversé.

Une sage-femme se pencha vers le bébé et le prit dans ses bras experts.

– On va lui faire des examens. Vous ne devez pas bouger pendant deux heures. Je reviendrai tout à l'heure m'assurer que le placenta est bien parti.

Elle quitta la pièce avec l'enfant, non sans avoir lancé à Hélène un regard lourd de reproches. Elle ne cherchait pas à dissimuler ses pensées : combien d'alcool, si ce n'est pire, cette femme avait-elle ingéré pendant sa grossesse ? Combien de cigarettes avait-elle fumées ?

Hélène resta seule dans la salle de naissance. Les contractions de la délivrance faisaient comme un écho à ce qu'elle venait de traverser. Elle dut s'assoupir un moment. Elle se réveilla en entendant la porte s'ouvrir. Une aide-soignante entra.

– Votre puce va bien apparemment, dit-elle dans un sourire. Vous voulez qu'on prévienne le papa ?

– Y a pas de papa.

– Oh… ça arrive de plus en plus, vous savez. Des fois, il vaut mieux pas de papa plutôt qu'un sale type à la maison.

Hélène ferma les yeux. L'aide-soignante dut percevoir son désarroi. Elle s'approcha et lui prit la main.

– Comment elle va s'appeler, votre puce ?

Hélène leva un regard perdu vers la jeune femme, elle n'en avait pas la moindre idée.

– Vous n'avez pas une petite idée ? Quand vous étiez petite, vous ne vous amusiez pas à imaginer le nom de vos futurs enfants ? s'étonna l'aide-soignante.

Hélène avait quarante ans. Elle avait quitté la maison de son père dès qu'elle avait pu. Sa jeunesse avait été dissolue. Sans études, sans économies, sans bagage affectif solide, elle vivait au jour le jour. Elle pouvait se projeter sur une semaine, pas sur un mois. Alors non, elle n'avait jamais joué au jeu de la famille idéale. Elle se tourna vers l'aide-soignante :

– Vous avez des enfants ?

– Trois, répondit l'autre, vibrante de fierté. Deux garçons et une fille.

– Elle s'appelle comment, votre fille ?

– Magali.

– Magali, répéta Hélène, comme si elle se mettait le prénom en bouche. C'est joli, Magali.

Quatre jours plus tard, Hélène regagnait son studio avec sa fille. L'hôpital lui avait fourni deux pyjamas et quelques bodys pour démarrer, un paquet de couches. Elle n'avait pas de plan à langer, pas de lit bébé, pas de lait en poudre. Sa mère était décédée deux ans plus tôt, elle se sentait seule au monde.

Elle déposa Magali sur le canapé et s'assit à côté d'elle.

– Maintenant, c'est toi et moi contre le reste du monde. On va se serrer les coudes, pas vrai ?

L'enfant se mit à geindre. D'abord doucement, puis de plus en plus fort. Hélène ferma les yeux. Elle essayait très fort de ne pas penser au fond de vodka dans son congélateur.

27

Samedi 20 juin

Hôpital Avicenne, Bobigny

Fennetaux observait le corps d'Hélène Pasquier avec attention. Flancs, cuisses, bas-ventre. Sa rigueur professionnelle était un rempart qui l'empêchait de céder à la tristesse. Léonie se tenait en retrait et tentait de lire le rapport médical. Le suicide d'Hélène les avait arrachées aux recherches tous azimuts sur Arthur Ravel. Le sablier de sa garde à vue s'écoulait inexorablement, les enquêteurs ne pouvaient pas se permettre de perdre une minute.

Dans la chambre d'hôpital on n'entendait que le son hypnotique du respirateur. Techniquement, Hélène avait survécu à son suicide. Plongée dans un coma artificiel, sa vie tenait maintenant aux fils qui la reliaient à la machine. La laisse du chien s'était rompue. Alertés par le bruit de sa chute, ses voisins du dessous étaient venus toquer à sa porte. Les télés étaient allumées une bonne partie de la journée dans le quartier. Chacun connaissait désormais l'histoire tragique de la petite dame aux longs cheveux blancs. N'obtenant pas de réponse, les voisins avaient prévenu les secours.

Fennetaux remit la chemise de nuit d'Hélène en place, remonta la couverture jusqu'à son menton et se tourna vers Léonie.

– C'est exactement les mêmes, lâcha-t-elle d'une voix très lasse.

– Anciennes et répétées ? demanda Léonie.

– Anciennes et répétées, comme chez Magali. Les brûlures se concentrent sur les mêmes parties du corps, et on retrouve la même forme caractéristique de rectangle qui se termine en pointe. D'après Manzoni, le bourreau avait une arme de prédilection. Une broche à volaille ou un tisonnier. Si tu veux mon avis, je pencherais pour le tisonnier.

Léonie porta ses mains à sa bouche ouverte. Elle dut reformuler la phrase à haute voix pour l'imposer à son cerveau récalcitrant :

– La mère et la fille ont été brûlées avec un tisonnier.

– Très jeunes toutes les deux, confirma Fennetaux. Le corps d'Hélène est… J'ai rarement vu autant de cicatrices sur une même personne.

Le torse d'Hélène Pasquier se soulevait doucement au rythme des impulsions électriques du respirateur. Ses traits sereins encadrés de ses longs cheveux blancs ne disaient rien des souffrances qu'elle avait endurées.

– Tu penses à la même chose que moi ? demanda Fennetaux.

– L'enlèvement de Magali ?

– Ouais. L'enlèvement de la « petite Magali ». Trente ans qu'on imagine la gamine kidnappée par un croque-mitaine. Si ça se trouve, elle a été enlevée pour échapper au prédateur qui sévissait chez elle.

– En laissant Hélène entre les mains de ce malade ? objecta Léonie. Pourquoi sauver l'enfant mais pas sa mère ?

– C'était peut-être impossible de les exfiltrer toutes les deux, ou alors Hélène s'est volontairement sacrifiée pour sa fille. J'ai lu quelque part que le cerveau des mères est programmé pour se sacrifier, tu n'as pas vu ça pendant tes études de psycho ?

Léonie hocha la tête, pensive.

– Ce prédateur, il s'en prenait déjà à Hélène depuis son plus jeune âge. Ça limite pas mal la liste des suspects. Qu'est-ce qu'on sait sur ses parents ? La violence sur les enfants est intrafamiliale la plupart du temps.

– Je demande à Tizi de s'y intéresser, répondit Fennetaux en pianotant un SMS.

– Comment les policiers ont pu passer à côté de ça à l'époque ?

– Excellente question. J'en ai une autre. Pourquoi Hélène n'en a jamais parlé ? Je ne te dis pas dénoncer nommément son bourreau, mais évoquer les sévices au moins. Elle n'a jamais rien dit. Ni en 89 ni jamais.

– Pour 89, j'imagine qu'elle était sous emprise, dominée depuis toujours, répliqua Léonie. Quant à son silence aujourd'hui, je pense que c'est de ma faute.

– Hein ?

Fennetaux se tourna vers la jeune femme, stupéfaite. Léonie la fixait bravement.

– Quand je lui ai annoncé la mort de sa fille jeudi, elle ne m'a pas crue.

– C'est le choc. Les gens ont besoin de temps. En plus, elle était officiellement déclarée morte depuis des décennies, sa fille, c'est normal qu'elle ait eu du mal à encaisser.

– C'était pas le choc, il y avait autre chose dans son déni que je n'ai pas réussi à analyser. On voit le résultat.

Léonie avait baissé la tête, elle n'arrivait pas à soutenir le regard de sa supérieure. Fennetaux se planta à deux centimètres de son visage et assena d'une voix dure :

– Écoute-moi bien, imaginer qu'Hélène Pasquier s'est suicidée à cause de toi, c'est t'accorder une importance que tu n'as pas, désolée de te le dire.

– Je…

– Laisse-moi finir. Cette femme n'a pas voulu mourir à cause d'une chose que tu lui aurais dite, ou pas dite, ou mal dite. Je sais que les psys accordent une énorme importance aux mots, c'est votre matière première, je comprends ça. Mais une enquête policière, ce n'est pas une thérapie.

– Qu'est-ce que je fais là, alors ?

C'était une bonne question, et Fennetaux devait s'avouer qu'il lui était arrivé de se la poser à plusieurs reprises depuis le début de l'enquête. Léonie faisait des bourdes, tout le monde en fait dans un nouveau job, mais ses erreurs étaient largement compensées par l'originalité de son regard et la pertinence de ses réflexions. La commandante avait assez d'arguments en stock pour la rassurer. Elle décida de ne pas le faire. La câlinothérapie n'aiderait ni la psy ni l'équipe.

– Il n'y a que toi qui peux savoir. Ce qui est sûr, c'est que ce boulot n'est pas fait pour tout le monde. Dans un groupe, on remet sa vie entre les mains de nos partenaires. Est-ce que tu nous fais assez confiance pour nous confier ta vie ? Est-ce qu'on peut te faire assez confiance pour te confier les nôtres ? Tu restes une civile, personne n'attend de toi que tu deviennes tireuse d'élite. Mais cette histoire de permis de conduire par exemple, c'est un problème. Tu ne gagneras jamais le respect d'Océane si tu continues à te faire conduire à droite à gauche comme une princesse. Tu veux un conseil ? Arrête de te demander si tu as ta place dans l'équipe, et prends-la.

*Bastion, Paris 17e*

Les deux femmes rejoignirent le Bastion au moment où Sissoko et Noiriel faisaient leur apparition. D'où sortaient-ils, ces deux-là ?

– Du nouveau ? lança Fennetaux à son capitaine.

– On revient de *L'Hebdo*, répondit la commissaire à qui on n'avait rien demandé. Ravel s'est bien gardé de nous dire qu'il s'était fait virer. À cause de ça (elle déposa plusieurs feuillets sur le bureau de Tizi), un torchon plein de fiel sur Suzanne Dumaillet.

– Suzanne Dumaillet ? *La* Suzanne Dumaillet ? Qu'est-ce qu'il lui reproche ?

– Je peux vous dire de quoi il l'accuse, mais c'est tellement délirant, son rédac' chef n'en est toujours pas revenu. Association de malfaiteurs, trahison, détournement de fonds, du grand n'importe quoi. Quant à savoir pourquoi il cherche à la salir, personne n'a pu nous renseigner au journal.

– Je suis dessus, annonça Tizi, les yeux rivés sur son écran. Je crois que j'ai un lien avec son père.

– On t'écoute, chat.

– On va regarder plutôt.

Tizi lança la vidéo du débat des *Dossiers de l'écran*. Les enquêteurs se regroupèrent pour bien voir.

– Vous reconnaissez Suzanne Dumaillet, avança Tizi. Les autres invités sont tous historiens. Celui-là à droite, c'est Alain Etcheverri. Le père d'Arthur Ravel.

L'Alsacien accéléra jusqu'au clash entre Etcheverri et Dumaillet. La vidéo fit son petit effet.

– Putains de boomers, lâcha Océane après le visionnage. Ils étaient déjà cons quand ils étaient jeunes. Le mec fait de l'avortement-shaming tranquille en direct à la télé.

– Ça ne lui a pas réussi, nota Tizi. L'opinion s'est retournée contre lui. Il y a eu plusieurs éditos dans la presse, dans *Libé* notamment. Ça a rué dans les brancards à la fac, beaucoup de pétitions contre lui. Sa carrière s'est enlisée, il a été poussé à la démission.

Fennetaux se tourna vers Léonie :

– Tu avais raison, dit-elle les yeux brillants de fierté. Ravel se sent bien investi d'une mission. Je ne veux plus t'entendre douter de ta légitimité, ajouta-t-elle tout bas.

Léonie la remercia des yeux.

L'ordinateur restait frisé sur le plateau des *Dossiers de l'écran*. Océane le pointa d'un œil dubitatif :

– Et donc, quoi ? Ravel cherche à venger l'honneur bafoué de son père. Ça explique le torchon qu'il a rendu à son rédac' chef, mais pourquoi s'en prendre à Magali ? J'ai du mal à voir le rapport.

Fennetaux se tourna vers Léonie :

– Tu avais trouvé une photo dans la chambre de bonne de Magali, non ?

La psy acquiesça et agrippa son portable. Elle fit défiler les clichés jusqu'à celui qu'elle cherchait. C'était la photo de la photo de l'anniversaire de Magali. Neige et sa boule à neige. Au premier plan, Suzanne Dumaillet posait sur la jeune femme un regard plein d'affection.

– Et si Ravel était tombé là-dessus ? demanda Fennetaux. La photo était bien en évidence chez Magali. Qui sait ce qu'il a pu se raconter ?

– Bien vu, approuva Noiriel dans un sourire.

Elle se tourna vers Sissoko :

– Prêt pour un deuxième round ?

Arthur Ravel se retrouvait face à ses accusateurs. La nuit en cellule ne semblait pas l'avoir affecté. Signe de confiance ou d'aveuglement, il avait renoncé à la présence d'un avocat. Une nouvelle surprise l'attendait sur la table d'audition : la pochette en cuir de son père. Il y avait quelque chose d'inconvenant à la voir ainsi exposée aux yeux de tous sous la lumière crue des spots. C'était comme voir son intimité dévoilée au grand jour. Sa paupière droite reprit ses battements fous. Arthur pressa doucement son œil tout en gardant son sourire.

– Bien dormi ? attaqua la commissaire.

– Comme un charme, mentit-il.

– Tant mieux. Tous vos petits neurones vont être au garde-à-vous pour répondre à nos questions. Vous voulez bien ouvrir ça pour nous ?

– J'imagine que vous aviez une commission rogatoire, mégota Ravel pour le principe.

Sissoko fit glisser le document vers lui.

– Signée par la juge d'instruction, indiqua Noiriel.

Arthur ne prit pas la peine de lire. Il s'empara de la pochette et fit coulisser le lien en cuir avec déférence. Il introduisit sa main droite dans la pochette et en sortit deux lingots d'un kilo d'or pur. Les yeux d'Arthur étaient rivés sur les rectangles qui reposaient dans le creux de sa main. Un sourire tendre étirait ses lèvres.

– Vous pouvez nous parler de la provenance de ces lingots ?

– Avec joie, répliqua Arthur, les yeux toujours rivés sur son trésor. Mon père les a récupérés en Dordogne chez André Dumaillet. En 1990, je crois.

– Il les a volés, donc.

– Mon père est un chercheur qui travaille au nom de la connaissance. C'est Dumaillet qui les avait volés. Lui, ses parents ou sa sœur, peu importe. Mon père en a récupéré deux, mais combien en ont-ils détourné ? Ça donne des leçons de civisme à tout le pays et ça se goberge avec de l'or qui était destiné au maquis. À leurs propres camarades ! Ces lingots sont une archive historique, une preuve de ce que j'avance.

– Qu'est-ce que vous avancez au juste ?

– Tout est dans mon article. J'imagine que Berberian s'est fait une joie de vous le donner, précisa-t-il, acide.

– Il l'a fait, mais je préfère quand on me raconte…

Fine mouche, Noiriel cherchait à le lancer sur le terrain de ses propres délires. Elle voulait qu'il se vautre dans son ressentiment contre Suzanne Dumaillet. On est moins vigilant quand on patauge dans son propre purin.

Ravel sentit venir le piège et se rencogna sur son siège.

– Allez, faites pas votre timide, l'encouragea Noiriel. Vous voulez que je vous aide ? On a trouvé ce cahier chez vous. La prose de votre père, j'imagine. Je me lance, ça va vous mettre dans le bain.

Elle se saisit d'un grand cahier à spirale écorné et lût d'une voix autoritaire afin de donner du poids au texte :

– « Les sociétés se construisent autour de récits fédérateurs et ces récits ont besoin de héros. Le travail de l'historien consiste à réinjecter du réel dans la fiction collective. Comment ? En interrogeant l'action des héros d'hier à l'aune des connaissances actuelles. Depuis soixante-dix ans maintenant, la France vit sous le haut patronage des grandes figures de la Résistance à l'occupation allemande. Maquisards, FFI et FTP sont nos figures tutélaires, nos totems. Nos rues et nos écoles portent leurs noms, nos films et nos romans chantent leurs louanges. Pourtant certains aspects de leurs combats sont restés dans l'ombre, volontairement occultés par les pouvoirs successifs. Ainsi le financement de la Résistance est un champ quasi vierge de la recherche historique. Pendant presque toute la durée de la guerre, les maquis ont été ignorés des Alliés. Mais alors qu'ils préparent le Débarquement, Britanniques et Américains réalisent qu'ils vont avoir besoin des résistants de l'intérieur pour préparer leurs opérations sur le territoire français. Les financements se mettent alors à arriver. Littéralement à pleuvoir. Les Alliés larguent des obus remplis d'armes et d'argent sur les maquis de France. Sous forme de billets ou de lingots d'or, ces sommes atteindront jusqu'à quatre millions de francs par largage. De l'argent donné sans contrepartie. Une part significative de ces sommes n'est jamais arrivée à destination. Ce sont les millions perdus de la Résistance. Dans quelles poches cet argent s'est-il retrouvé ? Pourquoi de Gaulle, après la victoire, a-t-il refusé de rendre publiques les conclusions de l'enquête sur l'argent des maquis ? Comme toujours lorsqu'il est question d'argent, demandons-nous à qui ont profité et le crime et notre silence coupable. »

Noiriel reposa le cahier et fixa son suspect.

– C'est clair, argumenté. Vous êtes d'accord avec moi, capitaine ? demanda-t-elle à Sissoko dans un sourire de connivence. Je me demande pourquoi ça n'a jamais été publié.

Elle se tourna de nouveau vers son suspect, plongeant ses yeux verts dans les siens :

– Vous auriez une idée ?

Les traits d'Arthur Ravel se contractèrent sous l'effet de la colère. Le poisson mordait à l'hameçon.

Fennetaux et ses ouailles suivaient l'audition depuis l'open space. Médusés, ils découvraient le délire paranoïaque dans lequel Arthur Ravel se mouvait. Un monde binaire où son père (évidemment brillant) avait vu sa carrière et sa réputation injustement foulées aux pieds par une Suzanne Dumaillet perfide et mythomane.

Une fois la pompe amorcée, le journaliste fut intarissable. Tout y passa : l'insensibilité pathologique de sa mère, l'aveuglement de son rédacteur en chef, l'hypocrisie de la société. C'était sans fin. Tizi faisait du fact-checking à mesure que Ravel déroulait sa diatribe. Rien ne collait, c'était comme si le type vivait dans un monde parallèle.

Léonie n'était pas un perdreau de l'année en matière de liens familiaux dysfonctionnels. Mais à ce niveau-là, elle en était pantoise. Elle n'avait jamais approché une adoration filiale aussi hermétique au réel. Cet homme éduqué, rationnel et socialement inséré avait coupé les ponts avec sa mère qui l'avait élevé seule, il venait de se mettre son employeur à dos par dévotion envers un père qui ne s'était jamais remis d'une altercation sur un plateau de télé quarante ans plus tôt ! Et Magali dans tout ça ? Comment s'insérait-elle dans ce tableau ? Le type reconnaissait qu'il avait cherché à lui rouler dessus, littéralement à l'écraser. L'avait-il aimée seulement ?

La psy fut parcourue d'un frisson : ce qu'elle avait sous les yeux était un cas d'école de folie à deux. Une psychose partagée. Alain Etcheverri et son fils avaient construit leur vie autour d'un délire commun, le fantasme d'une Suzanne Dumaillet démoniaque à qui il fallait coûte que coûte faire rendre gorge. Avec Magali, Arthur avait peut-être formé un couple, mais son véritable binôme, son âme sœur, avait toujours été son père.

« Folie à deux », l'expression était charmante, elle évoquait les jardins anglais et les yeux dans les yeux. La réalité était terrifiante. C'est ce syndrome qui s'était emparé de Hubert Caouissin et de sa compagne Lydie Troadec. Leur délire avait entraîné le massacre de toute une famille au nom d'un hypothétique trésor caché au fond d'une cave. Arthur Ravel avec ses deux lingots et ses obsessions, jusqu'où était-il allé ? Devant tant d'aveuglement, Léonie en venait à douter de sa propre conviction. Et si Ravel était coupable ?

– La voiture, oui. Je le reconnais, c'était complètement stupide. Neige me cachait quelque chose, ça m'a rendu fou.

– Magali, le reprit Noiriel.

– Appelez-la comme vous voulez. Elle a toujours été secrète, mais les derniers temps c'était une vraie forteresse. Plus j'essayais de comprendre ce qui se passait, plus elle se fermait. La semaine dernière, je suis allé la chercher au boulot. Elles étaient ensemble, avec Dumaillet. Les voir comme ça toutes les deux, j'ai pensé… j'ai pensé qu'elles étaient de mèche contre moi. J'ai cru que Neige m'avait menti, qu'elle m'avait séduite dans le seul but de m'espionner. Le lendemain, j'ai loué la bagnole. La suite, vous la connaissez.

– Oh oui, on la connaît. Vous venez pleurnicher auprès du capitaine Sissoko pour éloigner les soupçons. Un comportement calculateur et manipulateur. Totalement raccord avec un mode opératoire comme le poison. Je vais même vous dire mieux, monsieur Ravel, insista Noiriel en se penchant vers lui, votre amour pour Magali, je n'y crois pas une seconde. Vous n'avez fait que projeter vos propres turpitudes sur elle. C'est vous qui l'avez séduite avec une idée derrière la tête. Tout ce qui vous intéressait, c'était de vous rapprocher de Suzanne Dumaillet.

Ravel baissa la tête, mais pas assez vite pour que le feu qui embrasait ses joues échappe aux enquêteurs. Noiriel se tourna vers Sissoko et se permit un sourire de victoire. Elle avait ouvert une brèche dans la cuirasse de son adversaire, il ne lui restait plus qu'à enfoncer le clou.

– Je vous crois. Admettons que je vous croie. Vous aimiez réellement Magali. Mais des accidents, ça arrive. Le poison qui a tué Magali, il était pour Suzanne, pas vrai ? C'est à elle que vous le destiniez… Si vous dites la vérité maintenant, je peux m'arranger pour que la juge d'instruction en tienne compte et fasse preuve de clémence.

Océane vibrait devant l'écran comme si elle assistait à un match de boxe. Fennetaux, à l'inverse, était d'une immobilité inquiétante. Ce qu'elle voyait dans la salle d'audition la dérangeait au-delà de ce qu'elle voulait bien admettre. Yeux de biche, voix de velours, c'était tellement criant qu'elle s'étonnait du silence de ses partenaires. Comment pouvaient-ils ne pas s'en apercevoir ?

– C'est n'importe quoi ! finit-elle par lâcher.

Les trois autres tournèrent la tête vers elle en se demandant quelle mouche la piquait.

– Noiriel veut tellement résoudre l'enquête toute seule qu'elle est prête à élaborer n'importe quelle théorie foireuse si ça peut lui permettre d'attraper la queue du Mickey. Si ça se trouve, elle n'a même pas été enlevée, la « petite Magali » !

– Hein ?

Océane fixait sa supérieure avec des yeux ronds.

– On n'a pas eu le temps de vous briefer à cause de ses simagrées, pesta Fennetaux en pointant Noiriel sur l'écran. Magali a peut-être été sauvée d'un prédateur qui s'en prenait déjà à sa mère. Léonie, explique-leur…

Les deux lieutenants se tournèrent vers la psy comme un seul homme, mais la ligne fixe de Tizi sonna pile à cet instant.

– Lieutenant Ziegler. … Merci de m'avoir prévenu.

Il raccrocha.

– Quoi encore ? souffla Fennetaux avec humeur.

– Hélène Pasquier s'est réveillée. Les médecins disent qu'elle est en état d'être interrogée.

– Parfait, dit-elle en se levant.

– Vous attendez pas la fin de l'audition ? osa Océane.

– J'en ai assez entendu. Léonie, tu m'accompagnes ?

Léonie réunit ses affaires et rejoignit Fennetaux. Tizi se jeta sur une pochette cartonnée et la leur tendit.

– Vous m'aviez demandé de creuser sur ses parents, rappela-t-il. J'ai dû faire de l'archéologie dans les archives hospitalières. À mon avis, Hélène Pasquier n'a pas la moindre idée de ce qu'il y a dedans.

– M'étonne pas, marmonna la commandante d'une voix d'outre-tombe, le monde est plein de surprises.

Barbès, Paris 18e

Dominique monta les six étages sans croiser personne dans l'escalier. Et quand bien même, aimable comme elle était, on lui demandait rarement l'heure. Devant le studio de Neige, elle prit un moment pour retrouver son souffle, puis sortit une paire de gants en latex et un couteau suisse de son sac. D'un coup sec, elle trancha les scellés judiciaires scotchés sur la porte avant de s'attaquer à la serrure. Il lui fallut moins d'une minute pour en venir à bout, on sentait une longue pratique de la chose. Instinctivement, elle se pencha sur le côté à l'ouverture de la porte. Aucune fléchette. Un regard sur le sol lui permit de constater que les billes en verre avaient disparu également. Les pièges qu'elle avait installés avec Neige avaient été désactivés par les flics.

Elle entra dans le studio, referma derrière elle et laissa les souvenirs l'envahir. Ici, elle avait été heureuse. Se découvrir une âme sœur à cinquante ans passés avait été un miracle. L'avoir perdue si brutalement, elle n'était pas certaine de s'en remettre. D'autant qu'elle se sentait coupable de la mort de Neige. Leur relation avait démarré comme un simple partenariat, la mise en commun de leurs intérêts bien compris. Je t'aide, tu m'aides. Il ne leur avait pas fallu longtemps cependant pour comprendre qu'elles partageaient plus qu'un caractère bien trempé. Elles étaient faites du même bois : écorce rugueuse et cœur tendre. Neige avait largement rempli sa part du contrat. Elle s'était investie à corps perdu dans les activités clandestines de Dominique. Elle fourmillait d'idées pratiques et ingénieuses. Grâce à elle, Dominique s'était senti pousser des ailes.

Galvanisée, elle avait incité Neige à oser aussi. C'est elle qui lui avait suggéré de se faire embaucher à la fondation Lalande pour se rapprocher de sa cible. Elle encore qui lui avait conseillé de faire une comparaison ADN. Les deux amies avaient attendu le résultat dans une fébrilité d'adolescentes. Dominique était la plus âgée, la plus expérimentée des deux. À quoi lui avait servi sa prétendue maturité ? Elle n'avait pas su anticiper la tournure qu'allaient prendre les événements. Elle n'avait pas été à la hauteur et Neige était morte. Que pouvait-elle faire aujourd'hui, sinon tenter de réparer ses erreurs ? Elle devait absolument mettre la main sur cette enveloppe.

Dominique se secoua. Elle passa les lieux au peigne fin, inspectant chaque recoin jusqu'à l'intérieur des livres. Rien. Elle avait interdit à Neige de lui révéler sa cachette, on n'est jamais trop prudent. Elle s'en mordait les doigts désormais, l'enveloppe pouvait être n'importe où. Sans compter qu'elle n'était pas la première à avoir fouillé la petite chambre de bonne. Elle s'assit sur le bord du canapé-lit pour mettre ses idées en ordre. Si les flics avaient trouvé l'enveloppe lors de leur perquisition, ils établiraient vite le lien entre Neige et elle et ne tarderaient pas à venir lui réclamer des comptes. Elle devait arrêter de tergiverser. Un frisson remonta le long de sa nuque alors qu'elle envisageait une autre possibilité. Et si Neige, enhardie par Dominique, avait décidé d'utiliser l'enveloppe pour confronter sa cible ? Depuis trois jours, la quinquagénaire dressait sans relâche des listes de meurtriers potentiels. Elle pensait avoir tout envisagé. Tout, sauf cette éventualité-là. Elle tangua.

28

Hôpital Avicenne, Bobigny

Histoire de ne pas faire sa princesse pendant le trajet, Léonie lut à haute voix les informations récoltées par Tizi sur les parents d'Hélène Pasquier. La psy abonda dans le sens de l'Alsacien : il y avait tout à parier qu'Hélène ignorait la vérité sur sa propre histoire. Toute vérité n'était pas bonne à dire dans les années 1940.

À l'hôpital, le médecin de garde informa Fennetaux et Léonie qu'Hélène ne présentait pas de séquelle cognitive après sa tentative de suicide. Rien ne s'opposait donc à un interrogatoire dans les règles. Rien, à part peut-être la décence la plus élémentaire. En tant que psychologue, Léonie avait toujours eu à cœur de respecter les barrières de ses patients. Elle était formée à laisser la parole venir d'elle-même, à l'accueillir sans la brusquer. Ce genre de délicatesse n'avait plus cours dans son nouveau métier.

Hélène avait repris des couleurs depuis le matin, mais paraissait étrangère à elle-même. Qui les avait torturées, sa fille et elle ? Pourquoi n'avait-elle jamais dénoncé leur bourreau ? Qu'est-ce qui l'avait poussée à vouloir se tuer après toutes ces années ? Les questions de Fennetaux glissaient sur son visage émacié, dévalaient le long de ses cheveux blancs et venaient se perdre entre les plis de la couverture sans que la septuagénaire envisage d'y répondre. Elle n'était pas en opposition frontale, c'était plutôt une forme d'absence.

Voyant qu'elles n'avançaient pas, Léonie se résolut à la déstabiliser. Elle approcha une chaise du lit.

– On va arrêter de vous embêter, madame Pasquier. Je vais vous raconter une histoire, plutôt. Tout ce que je vous demande, c'est de m'écouter.

Fennetaux lança un regard étonné à Léonie, mais décida de la laisser agir à sa guise. La psy prenait des initiatives, ça impliquait qu'elle acceptait le risque de se planter. Peut-être était-elle parvenue à lui faire entrer un peu de bon sens dans la caboche ce matin. Léonie se lança d'une voix douce :

– Il y a longtemps, c'était avant la guerre, un couple n'arrivait pas à avoir d'enfant. Ils étaient mariés depuis plusieurs années, ils essayaient mais ça ne marchait pas. Ce désir d'enfant est devenu obsessionnel pour la femme, ça arrive souvent dans ces cas-là. Alors elle a fait quelque chose qui ne se faisait pas du tout à cette époque : elle a osé consulter un spécialiste de la fertilité. La médecine s'intéressait à ces questions depuis peu de temps. Comment la femme a fait pour convaincre son mari ? Je ne sais pas. Toujours est-il que le couple a consulté pendant plus de cinq ans. Leur dossier est un des plus anciens dans les archives de l'hôpital d'Angoulême. Le spécialiste a tenté beaucoup de choses, plusieurs grossesses ont démarré, elles se sont toutes soldées par une fausse couche. La femme prenait de l'âge mais le médecin n'abandonnait pas. Il faut dire aussi qu'il n'avait pas beaucoup de patients sur lesquels se faire la main, la médecine procréative était une toute nouvelle discipline. Et puis un jour, le couple a disparu. Ils avaient maintenu les consultations malgré la guerre, l'Occupation, les pénuries. Ils avaient toujours trouvé le temps et l'argent pour venir et tout à coup, plus rien, ils se volatilisent sans donner la moindre explication. On les retrouve deux mois plus tard à cinq cents kilomètres de là, à Parmain, une petite ville du Val-d'Oise. Sauf qu'ils ne sont plus seuls. Ils ont une petite fille. Déclarée à l'état civil, inscrite sur leur livret de famille, leur fille, quoi. Elle s'appelle Hélène. Vous avez grandi à Parmain vous aussi, non ?

Les mains d'Hélène se crispèrent sur la couverture. Elle leva des yeux effarés sur les enquêtrices. Léonie lutta contre le sentiment de dévoyer ses compétences et se força à poursuivre sur le même ton du conte pour enfants.

– Vous avez été adoptée, Hélène. Ou peut-être achetée. Ou volée, comment savoir ? En tout cas, ça s'est fait très vite et vos parents ont traversé la France juste après votre arrivée. C'était la fin de la guerre, le pays comptait des centaines de milliers de déplacés. Les prisonniers de guerre rentraient d'Allemagne, beaucoup de femmes se sont débarrassées d'enfants illégitimes qu'elles avaient eus en l'absence de leur mari. Les orphelinats étaient pleins, alors un bébé de plus, un bébé de moins… Vous ne voulez pas nous parler, mais votre corps parle pour vous. Vos cicatrices disent que vous avez été maltraitée dès votre plus jeune âge. Martyrisée, même. Qui a accès au corps d'un enfant ? Ses parents… Votre mère voulait vraiment un enfant, son dossier médical le prouve. Je pense que le bourreau, c'était votre père. Je ne sais pas s'il était violent avec votre mère avant, ou si c'est votre arrivée dans leur foyer qui l'a rendu comme ça. Parfois, la toute-puissance parentale peut faire vriller des personnalités *border*. On se retrouve investi d'un pouvoir de vie et de mort sur un petit être et ça nous déborde, ça provoque des pulsions abominables. Ça ne change strictement rien à ce que vous avez subi, mais je voulais que vous sachiez que celui qui vous a brûlée pendant toutes ces années n'était pas votre père biologique.

– C'était pas mon père ?

La question avait jailli comme un cri. Léonie secoua la tête en souriant tristement.

Ce fut comme si les vannes d'un grand barrage s'ouvraient. Hélène pleura. Tout son corps tressautait. Fennetaux lança un bref regard inquiet à Léonie, qui lui fit signe de patienter. Soixante-dix ans de souffrance se frayaient un chemin hors du corps si maigre d'Hélène Pasquier. Léonie était à l'écoute des sanglots. Elle tendit des mouchoirs, prépara un verre d'eau. Il n'y avait rien d'autre à faire, juste attendre que les larmes se tarissent.

Finalement Hélène parvint à articuler :

– Qui aime bien châtie bien.

– C'est ce qu'il disait quand il vous brûlait ? demanda Léonie. Il voulait vous faire croire que vous méritiez ces sévices ?

Hélène acquiesça et un nouveau torrent de larmes la submergea. Elle cria :

– Je le croyais ! Je croyais qu'il m'aimait !

Léonie releva la tête, à l'affût. Elle s'étonna de ce regain de désespoir dans la voix d'Hélène quand elle pensait entendre de l'apaisement. Quelque chose clochait. Et soudain elle comprit. Elle se tourna vers Fennetaux qui ignorait encore les profondeurs de l'abîme. Un instant, elle l'envia. Puis elle se ressaisit. Elle était au milieu du gué. Impossible de revenir en arrière, elle devait aller jusqu'au bout. Pour l'enquête. Pour Magali.

– Votre vie n'a jamais été simple, mais je sais que vous aimiez votre fille, Hélène. Vous aimiez Magali.

– Oh oui !

– Vous vouliez son bien.

Hélène rentra sa tête dans les épaules comme on fait quand on sait que la foudre va frapper. Le regard de Fennetaux passa de la psy à la femme allongée dans son lit. Quelque chose se jouait là qu'elle ne comprenait pas encore, mais elle sentait l'onde de douleur qui circulait entre les deux femmes. Ses intestins se contractèrent. Elle serra le poing et ferma les yeux un instant.

Finalement Léonie poursuivit, on voyait que ça lui coûtait :

– Vous vouliez ce qu'il y a de mieux pour elle, alors vous avez fait comme votre père vous avait appris. Parce que « qui aime bien châtie bien ».

Hélène se couvrit le visage de ses mains maigres. Elle faisait non de la tête mais ses larmes disaient oui. Doucement, Léonie lui prit les mains et les reposa sur la couverture.

– Ça fait trop longtemps que vous portez ce poids. Laissez-le sortir.

Hélène écarquillait des yeux ronds comme des billes. Elle reculait devant l'obstacle mais Léonie lui opposait le plus bienveillant des sourires. Elle n'était pas seule, Léonie ne la lâcherait pas, elle pouvait parler. Alors elle parla.

– Il appelait ça la discipline. Pour chaque faute, il fallait une marque. Il disait qu'il fallait que le corps se souvienne. Que c'était le seul moyen de ne pas recommencer.

– Ne me parlez pas de votre père, répondit Léonie. Parlez-moi de vous. De vous et de Magali.

– Je croyais… Je pensais… Oh mon Dieu…

– Continuez, ordonna Léonie d'une voix plus ferme. Ne vous arrêtez pas maintenant. Quand je vous ai annoncé que Magali était vivante jusqu'à la semaine dernière, vous ne m'avez pas crue. C'était inenvisageable pour vous, je l'ai vu dans vos yeux. Pourquoi ? Qu'est-ce qu'il s'est passé mercredi 22 novembre 1989 ?

Hélène raconta. Sa vie floutée par l'alcool et les mauvaises rencontres. Sa fille qu'elle essayait d'élever du mieux possible. La discipline qu'elle pratiquait sur son petit corps parce qu'elle pensait bien faire. La fois de trop, où Magali avait sombré. Ses yeux fixes, son corps tout raide, et le froid qui l'avait envahie. Elle l'avait tuée. Hélène avait tué sa fille. Elle avait appuyé le tisonnier trop longtemps et le petit cœur de quatre ans avait lâché.

Elle raconta l'enterrement clandestin dans un terrain vague derrière chez elle, et cette histoire d'enlèvement inventée dans l'urgence pour justifier l'absence de son bébé. Mais quand les policiers avaient fouillé le terrain vague, ils n'avaient rien trouvé, ni corps ni indices. Elle avait cru devenir folle. Depuis trente ans, Hélène se punissait. Depuis trente ans, le fantôme de Magali la hantait nuit et jour.

Le regard de Léonie ne lâchait pas celui d'Hélène, il la portait dans un mélange de douceur et de fermeté, s'interdisant de juger.

Fennetaux aurait voulu hurler, invectiver la pauvre femme, la traiter de tous les noms. Elle dut mobiliser toute sa volonté pour s'en empêcher. Son portable sonna. En décrochant, elle réalisa qu'elle serrait les dents au point de les faire exploser. Tizi l'informait que le directeur de Lalande était en panique.

– Il a insisté pour que vous veniez, cheffe. Vous et personne d'autre.

Fondation Lalande, Paris 17e

Fennetaux décida de garder pour elle ce qu'elle venait d'apprendre. Pour le moment du moins. Elle était trop à vif, elle avait peur de ne pas trouver les bons mots. Un peu lâchement, elle espérait que Léonie se chargerait d'informer l'équipe au Bastion.

Elle se gara devant les grilles de la fondation en même temps qu'une voiture sérigraphiée. Océane s'en extirpa en boitant et remercia d'un geste le jeune gardien de la paix qui l'avait déposée. La commandante pinça les lèvres en voyant Colchique sauter hors de la voiture. Océane se pencha pour attacher la laisse au collier du chien, mais il se précipita vers la fondation à toute allure. Peut-être espérait-il y retrouver sa maîtresse. Sa vraie maîtresse.

– Laisse-le, soupira Fennetaux. De toute façon, on va au même endroit.

Les deux femmes entrèrent dans le jardin.

– Il a dit quoi, Bessières ? s'enquit Océane. Y a eu un autre empoisonnement ?

– Juste de faire vite.

Le directeur les attendait à l'accueil en tirant sur les manches de sa chemise. L'homme suintait l'angoisse par tous les pores de la peau.

– Vous voilà !

Pour un peu, il les aurait engueulées.

– Qu'est-ce qui se passe ? demanda Fennetaux.

– Suivez-moi.

Il les entraîna dans un dédale de couloirs parquetés au point de Hongrie. Ils gravirent une volée d'escalier, traversèrent une coursive, descendirent quelques marches.

– Les résidents se plaignent de bruits dans les canalisations depuis plusieurs mois. Surtout la nuit. Ils disent que ça fait comme le vent dans une vieille baraque, ou comme un enfant qui chouine, vous voyez ? Le plombier n'a rien trouvé, tout est aux normes.

Fennetaux et Océane échangèrent un regard interloqué. Il ne les avait quand même pas appelées pour un problème de tuyauterie ?

– Je l'ai fait venir deux fois pour rien. Les bruits s'arrêtent pendant quelques semaines, on pense que c'est réglé et ça reprend. Voilà, on arrive. Il y a trois studios inoccupés au deuxième étage, le processus de sélection des nouveaux résidents peut prendre du temps. C'est ici.

Il s'arrêta devant une porte identique à celles qu'ils avaient dépassées. Bessières posa sa main sur la poignée puis se ravisa.

– La porte était fermée de l'extérieur quand je suis entré. Je vous JURE que je n'y suis absolument pour rien.

Une alarme s'enclencha dans la tête des deux femmes.

– Ouvrez cette porte, ordonna Fennetaux.

Toute trace de chaleur avait disparu de sa voix. Le directeur tourna la poignée.

Le studio était quasiment vide, à l'exception d'une banquette étroite pour le couchage, d'une table basse et de quelques livres. L'endroit évoquait une planque plus qu'un lieu de vie. Une femme tremblante était assise sur la banquette, recroquevillée sur elle-même. Elle leur tournait le dos et donnait l'impression de vouloir disparaître.

– C'est la police, annonça Bessières.

– Pas la police !

L'effroi lui avait fait relever la tête. Son visage était une palette de peintre. Du bleu, du jaune, du violet, un arc-en-ciel d'hématomes à différents stades de cicatrisation. Elle avait été tellement battue, et depuis si longtemps, qu'elle en était littéralement défigurée. Fennetaux se précipita vers elle.

– On va s'occuper de vous, madame. On va appeler les secours. Vous voulez bien me dire votre nom ?

La femme secoua vigoureusement la tête, comme si une instance à l'intérieur d'elle-même tentait de l'empêcher de parler.

– Qui vous a fait du mal ?

Fennetaux cherchait où poser une main apaisante sur elle et renonça, trop de bleus partout. Elle savait qu'il ne servait à rien d'abreuver cette pauvre femme de questions, il fallait d'abord la rassurer. Pourtant c'était plus fort qu'elle, il fallait qu'elle sache.

– Vous êtes en sécurité maintenant. Qui vous a enfermée ?

Le nom suinta de sa bouche meurtrie. La commandante dut se pencher pour saisir :

– Neige.

29

Dordogne, 1989

Alain Etcheverri avait beaucoup perdu ces dernières années. Son poste à la fac, sa femme, sa maîtresse. Seul le petit Arthur le regardait encore avec les yeux de l'amour, mais que pouvait faire Alain d'un garçon de dix ans dans sa lutte contre la Dumaillet ?

Après ses déboires à l'université, il s'était rabattu un temps sur l'enseignement de l'histoire au collège. Jusqu'à ce que le programme aborde la Seconde Guerre mondiale et qu'il découvre, horrifié, des pages entières du roman de Suzanne dans le manuel de ses élèves. Elle avait réussi, la salope. Elle était parvenue à faire gober ses mystifications à l'ensemble de la société. Désormais Dumaillet voulait dire Résistance. Dumaillet voulait dire sacrifice. Dumaillet voulait dire courage. Intimement persuadé que Suzanne cherchait à lui nuire, Etcheverri quitta l'Éducation nationale pour se lancer à corps perdu dans un bras de fer qui n'existait que dans sa tête.

Il avait malgré tout l'esprit encore assez clair pour comprendre que Suzanne était une citadelle imprenable, et s'était résolu à attaquer la famille par son maillon faible. Il zonait dans leur village de Dordogne depuis plusieurs jours maintenant. Planqué derrière un des platanes de la place, il observait André au comptoir de son bistrot. D'après ses précédentes observations, l'éclopé en avait encore pour deux bonnes heures à servir du gros rouge aux locaux. La nuit était tombée, c'était le moment d'agir.

La porte d'André ne disposait d'aucune sécurité particulière, Etcheverri l'ouvrit d'un simple coup d'épaule. L'appartement était petit et tenait plus de la tanière que du foyer. C'était l'antre d'un vieux garçon solitaire. Etcheverri espérait y trouver une preuve, même indirecte, de la duplicité de cette famille. Sous quelle forme ? Il n'en avait pas la moindre idée. Mais il se disait que l'avortement clandestin de Suzanne à 17 ans prouvait qu'ils n'avaient pas peur d'enfreindre la loi pour défendre leurs intérêts. Il fouillait les lieux à l'aveugle au sens propre comme au figuré (dans sa précipitation, il n'avait pas pensé à se munir d'une lampe de poche). Quelle ne fut pas sa surprise quand il tomba sur deux lingots d'or au fond d'un tiroir ! Ils étaient là, sans emballage ni rien, avec juste un vieux bouquin à côté. Sans réfléchir, Etcheverri glissa les lingots dans ses poches et quitta les lieux.

Une recherche à la bibliothèque de Périgueux lui apprit que le numéro de série des lingots renvoyait à un stock d'une cinquantaine de pièces largué par la Royal Air Force sur la Dordogne en 1942 à destination de la Résistance intérieure et dérobé juste après le parachutage. Jamais les maquisards n'avaient vu la couleur de cet or. Et pour cause, se dit Etcheverri aux anges. Il comprenait maintenant comment Suzanne avait payé son appartement sur le jardin du Luxembourg. Cinquante lingots dérobés à leurs propres camarades, cinquante lingots dépensés sans le moindre scrupule depuis presque autant d'années.

Etcheverri tenait enfin sa preuve, et c'est en confiance qu'il exhiba les deux lingots sous le nez de son ancien directeur d'UFR à l'université. Contre toute attente, celui-ci refusa de l'écouter et lui conseilla même de se faire soigner. Il n'est pire aveugle que celui qui refuse de voir. En désespoir de cause, Etcheverri comprit qu'il ne lui restait plus qu'une carte à jouer. Il y avait un livre à écrire sur l'or évaporé de la Résistance. Un livre noir. Il allait s'y atteler seul et reviendrait à l'université par la grande porte. Il arracherait sa réhabilitation avec les dents s'il le fallait, mais il ne renoncerait pas à renvoyer dos à dos faux prophètes et vrais voleurs.

Paris, 1989

André n'appelait jamais. Ni pour prendre des nouvelles, ni pour son anniversaire, jamais. Sa sœur était sortie de leur milieu par le haut. C'était une Parisienne, une intellectuelle accaparée par les obligations sociales, les mondanités. Il maintenait le contact en lui envoyant régulièrement des colis de foie gras, truffes et autres spécialités régionales sans rien attendre en retour de sa part.

Suzanne fixait le voyant rouge du répondeur. Elle avait écouté le message plusieurs fois déjà. À chaque écoute, le même frisson, la peur rampante. Asticot masochiste, son index rappuya sur le bouton « lecture ». La voix d'André retentit dans l'appartement. Sous l'accent chantant du Sud-Ouest, elle percevait l'angoisse de son frère.

– C'est moi. Faut que je te dise, les lingots ont disparu. Les deux qui restaient, on nous les a tirés. Je sais pas si c'est pour les revendre ou… J'ai peur qu'on essaie de nous faire chanter. Je risque pas grand-chose, moi, je suis personne, mais toi… Fais gaffe à toi.

Suzanne rappuya encore. Et encore. Des milliers de questions se bousculaient dans sa tête comme les boules du Loto à la télé.

On cherchait à l'atteindre. Qui et pourquoi ? Elle ne se connaissait pas d'ennemi personnel. Sa carrière de magistrate était derrière elle, elle avait pris sa retraite depuis trois ans déjà. Quant à ses engagements en faveur de la Résistance, elle ne voyait pas qui ça pouvait encore gêner aujourd'hui.

Au contraire, plus le temps passait et plus elle semblait faire l'unanimité. Suzanne Dumaillet était devenue une sorte d'institution. Une dame d'un certain âge qu'on invitait à témoigner auprès des plus jeunes. Des collèges portaient même son nom à présent. On l'exhibait comme une relique, on la cajolait comme un bibelot précieux. Dans ce concert de louanges, imaginer un ennemi susceptible de la faire chanter paraissait complètement incongru. Et pourtant…

Penser aux lingots la mettait toujours un peu mal à l'aise. Ils ne les avaient pas volés avec André, mais c'est vrai qu'ils en avaient profité. Pour subvenir aux besoins de leur mère d'abord, et pour eux-mêmes après la mort de Marie. André avait racheté le National avec. Ça n'avait pas coûté grand-chose et ça suffisait, sinon à son bonheur, du moins à son train de vie. C'est Suzanne qui avait dépensé le plus, et cette pensée était comme un petit caillou au fond de sa chaussure, un gravier de mauvaise conscience qui ne l'empêchait pas de dormir mais ne se laissait jamais complètement oublier.

Se pourrait-il que si près de la fin, on cherche à la salir à travers ces lingots ? Mais encore une fois : qui, et pourquoi ? Il y avait bien eu quelqu'un. Un jeune historien ambitieux. Un sale type qui n'avait pas hésité à dénoncer publiquement son avortement pour se faire mousser. Mais ça remontait à si longtemps, ça ne pouvait pas être ça.

Une autre pensée affleura, plus dérangeante. Dans son message, André ne précisait pas si le roman de Paul avait disparu aussi. Paul. Quand elle pensait à lui, elle revoyait son air perdu à son arrivée à la ferme en juin 40. Elle repensait au trio qu'ils avaient formé avec Colette, et à ces nuits qu'ils avaient passées tous les deux à conjurer la peur qu'il arrive malheur à André. Se pouvait-il que Paul cherche à lui nuire ? Il avait eu la vie sauve grâce à ses parents. Pourquoi leur voudrait-il du mal ? Non, c'était impossible. Quoi qu'il soit devenu, Paul n'avait strictement rien à leur reprocher.

Névache, 1989

On était fin septembre et les nuits devenaient plus fraîches. Le fond de l'air certains soirs sentait déjà la neige. Paul savait qu'il lui faudrait bientôt redescendre dans la vallée et retrouver le monde des hommes.

Le temps de sa misanthropie était révolu. Celui des longs hivers désœuvrés aussi, désormais il avait trop à faire. Le berger n'était plus jamais seul. Il s'en était accommodé. Non qu'il ait eu vraiment le choix, ni même voix au chapitre. Les événements s'étaient enchaînés d'eux-mêmes, il s'était contenté de les accepter. Le gamin perdu dont il s'était occupé toute une estive avait-il passé le mot à ses camarades de galère ? Toujours est-il que, l'année suivante, Paul n'avait pas trouvé un, mais trois gosses au refuge. Dépenaillés, affamés et méfiants, ils l'attendaient. L'année suivante, ils étaient cinq. Des chats sauvages écorchés vifs. Orphelins, délinquants ou simples fugueurs, ils venaient de toute la vallée de la Clarée. Certains arrivaient de l'Italie toute proche, ils avaient franchi le col de l'Échelle depuis Bardonecchia pour rejoindre son estive. Incapable de les renvoyer à leur misère, Paul avait dû s'adapter.

Avec l'aide des gamins, entre deux traites des brebis et une fournée de fromages, il avait construit une cabane à proximité du refuge. Ils en construisirent une autre quand les premières filles se joignirent aux garçons. Il fallut imposer quelques règles, enseigner la notion de respect. Envers les bêtes, envers les autres et envers soi-même. Se laver au torrent, manger proprement et travailler pour gagner son pain n'allait pas de soi pour tout le monde. Chaque année, Paul se demandait si on l'attendrait à l'estive. Chaque année, il était attendu et il fallait tout reprendre à zéro. La plupart des gamins restaient tout l'été. Quelques-uns disparaissaient comme ils étaient apparus, cette vie austère et besogneuse était trop exigeante pour eux. Paul n'essayait jamais de les retenir.

Une année, ses cheveux commençaient à grisonner, les gamins s'amusèrent à l'appeler « papé ». Puis le premier P se perdit dans les montagnes. Paul était devenu Apé. Le surnom resta. Chaque automne, Apé redescendait des alpages avec son troupeau, ses chiens et sa cargaison de gosses rafistolés comme il avait pu. Ils avaient repris confiance, à charge pour eux de transformer l'essai en trouvant une formation ou un emploi.

Le bruit de ses succès se répandait d'année en année dans la vallée. Il finit par atteindre la DDASS de Briançon. À l'hiver 67, Paul avait reçu la visite d'une assistante sociale dans son chalet de Névache. Elle cherchait Apé. Plusieurs familles de la région l'avaient contactée pour envoyer leur enfant qui poussait de traviole passer l'été avec lui dans la montagne. On disait qu'il remettait les gosses droits. Qui était-il ? Qu'attendait-il de ces enfants ? Quelles étaient ses méthodes ? Plutôt que de s'expliquer (il en aurait été incapable), Paul lui proposa de le rejoindre l'été suivant et de voir par elle-même. L'assistante sociale accepta. Elle fut si convaincue par l'expérience qu'elle proposa à Paul de contractualiser son travail en le nommant éducateur. C'était un statut et un salaire appréciables pour un simple berger. Il refusa, sa liberté n'avait pas de prix, mais il avait désormais un relais pour prendre en charge « ses » gamins à la fin de l'estive.

En réparant les enfants cabossés qui venaient à lui, Paul s'était réparé aussi. Il avait fait la paix avec son passé. Il se souvenait à peine de sa terreur, enfant, après son agression aveugle dans le gouffre. Le roman avec son vrai nom n'avait jamais refait surface. Le lingot laissé par son agresseur pour lui intimer le silence était rangé quelque part dans son chalet, Paul n'aurait même pas su dire où. Avec le temps, même les visages de Colette et Suzanne s'étaient estompés de sa mémoire. Étonnamment, c'est Marie Dumaillet qui revenait régulièrement habiter ses rêves. Marie avait été une véritable figure maternelle pour Paul et il chérissait son souvenir avec tendresse. Quant à son père de cœur, depuis longtemps maintenant, c'était bien entendu Villedieu.

Villedieu l'avait sauvé quand rien ne l'y obligeait. Malheureusement, le karma n'en avait pas tenu compte. Placardisé par la Préfecture, l'ancien commissaire s'était laissé lentement sombrer. Son cerveau dérivait, il s'éloignait chaque jour un peu plus des berges de la raison. À chacune de ses visites, Paul le trouvait plus mal. Il l'obligea à consulter. Le neurologue évoqua une possible démence sénile. Peut-être Alzheimer, il n'était pas sûr. Ce dont il était certain, c'est que Villedieu devait être interné. « Pour son bien. » Paul refusa d'envoyer son ami à l'hospice. S'il souffrait de quelque chose, c'était surtout de solitude.

Il boucla trois valises et l'installa dans son chalet. Il lui devait bien ça. Quand il partait pour l'estive, une paysanne de Val-des-Prés passait chaque jour lui faire ses repas, un brin de ménage et la conversation. L'hiver, Paul cohabitait tant bien que mal avec son vieux compagnon. Ils avaient beaucoup joué aux échecs autrefois. Ils passèrent aux dames. Puis aux dominos. À la fin,

Paul installait Villedieu devant la fenêtre, une couverture sur les genoux, et s'asseyait à ses côtés pour lui faire la lecture à voix haute. Ils vécurent ainsi près de quatre ans. Villedieu s'éteignit dans son sommeil une nuit de mars 89. Paul retrouva son corps raide et froid au petit matin. Il acheta la dernière concession disponible du cimetière de Névache et enterra son ami dans sa chère vallée.

Lorsqu'il rentra de l'estive cette année-là, un courrier du notaire l'informait que Villedieu l'avait depuis longtemps désigné comme unique héritier. Il lui revenait de vider l'appartement parisien du défunt avant de le mettre en vente.

Paris, 1989

Paul n'avait pas remis les pieds à Paris depuis belle lurette. Il trouva la ville sale, surpeuplée et agressive. L'immeuble de Belleville lui parut délabré, presque insalubre. Il récupéra des cartons auprès des commerçants du quartier, s'arma de courage et commença le grand tri.

Quarante ans plus tôt, il avait monté ce même escalier chargé d'autres cartons. Il s'était arrêté un étage plus bas, chez ses parents. Il avait dix-huit ans alors, les tribunaux venaient enfin d'expulser le comptable qui s'était approprié l'appartement de ses parents pendant la guerre. Les usurpateurs n'avaient rien laissé. Pas même une ampoule au plafond. Paul était remonté chez Villedieu le cœur lourd et les cartons vides. Plus rien ne témoignait de l'existence de sa famille. Aucun bibelot, aucune photo. Fishel et Ludka Szwizka avaient été effacés de la surface de la terre.

Chez Villedieu à l'inverse, on était dans le trop-plein. Les cartons se remplissaient à vue d'œil. Armoires et commodes débordaient de livres, de disques et de journaux accumulés tout au long de sa vie. Il semblait à Paul que son ami n'avait rien trié ni jeté depuis des lustres. Il vidait une petite table de travail lorsqu'il tomba sur une enveloppe cachetée à son nom. Il reconnut l'écriture sur l'instant. Son cœur se mit à battre la chamade. Depuis combien de temps l'enveloppe traînait-elle au fond de ce tiroir ? Paul fixait le rectangle jauni par les années sans oser l'ouvrir.

Pour Paul Szwizka
aux bons soins de Monsieur Gustave Villedieu
118, boulevard de Belleville
75020 Paris

Colette. Colette lui avait écrit après toutes ces années. Il avait attendu un signe d'elle et de Suzanne pendant si longtemps. Paul remarqua le cachet de la poste. Paris, le 16 octobre 1985. Quel qu'il soit, le message de Colette attendait au fond d'un tiroir depuis quatre ans, victime collatérale de l'Alzheimer de Villedieu.

Le jour déclinait. Il sortit de l'appartement tombeau, entra dans le premier bistrot qu'il trouva et ouvrit l'enveloppe. Les trois pages couvertes d'une écriture calme et résolue pulvérisèrent son existence.

Paul appela Névache et avertit qu'il ne rentrerait pas tout de suite. Avant toute chose, il devait identifier sa cible, la localiser. Ce fut long et ardu. Son enquête le mena en Dordogne. Revoir la région de son enfance le bouleversa, il se força à réprimer ses émotions. Les témoins de l'époque étaient morts ou refusaient de coopérer. Un instant, il envisagea de contacter André Dumaillet mais préféra renoncer. Un halo de malaise enveloppait l'affaire. Il dut mentir, menacer, acheter la parole des uns et le silence des autres. Il ne recula devant aucune compromission.

Enfin, il obtint un nom et une adresse. La femme s'appelait

Hélène Pasquier. Elle habitait une maison ouvrière dans la ville de Nanterre. Juste en face se trouvait un petit hôtel. Un marchand de sommeil en vérité. Pas de registre, on payait en liquide de la main à la main. Paul ne fit pas le difficile. Il loua une chambre au premier étage côté rue et installa son poste d'observation. Que cherchait-il à savoir ? Il ne le savait pas lui-même. Mais ce qu'il découvrit lui tordit le cœur.

Hélène était une femme instable, immature et malheureuse. Elle buvait trop, enchaînait les boulots mal payés et les mauvais garçons. En cinq jours, Paul vit défiler trois hommes différents. L'un resta à peine une heure, un autre s'incrusta pour deux nuits. Chaque fois, les portes finissaient par claquer. Le type repartait et Hélène affichait une arcade éclatée ou un bleu sur la tempe. Bouteille après bouteille, homme après homme, elle se laissait aspirer dans le vortex de l'échec. Quelle enfance avait-elle eue pour faire si peu de cas d'elle-même ? Qu'avait-elle subi, encaissé ? Paul l'observait et pensait aux gamins de l'estive. Il était rongé de colère et de regrets. Si seulement il avait su plus tôt…

Jour après jour, il voyait Hélène se détruire. Cent fois il voulut intervenir. Mais de quel droit, et pour dire quoi ? Elle avait plus de quarante ans, elle ne le suivrait pas dans ses alpages pour traire des brebis. D'autant qu'elle n'était pas sans bagage.

Hélène avait une fillette d'environ trois, quatre ans dont elle s'occupait comme elle pouvait, c'est-à-dire mal. L'enfant aimait sa mère, ça ne faisait aucun doute, mais Paul ne parvenait pas à déterminer si la réciproque était vraie. Depuis le début de sa planque, il redoublait d'attention dès que la petite rentrait de l'école. Il quittait la sécurité de sa chambre d'hôtel et se collait contre la maison au risque de se faire surprendre. Ce qu'il observait lui faisait souvent mal au ventre.

Hélène imposait à sa fille un régime de douche écossaise affective, alternant les phases de fusion et d'abandon en fonction de sa consommation d'alcool, de la présence d'un homme chez elle ou tout simplement de ses humeurs. Aux effusions excessives succédaient de grandes plages de silence, c'était à rendre fou.

Pourtant Magali (c'était son prénom) semblait se satisfaire de son sort. C'était une enfant calme et solitaire. Elle passait de longs moments devant la télé ou assise sur le perron de sa maison à observer l'animation de la rue. Dans ce quartier populaire c'était monnaie courante, personne ne lui prêtait attention. Quand sa mère piquait une crise, elle l'envoyait à l'étage dans sa chambre. Paul n'avait aucun moyen de voir ce qui s'y passait, la fenêtre était obstruée par une plaque en tôle. Cette existence manquait de cadre et de structure, mais la petite allait à l'école, elle était propre et mangeait à sa faim. Tous les gamins n'avaient pas cette chance, Paul était bien placé pour le savoir.

Il se résolut à abandonner sa surveillance. Ses montagnes lui manquaient et il n'avait même pas fini de vider l'appartement de Villedieu. Il s'ordonna une dernière journée de planque par acquit de conscience, ensuite il lèverait le camp. La maison était calme. Paul s'offrit quelques heures de sommeil.

En fin d'après-midi, il faisait déjà nuit, il ramassait son paquetage quand un cri lui glaça le sang. Une longue plainte primitive comme celle d'un chien blessé, suivie d'un silence plus terrifiant encore.

La porte de chez Hélène s'ouvrit à la volée et il la vit sortir en portant le corps tout raide de Magali. Elle contourna sa maison et s'enfonça dans le terrain vague coincé entre son jardinet et la voie ferrée. Elle réapparut seule et hagarde dix minutes plus tard, entra chez elle et en ressortit aussitôt avec son sac à main. Elle monta dans sa voiture hors d'âge et démarra sur les chapeaux de roues.

Paul sortit en trombe de l'hôtel et se précipita vers le terrain vague. Il découvrit le petit corps à moitié recouvert par une bâche en plastique. Ses yeux grands ouverts étaient fixes et vitreux, son visage figé dans un masque de terreur. Il tenta de la secouer, mais Magali ne bougeait plus. Sa peau était glissante, elle semblait se désagréger sous les doigts de Paul. C'était comme toucher une méduse. Cette sensation lui provoqua un frisson de dégoût. Fébrilement il chercha sa lampe de poche, l'alluma et se pencha en avant. Un cri d'effroi lui échappa. L'enfant avait été brûlée vive.

30

Fondation Lalande, Paris 17e

Les secouristes avaient mis moins de dix minutes à arriver. La femme couverte d'ecchymoses répétait le nom de Neige en boucle sans que Fennetaux puisse déterminer s'il s'agissait d'un appel à l'aide ou d'une dénonciation. Plus les jours passaient et plus cette enquête se complexifiait. De nouvelles ramifications apparaissaient dont elle ne comprenait pas le lien avec leur victime.

Comment Magali Pasquier avait-elle découvert la vérité sur ses origines ?
Pourquoi n'avait-elle pas cherché à contacter sa mère ?
Avait-elle mené son projet de comparaison ADN jusqu'au bout ?
Et si oui, avec quel autre ADN avait-elle comparé le sien ?
Comment Arthur Ravel s'insérait-il dans cette histoire ?
Et cette pauvre femme enfermée malgré elle à la fondation ?

La commandante avait le sentiment d'être un poulet sans tête projeté d'une piste à l'autre dans un nuage de plumes. Pour ne rien arranger, Marc Bessières tournait sur lui-même comme une toupie.

– D'abord les empoisonnements et maintenant ça… Comment je vais expliquer la situation au conseil d'administration ?

– À votre place, j'aurais d'autres préoccupations, répliqua Océane d'un ton acerbe. « Ça », comme vous dites, c'est une femme qui a pratiquement été battue à mort. Et arrêtez de bouger dans tous les sens, vous empêchez les secouristes de travailler.

Fennetaux prit le médecin à part.

– Vous pouvez établir à quand remontent ses blessures ?

– Y a de tout. Certaines sont cicatrisées, d'autres sont plus fraîches, comme le coup sur l'arcade sourcilière. Le légiste pourra vous évaluer ça sérieusement. Vous permettez ?

Fennetaux acquiesça et le médecin se pencha doucement vers sa patiente.

– On va vous administrer quelque chose pour vous apaiser, madame, vous avez besoin de vous reposer.

– Neige…

D'un regard, il intima l'ordre à son collègue d'injecter l'anxiolytique. Rapidement la litanie des « Neige » se fit plus faible, comme si la femme se berçait. Le mot perdait sa fonction de prénom et redevenait une pluie de flocons. La femme finit par s'endormir.

Deux infirmiers attendaient à l'extérieur du studio avec un brancard. Le médecin leur fit signe d'entrer. Ils installèrent la patiente et ressortirent. L'opération leur prit à peine quelques secondes. Le médecin informa Fennetaux qu'ils emmenaient la femme à Saint-Louis. Le studio redevint silencieux.

Bessières reprit ses rondes maniaques.

– Je ne comprends pas, je ne comprends pas…

– Arrêtez de tourner ! cria Océane.

Visiblement, elle aussi avait les nerfs en pelote. Fennetaux lui agrippa le bras :

– Va toquer aux studios les plus proches et commence à poser des questions.

– Merci, cheffe, souffla Océane, qui ne se le fit pas dire deux fois.

Restée seule avec Bessières, la commandante observa une nouvelle fois les lieux, pensive.

– Depuis quand vos résidents se plaignent de ces bruits, la nuit ? demanda-t-elle.

– Plusieurs mois. Mais je ne peux pas croire que cette femme ait été là tout ce temps !

– Probablement pas, certaines de ses blessures sont trop récentes.

Bessières écarquilla les yeux :

– Vous voulez dire qu'il y en a eu plusieurs ?

Fennetaux se contenta de le fixer d'un air sombre. La voix du directeur monta dans les aigus.

– Les bruits, c'étaient leurs cris ?

– Ou leurs pleurs, probablement.

Rien sur place ne permettait d'identifier la victime évacuée aux urgences. Des reliefs de repas prouvaient qu'elle avait été nourrie régulièrement. Régulièrement et récemment. Or, Magali était morte depuis presque une semaine. Quelqu'un d'autre avait pris le relais, en s'assurant que la porte du studio reste fermée de l'extérieur. Qui, et dans quel but ? Une petite étincelle s'alluma dans l'esprit de la commandante.

Place des Fêtes, Paris 19e

L'intérêt d'avoir une sale gueule, se disait Dominique, c'est qu'elle concentre l'attention de vos interlocuteurs. Mentalement occupés à vous critiquer ou à vous plaindre, ils en oublient de décrypter vos émotions. La petite chose toute maigre qu'elle avait sous les yeux était-elle en train de la plaindre ou de se moquer d'elle ? Elle était flic et avait débarqué chez elle sans prévenir. Ça n'augurait rien de bon. Dominique la fit entrer en se promettant de rester sur ses gardes.

– Merci d'avoir accepté de me parler, entama Fennetaux.

– On doit pas vous dire non très souvent, rétorqua Dominique sur le ton du constat.

– Vous savez pourquoi je suis là ?

– Sûrement pas pour jouer aux devinettes, j'imagine que vous avez mieux à faire de votre week-end.

Fennetaux esquissa un sourire. La carne s'annonçait coriace.

– Je me suis renseignée sur vous. Vous êtes une récidiviste de haut vol. Voie de fait, trouble à l'ordre public, outrage. Joli palmarès.

Dominique se rembrunit. On y était…

– Je prends les transports en commun tous les jours depuis des décennies. Tous ces gens serrés les uns contre les autres, captifs. Il faut saisir la moindre occasion de les informer, vous ne croyez pas ?

– En leur imposant vos diatribes à pleins poumons ?

– Je les éduque. Tout ce que je dis est…

– Hurle, coupa Fennetaux. Tout ce que vous hurlez…

– Tout ce que je dis est vrai. Sur un wagon de cent voyageurs, soit cinquante hommes en moyenne, statistiquement il y en a une bonne quinzaine qui battent leur femme. Je les invite à se dénoncer.

– J'imagine que vous n'avez pas beaucoup de succès.

– Je vois les regards qui se baissent, les poings qui se serrent sur la barre centrale. Je repère ceux qui aimeraient m'en coller une. Les autres passagers le perçoivent aussi. C'est ça, mon but. Je veux que la honte change de camp. Il y a cent cinquante ans, tout le monde trouvait normal que des enfants bossent dix heures par jour dans des mines de charbon. Ça ne choquait personne avant que les premières voix s'élèvent pour dénoncer leur exploitation.

– Vous n'avez pas peur d'exciter la colère de ces hommes ? Qu'ils dérouillent leur femme en rentrant ?

– Ils l'auraient fait de toute façon, objecta Dominique. Un homme violent n'a jamais eu besoin d'une raison objective pour frapper.

Fennetaux l'observa en silence un instant avant de demander :

– Pourquoi vous vous imposez tout ça ?

– Parce qu'il faut bien que quelqu'un le fasse.

– Je vois. Les femmes battues, c'est votre combat. Une femme a été retrouvée dans un studio vide de la fondation Lalande. Salement amochée.

– Où est-ce que vous l'avez emmenée ?

Dominique s'était levée d'un bond. Ses yeux lançaient des flammes.

– Qui est cette femme ? demanda Fennetaux avec insistance.

– Je ne vous donnerai pas son identité. Je ne peux pas. Pour sa propre sécurité.

– C'est pour sa sécurité que Magali Pasquier l'avait enfermée ?

– Pas enfermée, cachée. Protégée de son salopard de mari.

– Le verrou était fermé de l'extérieur.

– Qu'est-ce que vous connaissez au phénomène d'emprise ? Ces femmes se font laver le cerveau, elles peuvent… rechuter. Il arrive qu'elles craquent et qu'elles veuillent retrouver leur tortionnaire. Parce que c'est plus simple pour les enfants, parce que l'inconnu leur fait peur. On doit les protéger d'elles-mêmes !

– Le bonheur des gens malgré eux, hein ? En général, ça finit en goulag.

– Vos arguments théoriques, vous pouvez vous les garder, répliqua Dominique. Je me salis les mains, moi.

Fennetaux se retint de rétorquer qu'en termes de bactéries, le métier de flic se posait là aussi. Inutile de polémiquer. Elle avait un objectif : Magali.

– Quand Magali Pasquier a été tuée, ça ne vous a pas effleuré l'esprit que le mari de cette femme y était peut-être pour quelque chose ?

Dominique serra les dents sans répondre, mais Fennetaux savait lire un visage. Bien sûr qu'elle se refaisait l'histoire en boucle depuis la mort de Magali. Et ça la rongeait d'avoir peut-être précipité son meurtre. Un homme violent qui voit sa femme lui échapper est capable de tout. Fennetaux comprenait aussi que le silence de Dominique ne servait pas ses intérêts personnels, il servait la cause des femmes battues. Elle devait absolument la faire parler sans la braquer, lui prouver qu'elles pouvaient devenir alliées.

La commandante posa ses deux mains maigres sur ses genoux comme on pose ses cartes sur la table.

– Je vous propose un marché. Je m'engage à faire condamner le salopard qui a mis cette pauvre femme dans cet état, et vous me dites tout ce que vous savez sur Magali.

– Elle vaut quoi, votre parole ? Y a des salauds partout, vous savez, même dans vos rangs.

– Raison de plus pour les mettre hors d'état de nuire.

Dominique sonda Fennetaux. Ce qu'elle lut dans son visage creusé et ses grands yeux noirs dut la convaincre. Elle tendit la main vers son portable et lança une vidéo en deux manipulations. La mise à sac de son appartement. Elle figea l'image sur la brute en train de remonter sa braguette.

– Je vous présente Claude Lacoste, adjudant-chef à la gendarmerie de Senlis. Sa femme a voulu le quitter. Il n'a pas apprécié.

Fennetaux leva la main pour interrompre son interlocutrice et attrapa son portable. Tizi décrocha à la première sonnerie.

– Lapin ? Tu me sors tout ce que tu peux trouver sur Claude Lacoste, adjudant-chef à Senlis. Un gendarme. Et discrètement, s'il te plaît. On ne veut pas que ses collègues découvrent qu'on s'intéresse à lui.

Elle raccrocha et reprit le fil de sa discussion.

– La vidéo, ça a été tourné ici, dit-elle. Lacoste a saccagé votre appart.

– Avec ses copains masculinistes, pour me faire passer un message. Il veut que je lui rende sa femme. C'est pas le premier mari violent qui parvient à trouver mon adresse et qui essaie de me faire peur. J'ai appris à couvrir mes arrières.

Dominique parlait sans affect, comme si ces menaces ne la concernaient pas. Cette femme disgracieuse et cassante prenait des risques inconsidérés pour de parfaites inconnues. Elle n'en tirait aucun profit, aucune gloire sinon peut-être la satisfaction de vivre en conformité avec ses principes.

Fennetaux sentit ses tripes se tordre, elle avait le côlon empathique. Dominique perpétuait à son échelle la lutte éternelle des héros contre les salauds. Dans son combat, apparemment, elle avait embarqué Magali Pasquier. Quelle était la nature du lien qui avait uni ces deux femmes ? Les neurones de la commandante firent un rapprochement avec un des mystères de son enquête :

– Le téléphone grave danger, c'était pour cette femme ? La femme de Lacoste ?

Dominique acquiesça.

– Je l'ai activé hors procédure pour empêcher Lacoste de remonter jusqu'à elle. Ce bâtard a accès à tout grâce au central de la gendarmerie. On craignait qu'il localise le studio à la fondation. Magali est morte avant d'avoir pu le lui donner.

– Comment ça se passait entre vous ? Comment vous en êtes venues à collaborer toutes les deux ?

– On se croisait à la fondation. Ma mère est résidente depuis presque un an. On s'est reconnues, je dirais. Elle s'est intéressée à ce que je faisais, elle a voulu aider. Utiliser un studio libre comme planque, c'était son idée.

– Vous avez fait transiter combien de femmes en tout là-bas ?

– Ça vous servirait à quoi de le savoir ? De toute façon, je ne vous donnerai pas leurs noms.

Fennetaux lui consentit ce point et revint sur son essentiel :

– On peut dire que vous étiez proche de Magali. Vous savez où et comment elle a vécu toutes ces années ?

Dominique secoua la tête.

– Elle ne parlait jamais d'elle. Pour moi, elle s'appelait Neige Thomas et je n'avais aucune raison de douter de son identité ou de lui poser des questions sur son passé. Honnêtement, on avait d'autres chats à fouetter.

– Et « Apé » ? insista la commandante. Elle n'a jamais mentionné ce nom devant vous, Apé ?

Dominique secoua de nouveau la tête.

Fennetaux la fixait d'un air pensif. Dominique Grault ne faisait rien pour chercher à lui plaire, la commandante appréciait ça. C'était l'anti-Maxine Noiriel, en quelque sorte, et ça lui faisait des vacances. Son instinct l'avertissait cependant que, malgré sa franchise, Dominique ne lui disait pas tout. Pourtant Magali était morte, et Fennetaux voyait que Dominique Grault en était profondément affectée. Quels sombres secrets concernant Magali cette femme cherchait-elle encore à protéger ?

Fondation Lalande, Paris 17e

Suzanne s'était retranchée dans son studio et espérait qu'on ne la dérangerait pas. Elle avait prévenu le restaurant qu'elle avait l'intention de dîner seule, inutile de préparer son couvert. Inutile aussi de lui monter un plateau-repas, les derniers événements lui avaient coupé l'appétit. Des secouristes avaient transporté le corps d'une femme sur une civière à travers les couloirs, les résidents ne parlaient plus que de ça. Oublié, le meurtre atroce de Neige. Un drame chassait l'autre. Les bruits qui la réveillaient la nuit étaient donc des pleurs, Suzanne n'en revenait pas. Imaginer qu'une femme avait souffert toute seule dans un studio si près du sien la perturbait beaucoup. L'image de la fondation risquait d'être durablement impactée. En dépit des belles promesses de la brochure d'accueil, Lalande n'était pas un sanctuaire protégé de la violence du monde.

Un dossier de plusieurs centaines de pages attendait Suzanne sur son bureau. La thèse d'un jeune chercheur consacrée au sabotage dans les filières textiles sous l'Occupation. L'historien lui avait demandé une préface pour peu qu'elle valide la pertinence de son travail. Elle n'avait pas le cœur à écrire et se laissa glisser dans son fauteuil Mushroom. Elle fatiguait plus vite ces derniers temps. Lire, peut-être ?

Ses deux parents la fixaient avec raideur depuis leur cadre sur le mur. Avaient-ils douté d'eux-mêmes comme il lui arrivait parfois de le faire ? S'étaient-ils sentis dépassés, vulnérables ? À quatre-vingt-dix ans passés, Suzanne réalisait qu'elle n'avait jamais déboulonné les statues de ses parents. Comment faire autrement quand on a eu la chance d'être élevée par deux authentiques héros ? Des Justes. Au crépuscule de sa vie, elle aurait aimé pouvoir se dire qu'elle avait été digne d'eux, mais elle savait que ce n'était pas le cas.

Elle ouvrit la boîte de chocolats qui trônait sur son petit guéridon et en choisit un à l'aveugle.

Perdue dans ses pensées, elle laissait son regard errer autour d'elle. Ses livres, ses photos, ses souvenirs. En dépit des derniers événements, elle était heureuse ici. L'appartement du Luxembourg lui manquait bien sûr, et elle avait eu le cœur gros de le vendre, mais elle ne pouvait pas habiter deux endroits à la fois. Et financièrement, il lui aurait été impossible de le garder tout en payant *deux* studios à Lalande.

Suzanne soupira, elle était lasse. Une idée qu'elle avait toujours réfrénée, combattue même, faisait son chemin dans son esprit. Quand on a maîtrisé son destin comme elle avait maîtrisé le sien, n'était-il pas préférable de tirer sa révérence selon ses propres termes ? Est-il possible que ce qu'on a toujours qualifié de lâcheté devienne à vos yeux du courage ?

Elle en était là de ses réflexions quand une tache couleur lie-de-vin se répandit sur sa jupe beige. Ça faisait comme une pivoine qui s'étendait, qui s'étendait. La tête se mit à lui tourner. Un goût métallique se répandit alors dans sa bouche. Sa vue se brouilla. Du sang suintait de son nez, de ses yeux, de ses oreilles.

Suzanne tenta de se lever et perdit l'équilibre. Son corps s'échoua au sol sans faire le moindre bruit. La dernière chose qu'elle vit avant de sombrer fut le regard impénétrable de sa mère.

31

Porte de Clichy, Paris 17e

Fennetaux retrouva le taulier devant le bureau de la juge Mareuil. Ils avaient reçu le même message : venir toutes affaires cessantes. Ils pénétrèrent dans le bureau et constatèrent que Noiriel s'y trouvait déjà. Fennetaux n'eut pas besoin de regarder le taulier pour savoir ce qu'il en pensait. Guet-apens, trahison. Les deux femmes affichaient un sourire éclatant, on aurait dit deux DRH s'apprêtant à licencier des employés qui avaient trente ans de boîte (« une opportunité formidable »).

Le taulier n'avait pas l'intention de se laisser endormir. Il attaqua sans préambule :

– Que nous vaut cette convocation, madame la juge ?

– Une excellente nouvelle. L'enquête est terminée. Je viens d'ordonner la mise en examen d'Arthur Ravel avec mandat de dépôt immédiat.

Le taulier se tourna vers Fennetaux, un point d'interrogation dans les yeux. Elle était aussi perdue que lui.

– Vous avez des éléments qu'on ignore ?

– Vous n'êtes pas au courant ? Ça tourne sur toutes les chaînes info depuis une heure.

– J'évite de les regarder ces derniers jours, lâcha Leprince d'une voix acide.

– Suzanne Dumaillet vient d'être transportée d'urgence à l'hôpital, son pronostic vital est engagé. Hémorragie par empoisonnement, exactement le même tableau que Magali Pasquier.

– Arthur Ravel a reconnu la première tentative d'homicide sur sa compagne, rappela Noiriel. Il a également reconnu qu'il voue une haine farouche à Suzanne Dumaillet. Le crime est signé.

Les yeux de la juge brillaient d'un éclat mauvais.

– Magali Pasquier et Suzanne Dumaillet… Ce type n'a pas seulement empoisonné deux femmes, il a foulé aux pieds la mémoire nationale. Quand la presse aura son nom, croyez-moi, il sera plus en sécurité en prison.

– Il faudra peut-être le placer à l'isolement pour le protéger, d'ailleurs, se permit Noiriel.

– Vous pensez à tout, commissaire. Ce sera fait.

Fennetaux n'en croyait pas ses oreilles. Comment la juge pouvait-elle bâcler une enquête de cette importance sans consulter la hiérarchie du Bastion ? Vu la médiatisation de l'affaire, son instruction allait être scrutée à la loupe par le Parquet. Elle risquait gros, et Fennetaux avec.

– Madame la juge, commença-t-elle en mettant les formes, je crains que cette décision ne soit un peu précipitée. Il reste encore beaucoup de zones d'ombre. Des éléments dont on n'a même pas eu le temps de vous parler. On vient juste de découvrir que Magali Pasquier n'avait jamais été enlevée, par exemple.

Elle avait pu briefer le taulier au téléphone mais les deux femmes la fixèrent comme si elle parlait javanais. Elle s'efforça d'expliquer :

– Hélène Pasquier a eu une enfance compliquée. Son père la maltraitait. Elle a reproduit ces maltraitances sur Magali jusqu'au point où, un jour, elle a pensé l'avoir tuée. Elle a dissimulé son corps, mais quand les collègues ont fouillé au même endroit quelques heures plus tard, il n'y était plus. Quelqu'un avait récupéré l'enfant. Pendant des mois, Hélène a cru qu'un maître-chanteur allait menacer de la dénoncer.

– La pauvre chérie, ironisa Noiriel, et Fennetaux la détesta pour ça.

– Coups et blessures volontaires par ascendant, énonça la juge. Aujourd'hui, ce serait même requalifié en torture avec actes de barbarie. Heureusement pour Mme Pasquier, il y a prescription. Elle aurait pris très cher aux assises.

Fennetaux secoua amèrement la tête. C'est tout ce qu'elle retenait de ces révélations ?

– Ça change toute la perspective sur l'enquête, intervint le taulier.

– Je ne vois pas en quoi.

– En tout, répliqua-t-il d'une voix sèche. Ça fait trente ans qu'on regarde cette affaire sous le mauvais angle. Magali Pasquier n'a pas été kidnappée, elle a été sauvée. Embarquée par quelqu'un qui a choisi de la soustraire aux services sociaux malgré le battage médiatique suscité par sa disparition. Ça mérite qu'on s'y intéresse.

– Votre enquête porte sur un meurtre commis il y a une semaine, pas sur un sauvetage qui remonte à trente ans.

– Ce n'est pas fini, renchérit Fennetaux.

– Quoi encore ? pesta la juge.

Elle lui réservait le ton qu'elle ne pouvait se permettre d'employer avec le taulier. Fennetaux fournit un gros effort pour en faire abstraction.

– Magali aidait des femmes battues à échapper à leur conjoint, expliqua-t-elle d'un ton calme. Au moment de sa mort, elle cachait une victime sur son lieu de travail. Le mari de cette femme avait d'excellentes raisons de vouloir la tuer. Ces hommes estiment que leur femme leur appartient, qu'elle est leur propriété.

Noiriel secoua la tête d'un air affligé.

– Tous les indices désignent Arthur Ravel depuis le début de cette enquête. Ce n'est pas parce que mon suspect est coupable que vous avez perdu. On est dans la même équipe, commandante.

Elle s'approcha de Fennetaux et lui tendit sa main en gage de paix. Les narines de la commandante captèrent un effluve, mélange de parfum et d'odeur organique. Elle avait déjà senti cette signature olfactive. Son cerveau divaguait à la recherche du souvenir quand la juge se leva.

– Excellent. Sous-directeur Leprince, je tiens à vous féliciter pour cette belle collaboration entre services.

Ils étaient dehors avec la sensation désagréable de s'être fait enfler. L'enquête était bouclée. Noiriel s'était montrée à la hauteur de sa réputation. Il fallait lui reconnaître une qualité : elle n'avait pas peur de se faire des ennemis puissants. Le taulier n'aimait pas qu'on la lui fasse à l'envers et il avait la rancune tenace.

Malgré sa fatigue, Fennetaux se précipita au Bastion. Tizi confirma pour Suzanne Dumaillet, elle avait été transportée à moitié morte à Cochin. On l'avait retrouvée inconsciente sur le sol de son studio, du sang sortant de son corps par tous les orifices possibles. Une boîte de chocolats était ouverte sur une petite table d'appoint. La boîte était coûteuse. A priori, il s'agissait d'un cadeau. Personne à la fondation n'avait su dire qui lui avait offert ces chocolats. Dumaillet était une icône nationale. Personne, à part Arthur Ravel, n'avait le moindre grief à son encontre.

L'enchaînement des événements semblait limpide à présent. Suzanne et Magali s'appréciaient, elles discutaient souvent ensemble autour d'un thé. La jeune thanadoula avait mangé un chocolat qui ne lui était pas destiné. Après tout ce qu'elle avait enduré, il y avait quelque chose de vertigineux à réaliser que Magali Pasquier était morte d'une balle perdue.

Sacré-Cœur, Paris 18ᵉ

Cette enquête laissait à Fennetaux un goût aigre au fond de la gorge. La commandante n'était pas du genre à entretenir son spleen. Pour retomber sur ses pieds, elle disposait d'une arme toute personnelle : l'adoration eucharistique. L'appel de la prière grondait en elle avec la fureur d'un volcan. Elle se rendit directement au Sacré-Cœur sans repasser par son appartement.

Depuis sa création, la basilique accueille des fidèles qui se relayent jour et nuit sans interruption pour rendre grâce au Christ. S'est ainsi formé un long ruban de dévotion ininterrompu sur cent trente-cinq ans. Chaque nouvelle heure de prière sédimente la précédente et prépare la suivante. Bien avant la Silicon Valley, le Sacré-Cœur a inventé la blockchain. Une blockchain spirituelle.

Fennetaux ne s'était pas inscrite à l'avance, mais elle avait ses entrées. La bénédictine qui tenait l'accueil lui griffonna un badge nominatif sans lui poser de questions et l'inscrivit dans le relais de présence priante entre 3 et 4 heures du matin. Quand on arrive à la dernière minute, on prend ce qui reste et on dit merci. En l'occurrence, il restait des couchettes disponibles en dortoir. La commandante rejoignit la basilique où l'office des complies venait de commencer. Il offrait un sas bienvenu entre l'agitation du monde et le recueillement de la nuit qui l'attendait. Le chant des sœurs calma ses nerfs à vif, ralentit le rythme fou de ses ruminations.

Fennetaux voulait prier pour Magali et pour Hélène. La vie d'Hélène avait été une succession de drames depuis sa naissance.

Celle de Magali avait mal démarré, mais elle avait bifurqué grâce à un sauveur dont on ne savait rien. On pouvait tout imaginer sur ce qu'elle avait vécu pendant trente ans. Avait-elle été un peu heureuse avant cette mort tellement stupide qu'elle en était à peine croyable ? « La vie, c'est comme une boîte de chocolats », disait l'autre. C'est ça, oui. La vie semblait surtout une impitoyable machine à broyer les femmes. Il était tentant de réclamer des explications au Seigneur, de s'insurger. Fennetaux le savait, cette voie ne menait qu'à la frustration. Elle avait la nuit devant elle pour faire taire sa colère. Si Jésus avait pu changer l'eau en vin, en rendant grâces à Ses miracles Fennetaux pouvait changer sa rage en paix. Elle priait pour que l'âme de Magali trouve le repos. Pour qu'Hélène s'accorde le pardon à elle-même. Elle ouvrit son âme, prête à y accueillir l'amour du Christ. Le souffle chaud de la rancœur s'y engouffra.

Maxine fucking Noiriel. Fennetaux faisait le lien à présent, c'est son parfum qu'elle avait senti dans son appartement le soir de l'intrusion. Persuadée qu'on lui cachait des choses, la garce s'était introduite chez elle et avait fouillé ses notes sur l'enquête.

Des images s'imposaient dans la tête de la commandante, elles lui collaient à l'esprit comme un vieux pansement sale : Noiriel méprisante dans le bureau du taulier, Noiriel triomphante devant la juge Mareuil, Noiriel caressante à côté de Sissoko. Ses œillades ne lui avaient pas échappé. Il se passait quelque chose entre eux, elle l'avait senti et ça ne passait pas. Fennetaux n'aurait su dire s'ils avaient déjà couché ensemble ou s'ils en étaient encore à s'exciter à l'idée de le faire, mais la tension sexuelle entre ces deux-là était palpable. Depuis toutes ces années, Fennetaux avait appris à décrypter les silences de son partenaire. Il en avait de tonitruants à qui savait les entendre. Devant Noiriel, le silence de Sissoko était libidineux. La commandante aurait pu se réjouir pour son ami, être soulagée de le savoir moins seul. Elle n'avait pas cette grandeur d'âme. Sa féminité corsetée, réprimée depuis des décennies, se révoltait contre l'usurpatrice. Il fallait que ça lui tombe dessus ici en plus ! Sous le regard du Christ en croix, Fennetaux, stupéfaite, se découvrait jalouse.

Dimanche 21 juin

Bastion, Paris 17e

Océane commençait à s'avouer que l'adoption de Colchique était peut-être une connerie. Elle avait été bouleversée par l'absolue fidélité du chien envers Magali. Elle réalisait maintenant que c'était la qualité de leur relation plus que la bête qu'elle avait désirée. Elle se sentait si seule qu'elle en avait été réduite à quémander l'amour d'un clébard ! Le chien n'arrêtait pas de tourner en rond dans son studio en geignant, c'était la misère.

La jeune femme était venue se réfugier dans le seul endroit sûr qu'elle connaissait. Il y avait une montagne de PV à reprendre et à classer. C'était pas folichon pour un dimanche de début d'été, mais au moins elle était tranquille.

Un « Salut » dans son dos la fit sursauter. Léonie était plantée devant elle, tout sourire. Océane réalisa qu'elles ne s'étaient encore jamais retrouvées en tête à tête. Fennetaux avait toujours été entre elles pour faire tampon. Ou barrage. Ou illusion. Océane fixait Léonie, interdite. Elle sentit sa colère monter. La meuf n'était pas foutue d'arriver à l'heure pendant la semaine, mais elle venait en scred faire des heures sup le dimanche. Elle lui pourrissait son sanctuaire alors que leur enquête était terminée en plus ! Elle était con, ou elle était con ? La fille avait sorti ses fringues du week-end, c'était pire que d'habitude. Elle portait un bas de survêt évasé vert pomme et un T-shirt vieux rose bien trop court pour son bide, si vous vouliez son avis. Beaucoup trop de couleurs sur une si petite et si grosse personne. Et ce sourire de bonne sœur, rien qu'à la regarder Océane sentait sa main la démanger. Elle opina vaguement du chef et se replongea dans son travail.

Léonie n'insista pas. Elle s'installa à son bureau et alluma son ordinateur en silence. Océane tenta de se reconcentrer, mais le mal était fait. Même le silence de Léonie la rongeait. Elle sentait les reproches muets de la psy dans son dos. Des microdoses de culpabilité se diffusaient au goutte-à-goutte dans son système nerveux.

Elle se retourna d'un coup et aboya :

– Qu'est-ce que tu fais là ?

Elle avait conçu cette question comme un gage de paix. Dans les faits, c'était comme si elle avait craché au visage de Léonie. Un crachat gras qui refusait de couler. La honte irradia le visage d'Océane jusqu'à la racine de ses cheveux. Léonie la fixait sans répondre, l'air neutre, bien décidée pour une fois à la laisser ramer.

– Pardon, je…

– …

– Je suis désolée, OK ?

– …

Plus Léonie se taisait, plus la honte d'Océane augmentait. Elle sentit du liquide chaud dans ses yeux. Elle n'allait pas se mettre à chialer devant cette conne ? Elle se leva et sortit en courant.

Enfermée dans les toilettes, Océane pleura longtemps. Elle ne parvenait pas à s'arrêter. Il lui fallut un bon quart d'heure pour se calmer. Elle s'aspergea le visage d'eau fraîche et retourna dans l'open space. Ses yeux rouges et gonflés et ses cheveux mouillés la faisaient paraître beaucoup plus jeune que son âge. On aurait dit une ado contrite qui revient faire amende honorable devant sa mère après une crise de nerfs.

– Je suis désolée de t'avoir hurlé dessus, vraiment.

– Je te crois.

Léonie restait neutre mais ouvrait la porte au dialogue. Au prix d'un effort visible, la lieutenante avoua :

– Depuis que tu es là je suis à cran. Genre vénère.

– Tu veux qu'on en parle ?

Océane haussa les épaules. Léonie sourit et demanda :

– C'est ma personne qui te fait cet effet-là, ou les psys en général ?

– Les deux, je crois.

Léonie encaissa d'un hochement de tête. Le silence flottait entre les deux femmes. Océane se savait au pied du mur. Elle avait provoqué cette situation, impossible de reculer désormais.

– J'ai grandi en foyer. Ado, j'avais une amie. Elle avait ses deux parents, elle, mais l'ASE l'avait placée parce que son père la violait depuis des années.

Océane entendait sa voix trembler. Cet aveu de faiblesse déclencha un nouvel accès de colère. Elle dévisageait Léonie, à l'affût d'un signe d'empathie facile qu'elle aurait pu lui renvoyer à la gueule, mais la psy était totalement impassible. Elle attendait la suite.

– Candice, elle s'appelait. On a partagé une chambre pendant un an. Jusqu'à ce qu'elle… jusqu'à ce qu'elle se jette sous un train. Ses parents ont reçu une lettre deux jours après sa mort. Elle s'excusait d'avoir brisé leur famille. Elle reconnaissait avoir provoqué son père depuis ses quatre ans et avouait avoir inconsciemment désiré cet inceste. Elle préférait se suicider parce que la culpabilité était trop lourde à porter. Le psy qui la suivait n'a même pas eu un blâme administratif. Il a continué tranquillement à déglinguer les autres gamins du foyer. Il nous balançait des concepts tordus pour nous en mettre plein la vue, mais globalement, l'idée c'était que ce qui nous arrivait était toujours de notre faute. Qu'on provoquait notre malheur parce qu'on était tous dévorés par un désir de bitc ou de mort.

Océane leva les yeux vers Léonie et la fixa avec morgue, l'air de dire : « Qu'est-ce que tu as à répondre à ça ? »

– Toutes les professions ont leurs brebis galeuses, je ne t'apprends…

– C'est pas la question ! la coupa Océane, rouge de colère. Y a des ripoux partout, mais dans la police on a des instances de régulation. Une hiérarchie qui veille au grain, l'IGPN, des protocoles de mise à pied. Tous les jours, des psys expliquent à des mères qu'elles sont responsables de l'anorexie de leur fille, à des filles qu'elles ont désiré coucher avec leur père ou leur oncle, et on laisse faire. De toute façon, si on émet le moindre doute, on se fait traiter d'inhibé, de refoulé ou de je ne sais quoi, c'est du terrorisme intellectuel.

Léonie sentit qu'il était inutile de dérouler la liste des contraintes encadrant sa profession. La dernière chose dont sa collègue avait besoin, c'était de se prendre une leçon. Océane était pleine de colère, mais elle se livrait, et c'était une première. La psy percevait aussi le complexe d'infériorité qui se nichait sous cette confession. La jeune lieutenante craignait constamment d'être jugée, percée à jour malgré elle. C'était une peur commune à beaucoup de proches dans l'entourage des psys, mais là encore, Léonie n'allait sûrement pas l'aborder de front et risquer de se prendre une volée de bois vert. Fennetaux lui avait conseillé d'arrêter de tergiverser et de prendre sa place dans l'équipe. S'il fallait y aller avec les dents, alors soit, et à Dieu vat.

– Je suis désolée pour ton amie. Sincèrement. Écœurée même. Et j'ai honte. Mais tu ne rends pas ton badge chaque fois qu'un gamin de cité meurt pour un refus d'obtempérer, je me trompe ?

Tu es toujours là, malgré les gilets jaunes éborgnés par des tirs de LBD.

Océane lui lança un regard courroucé qui valait acquiescement.

– Je comprends que ça soit pénible de se coltiner une débutante, mais je ne vais pas partir juste parce que je te soûle. Le boulot que vous faites ici, il est important, et j'ai bien l'intention de rester. Alors fais-toi une raison et passe à autre chose.

Océane affichait une mine butée, Léonie l'imagina à dix ans, obligée de céder sa place à la balançoire. Finalement la fliquette concéda :

– Je te promets rien, mais je vais essayer.

– Je me contenterai de ça pour commencer.

Les deux femmes échangèrent un timide sourire qui faisait office d'armistice. Elles retournaient à leurs affaires quand Océane demanda :

– Je repose ma question sans aboyer : pourquoi t'es venue ?

– Je voulais relire les PV d'audition de Ravel.

– Chacun fait ce qu'il veut de son dimanche…

– J'ai du mal à comprendre sa démarche par rapport à Suzanne Dumaillet, avoua Léonie. Ce qu'il cherche à réparer, c'est l'ego brisé de son père. Le fiston est le bras armé de son papa en quelque sorte. Je ne vois pas ce que la mort de Suzanne pourrait leur apporter. L'article qu'il a tenté de faire publier dans *L'Hebdo*, ça oui, ça fait sens. Faire tomber la grande dame de son piédestal, l'humilier, je comprends. Mais l'éliminer ? Morte, elle ne pourrait plus voir l'œuvre de sa vie réduite à néant. C'est ça qu'ils cherchent tous les deux, prendre une revanche.

– Ça m'arrache la gueule de le reconnaître, mais Noiriel a raison, les indices pointent dans la direction de Ravel.

– Peut-être, mais son mobile ? Pour moi, c'est le plus important.

– Tu sais ce qu'elle implique, ton hypothèse ? On a deux

victimes empoisonnées avec la même toxine. Si Ravel a pas empoisonné Suzanne Dumaillet, il a pas tué Magali non plus.

Les deux femmes échangèrent un regard entendu. Pour la première fois, elles étaient sur la même longueur d'onde.

32

Dordogne, 2018

La foule des grands jours avait envahi le cimetière, mais personne n'était là pour le mort. Préfet, sous-préfet, maires et députés, tous les notables de la région se pressaient derrière Suzanne. Ils pensaient l'honorer de leur présence, en réalité ils lui volaient son dernier rendez-vous avec André. Elle aurait voulu rester seule avec la dépouille de son frère.

Le sourire d'André avait illuminé son enfance. Ils avaient joué à se faire peur dans les grottes à la lueur tremblante des lampes à pétrole, ils s'étaient endormis sur les meules de foin après de longues heures de travail aux champs, ils s'étaient baignés dans la Vézère jusqu'à plus soif, l'été. L'avenir du jeune homme semblait tout tracé dans cette ferme qui était comme une extension de lui-même. La guerre en avait décidé autrement.

Il y avait eu le maquis, et cette demi-vie dans un demi-corps à rouler sur son tabouret derrière le comptoir du National. André aurait mérité plus et mieux. La ferme, le village et finalement le cimetière. Sa vie avait tenu dans un mouchoir de poche. Un simple point sur une carte IGN de la Dordogne. Depuis ce point pourtant, il avait fait plus pour son pays que la plupart de ses contemporains.

Personne ici n'en avait plus la moindre idée. Pour tout le monde, André Dumaillet n'était qu'un petit vieux inutile, de ceux qui vous ralentissent à la caisse en triant leurs pièces jaunes avec des doigts en pattes d'araignée.

Les fossoyeurs descendaient le cercueil dans le caveau familial. Bien campée sur sa canne, Suzanne s'avança vers le trou. Toute sa famille gisait là désormais. Elle se souvenait avec précision du vertige qui l'avait saisie le jour de l'enterrement de son père. Le caveau alors était profond comme un puits. Les cordes glissaient à n'en plus finir, il lui avait semblé qu'on descendait le corps jusqu'au centre de la terre. Le trou n'était plus si profond à présent. Il restait juste assez de place pour elle.

Suzanne jeta une rose sur le cercueil. Un employé des pompes funèbres la guida avec componction vers une allée dégagée. Le défilé des condoléances allait pouvoir commencer. La vieille dame serra des mains, inclina la tête, endura des formules toutes faites. Elle commençait à fatiguer de ces simagrées, mais elle n'en avait pas fini. Pour une fois que le village la tenait, on n'avait pas lésiné. La procession quitta le cimetière et se retrouva sur la place où une petite estrade avait été installée. La chorale de l'école entonna *Le Chant des partisans*.

Ami, entends-tu le vol noir des corbeaux sur nos plaines ?
Ami, entends-tu les cris sourds du pays qu'on enchaîne ?

Cet hymne avait galvanisé tout un peuple aux pires heures de son histoire. Ce jour-là, il sonna comme un requiem. Le chant des enfants était désincarné. Ils n'auraient pas récité une fable de La Fontaine autrement. Pour la première fois de sa vie, Suzanne se demanda si son travail avait encore un sens. Jusqu'ici elle n'en avait jamais douté.

Elle avait fait vider l'appartement d'André sans affect et donné toutes ses affaires à Emmaüs. Elle avait cherché ses souvenirs de maquisard, un béret, une arme fétiche, mais son frère n'avait jamais été matérialiste. La seule chose qu'elle avait trouvée lui avait arraché un sourire triste. Planquée sous la baignoire, Suzanne avait débusqué une boîte en fer-blanc renfermant un petit cylindre métallique de la taille d'une balle de revolver. Elle le reconnut immédiatement : c'était une capsule maison concoctée par Marie « au cas où ». La porte de sortie d'André s'il se faisait prendre par les boches. Même en temps de guerre, peu de mères étaient allées jusque-là pour leur enfant. Des décennies après sa mort, Marie trouvait encore le moyen d'épater sa fille.

Dans le train qui la ramenait vers Paris, Suzanne n'avait pas plus de bagage qu'à l'aller. Ce qu'elle conserverait de son frère se limitait à peu de choses : la boîte en fer-blanc et un dernier souvenir. Elle ne lui accordait aucune valeur sentimentale et l'avait emporté uniquement pour s'assurer qu'il ne tombe pas entre de mauvaises mains. Il s'agissait d'un roman, un vieux livre de bibliothèque à la couverture mangée par l'humidité : *Corsaire Triplex*.

Suzanne savait qu'elle ne reverrait jamais son village. Elle n'était pas nostalgique. Elle avait quitté la Dordogne très jeune, Paris avait été son monde. Pourtant ses rêves se passaient toujours à la ferme. La nuit, le cerveau trie et vous ramène à l'essentiel. Ce qui vous est le plus cher… ou ce que vous ne parvenez pas à assumer. Les nuits de Suzanne étaient toutes habitées par la même trinité : sa mère, la guerre, et Paul.

Névache, 2018

Paul était inquiet. Le jour se levait et Neige n'était toujours pas rentrée. Elle refusait qu'il l'accompagne en maraude désormais, surtout l'hiver. Il était moins mobile, plus fragile, la moindre chute pouvait lui être fatale. Ce qu'elle ne disait pas, mais il l'avait compris, c'est qu'elle ne pouvait pas se permettre d'avoir à se soucier de lui. Les gamins devaient passer en priorité.

Impuissant, Paul tournait en rond dans son chalet et ruminait ses souvenirs. Vingt-neuf ans plus tôt, c'était par une même aube hivernale qu'il avait ramené Neige jusqu'ici. La route depuis Nanterre lui avait pris une éternité. Il conduisait sans à-coups, tenaillé par la peur que l'enfant décède comme un chien sur la banquette arrière. Il s'arrêtait toutes les heures pour vérifier qu'elle respirait encore. Un mince souffle de vie palpitait dans le petit corps brûlé, une volonté farouche luttait pour survivre.

Elle avait tenu. Il l'avait soignée. Elle n'était pas sortie du chalet de l'hiver. C'était une enfant calme et curieuse, il l'avait tout de suite aimée. Dès qu'elle fut en état de s'asseoir, Paul l'installa sur un fauteuil devant la fenêtre. Elle passait des heures à observer la neige tomber, elle n'en avait jamais vu avant, elle était fascinée. Il n'avait pas prémédité de la garder. Au printemps, quand il avait compris qu'elle était sauvée, il était bien trop tard alors pour tout raconter.

Raconter quoi et à qui, en plus ? Paul ne tenait pas à ce qu'Hélène ait des ennuis. Une virée à Briançon lui suffit pour comprendre l'emballement médiatique qui avait entouré la disparition de l'enfant. C'était dément. À ce niveau-là, même ses bonnes relations avec les services sociaux ne pourraient pas l'aider. S'il se déclarait, il serait considéré comme un criminel. Sans parler d'Hélène. De surcroît, quelles étaient les alternatives pour la petite ? Retourner chez sa mère ? Partir en foyer ? Chaque été il recueillait des gamins qui fuyaient justement ce genre d'établissement. En conscience, Paul décida de la garder avec lui. Il attendit ses questions. Où est maman ? Qu'est-ce que je fais là ? Tu es qui pour moi ? Elles ne vinrent pas. Si ce changement de vie provoqua un traumatisme chez Magali, il s'effaça doucement, emportant avec lui les souvenirs de sa vie d'avant.

Loin du monde, Magali devint Neige. Paul l'aimait comme sa fille. Il l'éleva sans école ni télé. L'été ils montaient à l'estive et trouvaient une nouvelle flopée de gamins cabossés. L'hiver ils étaient au chalet. Apé transmit, Neige apprit. Un jour elle débusqua le vieux lingot d'or au fond d'un placard et tenta de lire les inscriptions sur la surface brillante. C'est ainsi qu'elle découvrit les chiffres, en apprenant le numéro de série par cœur.

Dès qu'elle le put, Neige seconda Apé dans ses responsabilités. Pour les habitants de la vallée, elle était une gamine de l'estive qui avait décidé de rester auprès de son éducateur. Les années passèrent, heureuses et sans histoire. À mesure qu'Apé vieillissait, Neige prenait du galon. Elle assumait le gros du travail avec les troupeaux que les éleveurs leur confiaient et avec les enfants que le sort leur amenait. Il en venait toute l'année désormais, et du monde entier. Mais ils devaient les cacher.

Depuis 2015, une route migratoire faisait passer les réfugiés en quête d'Angleterre par les sommets alpins à Bardonecchia. Traqués par les gendarmes et quelquefois lâchés en pleine montagne par des passeurs mafieux, des mineurs isolés se retrouvaient perdus. Ils n'avaient parfois pas plus de quatorze ans, certains n'étaient même pas chaussés. Le froid et les gendarmes n'étaient pas les seuls dangers qu'ils devaient affronter. Des groupes de jeunes identitaires pratiquaient la chasse à l'homme en altitude. Plus faciles à attraper, les mineurs isolés constituaient leur gibier de prédilection.

En découvrant ce scandale, Neige et Apé avaient décidé d'agir. Aux yeux de la loi, porter secours à ces gamins faisait d'eux des trafiquants d'êtres humains. Ils passèrent outre. Plusieurs fois par semaine, ils partaient en maraude à la nuit tombée, équipés de soupe et de vêtements chauds, et recueillaient les mineurs qui voulaient bien les suivre. D'autres habitants de la vallée partageaient leurs valeurs. Ils hébergeaient les jeunes à tour de rôle le temps qu'ils reprennent des forces. Ils leur expliquaient les démarches de demande d'asile, leur apprenaient des rudiments de français. *In fine*, ils ne forçaient jamais personne à rester. De là où elle était, Marie Dumaillet était sûrement très fière de son petit Paul.

La porte du chalet s'ouvrit à la volée. Neige, enfin ! Elle était seule et tremblait de fatigue. Ses yeux si bleus d'ordinaire étaient presque noirs, la peur et l'excitation avaient dilaté ses pupilles. Paul enclencha la bouilloire électrique. Le mug avec le sachet de thé attendait depuis des heures sur la table en épicéa.

– J'ai récupéré deux frères, des Soudanais. Je les ai déposés chez Patrick et Béa.

– Des gendarmes ?

– Pas de gendarmes, juste un groupe de fachos. On les a contournés. Ils ont des jumelles à vision nocturne qui coûtent une fortune mais ils ne connaissent pas le terrain.

Elle déposa un baiser sur le crâne de Paul pour éviter d'avoir à croiser son regard.

– Tu n'as pas dormi de la nuit, énonça-t-elle sur le ton du constat.

– Je n'aime pas te savoir toute seule là-haut.

– Apé… J'ai été bien formée. Va dormir, tu ne tiens plus debout.

– Et toi ?

– Faut que je fasse retomber la pression. Je vais courir un peu, j'irai me coucher après.

Paul s'installa dans son fauteuil. Il était épuisé. Neige troqua ses chaussures de randonnée contre des baskets et sortit. Elle décida de suivre le cours de la Clarée jusqu'à Plampinet. Dix kilomètres aller-retour pour évacuer l'adrénaline de la nuit.

Elle avait menti pour protéger Apé, mais elle avait eu peur. Huit militants identitaires lui étaient tombés dessus alors qu'elle redescendait avec les deux gamins frigorifiés. Ils les attendaient armés de barres de fer et les auraient laissés pour morts si un groupe de randonneurs qui voulaient voir le soleil se lever sur le col de l'Échelle n'était pas passé par là juste avant la ratonnade. Ils avaient su exactement où les attendre, Neige était persuadée qu'ils étaient tuyautés. Depuis un moment, elle soupçonnait certains gendarmes de renseigner ces miliciens aux méthodes plus radicales que les leurs. Elle rentra de sa course une heure plus tard, les muscles endoloris mais les nerfs apaisés.

Apé dormait. Il tenait entre ses mains une vieille enveloppe froissée. L'enveloppe était adressée à Apé, aux bons soins de Villedieu, son vieil ange gardien. Neige ne reconnut pas l'écriture. Apé avait collé un Post-it dessus. Elle lut : « Pour ma Neige – si tu veux retrouver ta mère ». Le crayon reposait sur les genoux du vieil homme. Neige prit délicatement l'enveloppe des mains d'Apé, l'ouvrit et lut la lettre qu'elle contenait.

Écrite en 1985 par une femme dont elle n'avait jamais entendu parler, la lettre lui coupa le souffle. Ainsi elle n'était pas, comme elle l'avait toujours cru, une gamine de l'estive. Qui était-elle ?

D'où venait-elle ? « Si tu veux retrouver ta mère. » Les mots laborieusement tracés par Apé semblaient lui intimer l'ordre de partir à la découverte de son histoire. Pourquoi ce mot, et pourquoi maintenant ?

Elle se pencha vers Apé et constata que ses mains étaient glacées. Elle palpa son front ridé, ses joues creuses. Sa température corporelle avait dangereusement chuté. Elle le secoua doucement, mais Apé refusait de se réveiller. Alarmée, Neige fit venir le généraliste de Val-des-Prés. Le diagnostic tenait en trois lettres : AVC. Apé devait être hospitalisé en urgence. Il avait quatre-vingt-neuf ans, le pronostic n'était pas bon.

La lettre, le crayon… Neige comprit. Il s'était senti partir et lui montrait la marche à suivre. Mais pouvait-elle abandonner sa vallée, ce chalet, leur mission auprès des réfugiés ? Et comment laisser Apé dans cet état ? Elle avait le cœur en miettes.

Deux semaines plus tard, Colette et Dominique étaient réveillées aux aurores dans leur appartement de la place des Fêtes. Une jeune femme athlétique se tenait devant leur porte, un chien de berger collé à ses pieds. Elle disait s'appeler Neige, et leur tendit une enveloppe sur laquelle Colette reconnut sa propre écriture. La vieille dame vacilla. Tout lui revint en mémoire : elle avait croisé Suzanne par hasard dans un grand magasin voici des années et ce qui, jusqu'ici, lui avait paru acceptable, soudain ne l'était plus. Elle avait écrit la lettre d'un seul jet et s'était dépêchée de la mettre à la boîte avant de flancher et de la déchirer. Pendant quelques semaines, elle avait attendu une réponse, puis elle avait oublié. Mais voilà que trente-trois ans plus tard, la réponse se présentait à sa porte sous la forme de cette jeune femme. L'heure de régler les comptes était enfin arrivée.

Quand Dominique prit connaissance de la lettre, elle comprit immédiatement le parti qu'elle pourrait en tirer. Sans prévenir sa mère, elle mit au point sa stratégie. Du chantage, ni plus ni moins, elle avait toujours fait partie de l'équipe qui estime que la fin justifie les moyens. C'était la porte de sortie qu'elle attendait : elle allait pouvoir s'offrir un peu d'intimité et fournir à Colette les conditions de vie qu'elle méritait.

33

Lundi 22 juin

Bastion, Paris 17e

L'absence de Maxine Noiriel planait sur l'open space en ce lundi matin. La commissaire avait regagné son office central, mais l'air était encore chargé d'elle. Le groupe tentait de retrouver son centre de gravité, et ça commençait par la faire à l'envers à la juge d'instruction (avec la complicité revancharde du taulier).

Le doute insufflé par Léonie avait contaminé les autres. Sissoko était parti à l'hôpital interroger Suzanne Dumaillet. Si elle confirmait que le journaliste lui avait effectivement offert les chocolats empoisonnés, ils estimeraient l'enquête bel et bien bouclée. Dans le cas contraire, ils repartaient à la chasse.

La réponse qu'ils attendaient arriva dans la boîte mail de Tizi.

– Écoutez ça, annonça l'Alsacien en scrutant son écran. Le labo vient d'envoyer son rapport préliminaire sur les chocolats. La toxico confirme que le poison vient bien de là. Il y a assez d'anatoxines dans un seul chocolat pour tuer un adulte. L'intention homicide ne fait aucun doute. Et c'est le même produit que celui qui a tué Magali Pasquier.

– Gros scoop ! railla Océane qui ne manquait jamais une occasion d'être aimable.

– Je n'avais pas fini, enchaîna Tizi sans se démonter. On n'a relevé que les empreintes de Suzanne et de Magali sur la boîte. Aucune d'Arthur Ravel.

– Impossible qu'il ait fait livrer la boîte par un coursier, c'était bien trop risqué, analysa Fennetaux. À moins d'imaginer qu'il l'ait offerte en portant des gants, et c'est hautement improbable, ça le dédouane a priori de l'empoisonnement.

– Des deux empoisonnements, du coup, précisa Tizi.

Sissoko les rejoignit sur ces entrefaites.

Le malaise persistait entre les deux seniors de l'équipe, fait de non-dits et de regards fuyants. Sissoko n'aurait su expliquer pourquoi, mais il se sentait vaguement responsable du silence de sa supérieure. Ce grain de sable dans leur duo lui crissait entre les dents. Ni lui ni Fennetaux ne savaient comment se sortir de ce guêpier. Le travail leur permettait de noyer le poisson. Ils avaient ça, heureusement.

– Dumaillet n'était pas en état d'être interrogée, annonça Sissoko, mais j'ai pu parler au médecin de garde. Elle a eu beaucoup de chance. Si elle avait fini le chocolat qu'elle avait entamé, elle y serait restée.

– Elle a mieux résisté à quatre-vingt-treize ans que Magali qui en avait trente-cinq et qui pétait la forme ? s'étonna Tizi.

Sissoko acquiesça, perplexe.

Chacun s'interrogeait. Fennetaux remarqua une étincelle dans les yeux de Léonie.

– Chaton, si tu as une idée, surtout ne te retiens pas.

– Ben oui, chaton, renchérit Océane, te retiens pas, surtout.

Il y avait dans cette pique un soupçon de tendresse qui étonna les autres et convainquit Léonie :

– Elle a croqué dans un chocolat mais elle ne l'a pas fini...

Joignant le geste à la parole, Léonie mima le fait de choisir un chocolat dans une boîte imaginaire et le porta à sa bouche. Sa main repartit dans les airs.

– Le chocolat entamé, elle l'a reposé après ? Dans la boîte ou sur la table ?

Océane et Tizi échangèrent un regard dubitatif, puis l'Alsacien consulta son ordinateur.

– On l'a retrouvé à moitié fondu, au sol, à côté de sa main.

– Donc elle n'a pas renoncé à le finir parce qu'elle n'en avait plus envie. Elle a suspendu son geste comme si *quelque chose* l'avait retenue d'aller jusqu'au bout. Un sursaut, un instinct...

– Elle est peut-être tout simplement pas du genre à gober ses Rochers Suchard en une seule bouchée, railla Océane. En tout cas, je vois vraiment pas le rap...

Fennetaux l'interrompit, sa voix vibrant de colère contenue :

– Il n'y a que les empreintes de Dumaillet sur la boîte, rappela-t-elle. Les siennes et celles de Magali.

– Oh putain !

Océane venait de comprendre.

– Elle s'est suicidée en fait... Elle a assassiné Magali à coups de chocolats truffés et elle a essayé de se suicider après !

– Cette phrase n'a aucun sens, releva Tizi.

Fennetaux tourna ses grands yeux vers lui. Ils brillaient d'un éclat plus noir que d'habitude :

– C'est justement pour ça qu'elle est vraie.

– Pourquoi ? Pourquoi une femme comme Suzanne Dumaillet aurait assassiné Magali ? Elle ne savait même pas qui c'était. On ne sait même pas si Magali savait qu'elle était Magali il y a dix jours.

Tizi en perdait son latin.

Fennetaux tenta de mettre du sens dans tout ce merdier.

– Il y a forcément un lien qu'on ignore entre elles. Ou alors Magali a déterré un secret que Suzanne ne voulait pas voir dévoilé. Quelque chose qu'elle aurait découvert à travers son métier de thanadoula peut-être. Il faut qu'on en sache plus sur Dumaillet.

– Y a qu'à demander à Ravel, il serait ravi de nous renseigner, ironisa Océane.

Percuté par une info qu'il avait vue passer, Tizi cliquetait sur son clavier.

– Voilà ! Je ne sais pas si ça peut aider, mais Colette Grault, la mère de Dominique, est née dans le même village que Suzanne en Dordogne. Elles ont à peine trois ans d'écart, elles ont forcément fréquenté la même école.

– Même école, même maison de retraite. Des *best buddies* du berceau au tombeau, nota Océane.

– C'est marrant, releva Fennetaux, quand j'ai auditionné sa fille, elle s'est bien gardée de me le préciser.

Fondation Lalande, Paris 17e

Colette Grault posait sur Fennetaux et Léonie un regard doux et fébrile à la fois. Les enquêtrices ne s'étaient pas annoncées, pourtant elle ne paraissait pas étonnée de les voir. Léonie se fit la réflexion que la vieille dame semblait même les attendre depuis un bon moment. On les avait installées sous un parasol dans le jardin. Bessières leur avait fait porter des thés glacés, il ne savait pas quoi faire pour redorer l'image de son établissement.

– Comment se porte Suzanne ? demanda Colette.

Le ton était plus curieux qu'inquiet.

– Elle a survécu, se contenta de répondre Fennetaux, pour le moment c'est tout ce qu'on sait. On a besoin d'en savoir plus sur elle, de cerner sa personnalité. Vous êtes amies depuis toujours…

– Nous ne sommes pas amies, la détrompa Colette. On l'a été pendant un bref moment il y a longtemps, en tout cas c'est ce que j'ai cru à l'époque, mais la suite m'a prouvé que je me berçais d'illusions. Je ne pense pas, d'ailleurs, que Suzanne ait jamais eu beaucoup d'amis.

– Vous ne vous êtes pas installée ici pour la rejoindre ? C'est un sacré hasard que vous vous retrouviez au même endroit…

– Le hasard n'a rien à voir là-dedans. Je préfère vous le dire tout de suite, vous finirez par l'apprendre quoi qu'il en soit, c'est Suzanne qui finance mon studio. Pas par bonté d'âme, mais parce que ma fille Dominique la fait chanter. J'imagine que je vais devoir renoncer à ce petit paradis désormais…

C'était dit sur un ton calme et tranquille. Fennetaux et Léonie échangèrent un regard stupéfait qui arracha un sourire triste à Colette.

– Les vieilles dames sont comme l'eau qui dort. On ne s'en méfie jamais assez. Nous sommes nées dans le même village, c'est vrai, mais c'est à peu près tout ce qu'on a en commun. Pendant la guerre, sa famille a été exemplaire. Pas la mienne. Ça laisse des traces.

– C'est-à-dire ?

De ses mains tavelées, Colette écarta la frange de cheveux fins qui lui couvrait le front. Incrustée sur sa peau, la cicatrice d'une brûlure en forme de croix gammée. Elle avait été tailladée, marquée comme du bétail.

Léonie baissa instinctivement les yeux, elle était horrifiée. Fennetaux à l'inverse fixait le sigle infâme d'un regard hypnotique. Elle était incapable d'en détacher les yeux. Une croix gammée incrustée dans la chair. La savoir là, cachée sous le rideau de cheveux ; la voir chaque jour dans le miroir comme un rappel constant de vos péchés…

– C'est Suzannc qui vous a fait ça ? articula Léonie.

– Pas du tout ! Qu'est-ce que vous allez imaginer ? Les Dumaillet ont été exemplaires sur toute la ligne, je vous l'ai dit.

– Alors qui ?

– Vous croyez au destin ? demanda Colette en remettant sa frange en place. Moi, oui. Je crois qu'il existe une sorte de balance karmique et que chacun doit payer.

– Mais vous étiez une enfant pendant la guerre, qu'est-ce que vous pourriez avoir à expier ?

Léonie avait les yeux mouillés. Colette posa une main apaisante sur son bras. C'était le monde à l'envers.

– Si ce n'est toi c'est donc ton frère, énonça-t-elle doucement. Ou ton père. Ou ta mère. On paie pour les siens. Je vous montre mon front pour vous replacer dans le contexte de l'époque. Vous ne pourrez pas comprendre Suzanne sans intégrer ce contexte. Elle a été façonnée par la guerre, exactement comme moi. Nous sommes façonnées par ce que nos familles ont fait et par ce que nous avons fait pour nos familles.

– Sa famille était résistante, rappela Léonie.

Colette acquiesça.

– De la première heure. Ses parents ont caché un garçon juif dès l'été 40. Il a passé toute la guerre à la ferme Dumaillet. Il s'appelait Paul. Paul a été le trait d'union entre Suzanne et moi. Pendant quatre ans, nous avons formé une sorte de trio. Nous lui étions toutes les deux très attachées.

Fennetaux et Léonie acquiescèrent d'un air pénétré, en se demandant si la vieille dame ne yoyotait pas un peu. Quel rapport entre ces souvenirs d'enfance et leur enquête ? Comme si elle lisait dans leurs pensées, Colette ajouta :

– Le destin emprunte parfois des voies tortueuses. Je ne sais pas si vous le savez, mais ma mère était la faiseuse d'anges du village.

– La Ravaude, c'est ça ? C'était votre mère ?

Colette opina.

– Vous avez mené vos recherches, c'est bien. Elle exigeait systématiquement de connaître le nom du père avant de pratiquer un avortement. Quand Suzanne s'est retrouvée enceinte, ma mère m'a chargée de l'interroger.

– Trois soldats allemands l'avaient violée, se souvint Fennetaux.

– Ça, c'est la version officielle, rectifia la vieille dame. Celle qu'elle a donnée à sa mère quand elle a découvert sa grossesse, et celle qu'elle a confirmée plus tard à la télévision. Ça collait avec les sacrifices que toute sa famille avait déjà consentis. La petite dernière se hissait dans le martyre au niveau de ses aînés. C'était bien pensé, mais c'était du vent. Du pipeau, comme disent les jeunes. Le père du bébé, en réalité, c'était Paul. J'avais des soupçons, j'ai dû insister. Elle a fini par me l'avouer. Je mentirais si je vous disais que ça ne m'a pas brisé le cœur.

Colette détourna les yeux un instant. Certains chagrins durent une vie.

– La notoriété de Suzanne s'est construite sur la révélation de ce viol atroce, releva Léonie.

– Du pipeau ! répéta Colette.

– Elle a menti... sur une chose pareille.

La psy n'en revenait pas.

– À sa décharge, intervint Fennetaux, c'est cet historien, Etcheverri, qui a parlé de tout ça publiquement. Ce n'était pas prémédité de la part de Suzanne. Elle a dû réagir sur le moment et a ressorti l'explication qu'elle avait donnée à sa mère.

– Vous avez raison, concéda Colette, mais elle n'a jamais rectifié ensuite. Et elle aurait eu tort de le faire, cette histoire de viol collectif l'a élevée au rang de sainte. Mais moi, je savais ce qu'il en était. J'avais cru qu'on était trois, en fait ils fricotaient dans mon dos la nuit. Ils étaient deux et j'étais naïve. Ou stupide.

Léonie lui lança un regard plein de compassion et demanda :

– Et Magali dans tout ça ?

– Vous avez raison. Je radote, je radote, mais c'est Magali qui compte. Pauvre petite…

Elle poussa un profond soupir et ajouta :

– L'avortement de Suzanne a échoué. Elle a mis un enfant au monde.

– Cet enfant, il a survécu ? Vous savez qui c'est ?

– Pendant soixante-dix ans, je ne l'ai pas su, éluda Colette.

Elle se recula sur son siège comme si elle voulait retenir la vérité encore un instant, l'empêcher d'éclater et de tout salir sur son passage. Mais le cerveau de Léonie, lui, s'emballait. La psy porta la main à sa bouche. Les yeux écarquillés, elle murmura :

– Un enfant né à la fin de la guerre. Un bébé abandonné et adopté… C'est Hélène Pasquier, n'est-ce pas ? La fille de Suzanne et Paul, c'est Hélène.

Colette hocha tristement la tête. Fennetaux et Léonie échangèrent un regard grave. Le tableau était encore flou, mais les pièces du puzzle commençaient à s'emboîter. Léonie en posa une autre au centre de l'image :

– Si Hélène est leur fille, ça veut dire que Magali… Magali est leur petite-fille.

Et comme frappée par une évidence, elle articula :

– Son sauveur, c'était Paul ?… Magali a été sauvée par son grand-père ?

La vieille dame acquiesça.

– Paul l'a élevée, oui. Il a enlevé et élevé sa petite-fille.

– Comment a-t-il eu connaissance de son existence ? Il ignorait qu'il avait une fille, alors une petite-fille… Ça ne peut pas être Suzanne qui le lui a révélé, elle a caché au monde entier qu'elle avait mené sa grossesse à terme. Je suppose qu'elle a abandonné Hélène dès sa naissance.

– C'est vous, assena Fennetaux à Colette.

La vieille dame plongea les yeux dans sa tasse de thé. Ses mains tremblaient légèrement. Un tourbillon d'émotions semblait se déchaîner derrière son regard délavé. Léonie suggéra d'une voix douce :

– J'imagine que vous étiez tiraillée. Il y avait la jalousie que vous inspirait Suzanne, l'envie peut-être de lui rendre la monnaie de sa pièce en révélant son secret à Paul. Et aussi l'idée que Paul avait le droit de savoir. Il était père, après tout. Il avait une fille quelque part dont il ignorait l'existence. Je me trompe ?

– J'ai gardé le secret de Suzanne pendant des décennies. Même quand je l'entendais débiter des mensonges à propos de son prétendu viol. Paul avait quitté la Dordogne à la Libération, je ne savais rien de lui. J'ai construit ma vie, en tout cas j'ai essayé. Je pensais avoir tourné la page. Et puis un jour, j'ai croisé Suzanne complètement par hasard. C'était au milieu des années 80.

Colette eut un sourire amer à ce souvenir.

– Elle ne m'a pas reconnue, bien sûr. Le mépris qu'elle avait dans les yeux. La façon dont elle a toisé ma fille… Tout m'est remonté d'un coup. Je suis rentrée chez moi et j'ai écrit à Paul pour tout lui dire. La grossesse de Suzanne, son avortement raté. Je connaissais le nom d'un homme qui s'était occupé de lui un temps, j'ai envoyé la lettre comme une bouteille à la mer. Pendant plus de trente-cinq ans, je n'ai pas su si Paul l'avait reçue. Jusqu'à l'année dernière, quand Neige a sonné chez moi.

Fennetaux et Léonie étaient estomaquées.

– Qu'est-ce qu'elle voulait ? demanda la commandante.

– Au début, retrouver sa mère. Malheureusement, je n'avais aucun moyen de savoir qui c'était. Je n'ai jamais su à qui Suzanne avait confié sa fille. Les seules informations que j'ai pu lui donner étaient les noms de ses grands-parents maternels.

– C'est vous qui l'avez fait embaucher ici ?

La vieille dame secoua la tête. Un voile d'inquiétude passa sur ses yeux.

– Ça, elle l'a manigancé avec Dominique. Ma fille a toujours eu une conception jusqu'au-boutiste de la justice.

– Et on sait comment ça s'est terminé, lâcha Fennetaux.

34

Briançon, janvier 2020

Neige monta dans le train le cœur lourd. Elle jeta son sac de voyage dans le compartiment à bagages et progressa vers sa place. Colchique se cala sous ses pieds, il s'endormit aussitôt. Elle envia son innocence. Le train s'ébranla et la jeune femme ferma les yeux. Elle voulait dormir elle aussi, oublier ce séjour calamiteux.

Après des mois de réanimation et une aphasie de près d'un an, Apé était enfin sorti d'affaire. Officiellement remis de son AVC. Il avait recouvré l'usage de la parole et l'ensemble de ses facultés cognitives. À l'annonce de la bonne nouvelle, Neige avait sollicité un congé auprès de Marc Bessières et s'était précipitée à Névache. Rien ne s'était passé comme prévu. Neige s'était attendue à retrouver le Apé de toujours : enthousiaste, combatif, encourageant toutes ses audaces. Elle découvrit un vieil homme inquiet qui refusait de répondre à ses questions. Elle en avait pourtant des dizaines, accumulées pendant leur longue séparation. Pourquoi Apé lui avait-il caché qu'il était son grand-père ? Comment se faisait-il qu'il l'ait élevée ? Qui étaient ses parents qui n'avaient pas pu, pas su ou pas voulu prendre soin d'elle ?

Elle lui avait raconté sa rencontre avec Colette et Dominique, son embauche à la fondation Lalande pour approcher sa grand-mère. Le refus de Suzanne de reconnaître leur lien lorsqu'elle s'était finalement présentée comme sa petite-fille. Neige ne comprenait pas sa réaction, elle réclamait des explications.

À toutes ses demandes, Apé avait opposé un silence buté. Il s'offusquait que Neige veuille repartir à Paris. Poursuivre cette quête des origines qui n'avait plus désormais aucun sens puisqu'il avait survécu à son AVC et que tout pouvait reprendre comme avant. Leur vie entre vallée et estive était la plus belle qui soit, il lui semblait inconcevable que Neige y renonce. Chacun était resté campé sur ses positions et Neige était repartie dépitée, amère. Elle avait trente-cinq ans et s'opposait à Apé pour la première fois de sa vie. Elle n'avait accepté que de mauvaise grâce le casse-croûte qu'il avait préparé pour son voyage. Certaines adolescences sont tardives.

Le visage collé à la vitre, Neige regardait ses montagnes rapetisser puis disparaître. Elle balançait entre remords et rancœur, se blâmait d'avoir harcelé Apé de questions tout en lui reprochant son refus obstiné d'y répondre. Plus par désœuvrement que par faim, elle finit par sortir son casse-croûte. Colchique dressa une truffe intéressée. Elle lui sourit : quelle belle vie que la sienne, centrée sur ses besoins primaires, imperméable aux questionnements oiseux et aux querelles stériles ! Elle dénoua le torchon qui enveloppait son sandwich pour en donner un morceau au chien. Un papier s'en échappa, de la taille d'une carte de visite. Apé y avait simplement écrit deux mots : « Hélène Pasquier ».

Barbès, janvier 2020

Une semaine plus tard, Dominique et Neige faisaient le point dans la petite chambre de bonne. La révélation de son identité avait été une déflagration pour Neige. La « petite Magali »... Elle en avait entendu parler jusque dans ses montagnes, elle qui suivait si peu les affaires du monde. Neige ne parvenait pas à s'identifier à cette fillette de quatre ans en salopette rose pleurée par tout un pays. Elle était Magali sans l'être. Elle n'avait pas été kidnappée, ni violée, ni assassinée par un pervers. Elle avait grandi dans le plus bel endroit qui soit sur terre, entourée d'amour et de bienveillance. Elle aurait voulu rétablir la vérité, crier à la face du monde qu'elle allait bien, du mieux qu'elle pouvait en tout cas. Surtout, elle voulait publiquement rendre justice à son grand-père.

Dominique l'encourageait à ne rien faire dans la précipitation. Neige ne s'était confiée qu'à elle, et Dominique s'était révélée la meilleure des alliées. Ensemble, les deux amies déroulaient la pelote des fils labyrinthiques de son histoire. Les cicatrices de brûlures qui constellaient son corps ? Seule sa mère, célibataire toute sa vie (Dominique avait vérifié), pouvait les lui avoir infligées. Pourquoi Apé l'aurait-il emmenée avec lui, sinon pour la protéger de ces mauvais traitements ? Neige comprenait mieux à présent la raison de son silence : il avait empêché Hélène de nuire, mais il n'avait pas pu se résoudre à dénoncer sa propre fille. De toute façon, les filatures de Dominique prouvaient qu'Hélène se punissait bien assez toute seule. Sa vie était un océan de solitude, égayé seulement par ses cours d'alphabétisation et quelques visites sur la tombe de ses parents. Elle n'en entretenait qu'une moitié d'ailleurs, et Dominique avait noté qu'elle insultait copieusement son père lorsqu'elle se croyait seule. Cette femme donnait l'impression d'avoir énormément souffert.

– Qu'est-ce que tu vas faire ? demanda Dominique.

– Rien, je pense. Apé avait raison. Je ne vais pas dénoncer ma mère, mais je ne peux pas lui pardonner non plus. Des fois je me dis que tout aurait été différent si Suzanne ne l'avait pas abandonnée à la naissance...

– On ne peut pas lui reprocher d'avoir voulu se construire un avenir. Elle n'avait que dix-sept ans à la naissance d'Hélène.

Le visage de Neige se durcit.

– Je ne lui reproche pas d'avoir abandonné sa fille, je lui reproche de se faire mousser avec cette histoire de viol collectif, de se faire passer pour une victime alors que les vraies victimes, c'étaient ma mère et moi.

– Tu lui as reparlé depuis la semaine dernière ?

– À quoi ça sert ? Elle s'en tient à sa version officielle, souffla Neige. Elle a été jusqu'à me dire que si elle avait eu la chance d'avoir des petits-enfants, elle aurait aimé qu'ils me ressemblent. Elle n'a aucune limite dans l'indécence !

Dominique acquiesça, songeuse. Elle croisait Suzanne dans les couloirs de Lalande quasiment chaque semaine. Pourtant quand elle pensait à elle, ce n'est pas l'image de la nonagénaire qui s'imposait à son esprit, mais la femme hautaine qui avait méprisé sa mère dans les allées du BHV des décennies plus tôt. Cette violence sociale là, Dominique ne l'avait pas oubliée.

Une lueur s'alluma dans ses yeux.

– J'ai peut-être une idée. Je peux ? demanda-t-elle en désignant l'ordinateur portable de Neige posé sur le canapé-lit.

Neige le lui tendit après avoir déverrouillé l'écran. Dominique pianota quelques mots sur la barre de recherche de Google. En une seconde, des milliers de réponses apparurent. Que des laboratoires américains de tests ADN.

35

Palais de justice, Paris 17ᵉ

Yves Leprince ignora le greffier qui tentait de l'intercepter et s'imposa dans le bureau, Fennetaux sur ses talons. La juge Mareuil mangeait une salade devant son ordinateur.

– Non mais ça ne va pas ! s'écria-t-elle, outrée. Qu'est-ce qui vous prend ?

– Madame la juge, la salua-t-il avec une déférence exagérée. Un peu de champignon pour agrémenter votre salade ?

Il brandissait un sac de scellés contenant un cylindre métallique dont s'échappait une poudre brunâtre.

Le greffier faisait de grands signes de tête à Mareuil, il attendait son aval pour prévenir… prévenir qui ? La police ? D'un mouvement de main agacé, elle lui enjoignit de les laisser.

Leprince tendit un siège à Fennetaux avant de s'asseoir lui aussi. Il secoua le sac de scellés sous le nez de la juge. Le mouvement fit jaillir la poudre hors du cylindre.

– Vous ne voulez pas goûter ? C'est de la pure, cent pour cent anatoxines. Le labo vient de nous le confirmer. On l'a trouvé dans la salle de bains de Suzanne Dumaillet. Elle se sentait tellement sûre d'elle qu'elle n'a même pas pris la peine de le cacher. D'après le labo, c'est une capsule artisanale très ancienne, mais toujours redoutable. Ça leur a fait penser aux capsules de cyanure que les résistants cachaient dans une dent creuse.

La juge blêmit en comprenant les implications de cette découverte. Elle tenta de contre-attaquer.

– Vous avez perquisitionné hors procédure ?

– Simple visite domiciliaire, répliqua le taulier avec un sourire narquois. Mes hommes n'avaient pas besoin de commission rogatoire. Et vous pouvez les remercier, sans eux vous vous preniez un non-lieu en pleine face. Parce qu'on vous attend au tournant, madame la juge. Vous en êtes consciente, j'espère. Rien que dans ce bâtiment…

– Je vous demande pardon ? le coupa Mareuil, ulcérée.

Elle montait déjà sur ses grands chevaux, mais Leprince lui opposa son sourire le plus odieux :

– On ne va pas se mentir, votre nomination sur cette affaire, c'est le plus gros braquage de l'histoire de la magistrature. Alors sans vouloir vous commander, à votre place je relâcherais Arthur Ravel.

– Ce que le sous-directeur Leprince cherche à vous dire, intervint Fennetaux en feignant de jouer l'apaisement, c'est que la culpabilité de Suzanne Dumaillet ne fait plus le moindre doute.

– Dumaillet ? Suzanne Dumaillet a assassiné Magali Pasquier ? Non mais vous vous entendez ? Pourquoi une femme de son envergure se serait abaissée à faire ça ?

– Pour ça, répondit Fennetaux en brandissant une feuille dactylographiée également sous scellés judiciaires. Magali Pasquier a fait comparer l'ADN de Suzanne au sien. Elle a dû prélever des cheveux sur sa brosse ou quelque chose comme ça. Le résultat prouve qu'elles sont grand-mère et petite-fille. Et il prouve du même coup que Suzanne n'a jamais été violée par trois nazis comme elle le prétend depuis toujours. C'est pour approcher Suzanne que Magali s'était fait embaucher à la fondation Lalande. Elle en voulait terriblement à sa grand-mère d'avoir détruit la vie de sa mère et la sienne du même coup. Elle voulait faire éclater la vérité, Suzanne ne l'a pas supporté.

– Mais... Suzanne a ingéré ces chocolats, objecta la juge.

– Peut-être qu'elle sentait qu'on se rapprochait trop de la vérité. Peut-être qu'elle a préféré quitter le navire avant de le voir sombrer.

– Elle n'a même pas eu le courage d'aller jusqu'au bout, lâcha Leprince.

Atterrée, Mareuil se prit la tête entre les mains.

– Vous imaginez les répercussions d'une accusation publique de Suzanne Dumaillet ?

– C'est le problème, avec les affaires médiatiques, répliqua le taulier. Elles peuvent vous faire monter très haut, mais quand on se plante, c'est salissant.

Mareuil était coincée.

– Je vais consulter le Parquet et la chambre de l'instruction. On n'est pas obligé de tout dire. On va faire du damage control, parler d'accident. On va convoquer une conférence de presse...

La juge était partie dans une réunion stratégique avec elle-même.

Les flics sortirent. Dans la tête de Fennetaux, une mini elle-même de huit ans dansait la gigue en chantant « Dans ton cul, Noiriel ! ».

Sur le court trajet qui séparait le Palais de justice du Bastion, Leprince lui lançait des œillades amusées. Il y a longtemps, ces deux-là avaient été amants. Ça n'avait pas duré, mais ça avait compté. Depuis le diagnostic de sa maladie de Crohn à vingt-six ans, Fennetaux s'était interdit toute perspective de vie en couple. Il avait fini par s'en remettre. Il s'était marié et avait gravi les échelons de la maison jusqu'au sommet. Elle avait préféré rester collée au bitume. Un profond respect les unissait. En privé, ils retrouvaient un peu de leur ancienne intimité.

– Je suis désolé de t'avoir imposé Noiriel, lâcha Leprince l'air de rien. Elle a failli tout faire foirer.

– Que ça te serve de leçon, répliqua-t-elle, faussement vexée. Mon groupe est le meilleur et tu le sais. On n'a besoin de personne.

– C'est vrai. Je t'en dois une.

Elle se tourna vers lui, son œil frisait.

– Ça tombe bien que tu en parles.

Gendarmerie, Senlis

Dominique Grault poussa la porte de la gendarmerie et se planta devant le préposé à l'accueil.

– Je viens déposer une plainte.

Le jeune gendarme fit glisser un formulaire sous le nez de Dominique sans un regard.

– Remplissez ça et asseyez-vous dans le couloir, on vous appellera.

Deux mains claquèrent sur le comptoir, le bleu sursauta.

– J'ai pas le temps. Et je tiens à déposer ma plainte directement auprès de l'adjudant-chef Lacoste.

– Vous vous croyez dans un salon de massage ? Il est occupé.

– Montrez-lui ça, répliqua Dominique en lui tendant sa carte d'identité. Je suis sûre qu'il va se débloquer un petit créneau.

Déstabilisé par son aplomb, le jeune homme disparut dans les entrailles du bâtiment. Il revint quelques instants plus tard. S'efforçant de rester digne, il lui indiqua comment trouver le bureau de l'adjudant-chef.

Lacoste se tenait à l'entrée de son bureau. Regard par en dessous, jambes semi-fléchies, écartées largeur bassin : il était prêt pour l'affrontement. Dans ses yeux se lisait tout de même une pointe de perplexité, et on pouvait le comprendre. Lui savait parfaitement qui était cette hyène. C'était la mal baisée qui avait encouragé sa femme à le quitter. Qu'est-ce qu'elle foutait là ? Comment était-elle remontée jusqu'à lui ? Et surtout, qu'est-ce qu'elle voulait ? Ses collègues seraient toujours de son côté, solidarité masculine oblige, mais il n'avait pas particulièrement envie de se taper un scandale en pleine gendarmerie.

Dominique lui lança son plus beau sourire de faux-cul et s'assit sans y avoir été invitée. Il referma la porte et s'installa à son bureau.

– Je voudrais déposer plainte pour intrusion et dégradation de mon domicile. Rassurez-vous, je ne suis pas venue les mains vides.

Elle lui tendit son portable sur lequel défilait la vidéo urinaire. Elle stoppa sur le gros plan du remontage de braguette et fixa son interlocuteur.

– Vous en pensez quoi ? C'est assez net pour qu'on puisse l'identifier, non ?

Lacoste serra les dents. La garce le tenait par les couilles. La solidarité masculine avait ses limites. Si ces images circulaient, il pouvait perdre gros. Il lui fallait impérativement inverser le rapport de force. Heureusement pour lui, son métier lui avait appris à décrypter les gens en quelques secondes. Et ce genre de thon moitié pitbull, moitié bonne sœur, il savait exactement comment le prendre.

Un sourire mauvais étira ses lèvres minces.

– OK, t'as les moyens de me faire perdre mon job. Si tu portes plainte, ça passera en correctionnelle dans trois ans. Vu mes états de service, je m'en sortirai avec une tape sur les doigts. Même pas de sursis, un simple rappel à la loi. Entre-temps, je me serai recyclé dans la sécu privée. J'aurai triplé mon salaire. Mais Armelle, tu y as pensé ? Dix-huit ans qu'on est mariés. Avec ta petite assoce de merde, vous allez la garder quoi, encore un mois, deux max. Et après ? Je te la fais, moi, l'histoire. Après elle va revenir. Elle revient toujours. Et je vais lui faire payer. Chaque coup que je vais lui mettre, ce sera à ta santé.

Dominique se figea. Lacoste pouvait voir ses mains trembler sur ses cuisses flasques. Elle articula d'une voix blanche :

– Qu'est-ce que vous allez lui faire ?

– Ça t'excite ? Tu veux des détails ? On a nos petits rituels avec Armelle. Faut pas croire, elle chouine mais elle aussi elle aime ça. On finit toujours au pieu après.

Dominique luttait pied à pied contre la nausée qui montait.

– Peut-être qu'elle reviendra, mais vous finirez par tomber. Les cicatrices, les bleus, même si je ne le fais pas, quelqu'un d'autre vous dénoncera.

– C'est mal me connaître, se vanta Lacoste en se rencognant dans son fauteuil. J'avoue, la dernière fois je me suis laissé emporter, je l'ai salement dérouillée. Mais c'était exceptionnel. Elle m'avait provoqué. Je sais où frapper pour que ça se voie pas.

– Les années de métier, j'imagine…

– Exactement.

– Ça ne m'étonne pas, répliqua Dominique.

Il n'aima pas son ton, tout à coup. Ni le sourire qui s'étalait sur sa face de bouledogue.

– Qu'est-ce qu'y a ? J'ai dit quelque chose de drôle ?

– Fais coucou à la caméra, lui suggéra-t-elle en saluant de la main comme la reine d'Angleterre.

Il se retourna vivement. De quoi est-ce qu'elle parlait ? Dominique se leva, contourna son bureau et lui désigna le petit point vert au-dessus de l'écran de son ordinateur.

– Coucou, lieutenant Ziegler, salua-t-elle, triomphante.

La porte du bureau s'ouvrit brusquement et Lacoste vit débarquer une vieille peau qui ne devait pas peser cinquante kilos.

– Adjudant-chef Lacoste ? Commandante Fennetaux, police judiciaire. J'ai été mandatée pour une enquête de flagrance à votre encontre.

– Hein ? Quoi ? Mais pourquoi ?

– Vous fatiguez pas, tout votre échange a été filmé avec l'aval de votre hiérarchie. Je vais vous demander de me suivre.

Dominique avait peu de sources de joie dans l'exercice de son métier. Elle savoura chaque seconde de cette interpellation.

36

Daumesnil, Paris 12ᵉ

Arthur s'était douché et avait dormi quelques heures. L'odeur du centre de détention restait fichée dans ses narines. Les bruits, gravés dans ses oreilles. Il était le contraire du Diego de Michel Berger, libre dans les faits mais pas encore dans sa tête. Il n'avait plus de boulot, ni aucune perspective d'en trouver un autre dans une rédaction digne de ce nom. Berberian l'avait grillé dans tout Paris. Rien de tout ça n'avait d'importance pourtant.

Dumaillet avait été démasquée, il jubilait. Depuis des années, il avait repris à son compte le combat de son père et constituait patiemment un dossier pour la faire tomber. Mais même dans ses rêves les plus fous, il n'aurait pas imaginé pouvoir lui coller un meurtre sur le dos. Un meurtre ! Que ce fût celui de Neige était peu cher payé au regard de sa victoire éclatante. Leur victoire, à papa et à lui. Les femmes ça va ça vient, alors qu'un père, on n'en a qu'un.

Il était 20 heures. Arthur alluma France Info pour savourer encore la nouvelle tout en s'habillant. Il ne s'en lassait pas.

– « … Ouvrons le chapitre judiciaire à présent. Le compagnon de Magali Pasquier a été remis en liberté ce soir. Il reste mis en examen pour tentative d'assassinat, mais les derniers rebondissements de l'enquête ont révélé l'implication directe de Suzanne Dumaillet dans la mort de celle que le pays connaît sous le nom de la "petite Magali". Les motivations de Mme Dumaillet sont nébuleuses à ce stade, d'autant qu'elle est toujours hospitalisée suite à un empoisonnement. Un empoisonnement qui ressemble de plus en plus à une tentative d'échapper aux conséquences de ses actes. Nous reviendrons en détail sur cette affaire dans le journal de la nuit. »

Une demi-heure plus tard, Arthur sonnait à l'accueil de l'Ehpad. Galvanisé par l'annonce qu'il s'apprêtait à faire, il trottina dans les couloirs aussi vite que sa dignité le lui permettait. Un gamin le matin de Noël. La chambre de son père était ouverte. Il s'en étonna. Le vieux frayait peu avec le personnel, et encore moins avec les épaves de son âge qui hantaient les couloirs en charentaises. Arrivé au seuil de la chambre, il se figea. Les draps du lit étaient jetés en boule dans un coin. Le matelas plastifié avait été mis au jour. Deux aides-soignantes étaient en train de le laver à grande eau. L'apercevant, elles baissèrent pudiquement les yeux. Arthur fréquentait l'établissement depuis assez longtemps pour comprendre ce que leur silence signifiait. Tout était compté en Ehpad. Le pain, les couches, et jusqu'à l'empathie envers les proches juste après un décès.

Samedi 27 juin

Crimée, Paris 19e

Suzanne Dumaillet était rentrée à la fondation Lalande malgré sa mise en examen. Elle restait plus que jamais cloîtrée dans son studio. Son grand âge la protégeait de la prison, pas de l'opprobre.

Le public se passionnait pour ce revirement inattendu. L'enfant martyre pleurée par tout un pays était revenue d'entre les morts pour dénoncer publiquement sa grand-mère avant d'être renvoyée dans l'au-delà. Ça avait une autre gueule que le décompte quotidien des victimes du Covid, c'était shakespearien.

La commissaire Noiriel se terrait dans son office central à Nanterre, personne n'avait plus de ses nouvelles. Le groupe de Fennetaux avait passé la semaine à finaliser des monceaux de paperasse destinés à l'instruction. Les enquêteurs se doutaient que la justice multiplierait les actes de procédure en attendant que Dumaillet décède dans son lit. Au-delà du prestige de sa famille, Suzanne avait fait toute sa carrière dans la magistrature. Combien de juges lui devaient leur avancement ? Personne ne se risquerait à remuer la merde de peur de se faire éclabousser. Déjà que Mareuil rasait les murs. Il se murmurait qu'elle avait eu une promotion. Une mutation à Maubeuge.

Pour fêter sa disgrâce, Océane organisait un apéro sur son bout de terrasse. Serrés les uns contre les autres, Sissoko, Tizi et Fennetaux profitaient du soleil, un verre de rosé à la main. L'Alsacien fixait la cime des arbres d'un air mélancolique.

– À quoi tu penses, chat ? demanda Fennetaux.

– Vous croyez aux malédictions, cheffe ?

– Tu veux dire, les histoires de morts-vivants, tout ça ?

– Plutôt le destin qui frappe comme chez les Kennedy. Entre Suzanne, Hélène et Magali, j'ai l'impression que le sort s'était acharné sur les femmes de cette famille une génération après l'autre.

– Mouais, moi j'ai surtout l'impression que Hélène et Magali ont payé pour les saloperies de Suzanne, objecta Océane.

Fennetaux fronça les sourcils.

– Quoi ?

Océane regardait sa supérieure de travers, déjà prête à en découdre.

– Suzanne est coupable du meurtre de Magali. Dans un monde normal, elle devrait être condamnée pour ça, expliqua Fennetaux. Mais je n'aime pas trop hurler avec les loups. On parle d'une fille de dix-sept ans qui s'est retrouvée enceinte et qui a bobardé une version acceptable de la chose à ses parents, pas d'une prédatrice multirécidiviste.

– On parle d'une grande mégalo qui s'est inventé un personnage et qui était prête à tout pour entretenir ses bobards, répliqua Océane. Sissoko, t'es pas d'accord peut-être ?

Sissoko se garda bien de répondre. Constatant que les verres étaient vides, il fit tourner la bouteille. Fennetaux la lui prit des mains sans parvenir à croiser son regard. L'abcès, entre eux, ne s'était toujours pas crevé.

Un coup de sonnette apporta une heureuse diversion. Océane alla ouvrir. L'instant d'après Léonie les rejoignait, chargée d'un pack de bières et d'un énorme bouquet de fleurs.

– Désolée, je suis à la bourre, j'avais un cours de conduite. Le temps que je repasse me changer à la maison…

Elle arborait une jupe gipsy bariolée qui traînait jusqu'au sol. Son T-shirt autrefois blanc était maculé de traces suspectes, compote ou régurgitation de lait. Elle posa les bières sur un bout de table et tendit les fleurs à Océane.

– Merci, fallait pas. Je sais même pas si j'ai un vase. Installe-toi. Tu te sers, fais comme chez toi.

Océane prenait un air dégagé, feignant d'ignorer les regards des autres. *Fais comme chez toi ?*

En fin de journée, Fennetaux insista pour raccompagner Léonie en voiture. À la densité du silence, la psy comprit qu'elle cherchait ses mots. Ce fut un peu laborieux.

– Je voulais te parler d'un truc. Une amie a un souci avec un collègue, j'aimerais l'aider mais je ne sais pas trop quoi lui dire.

– …

– C'est plus qu'un collègue pour elle, en vérité. Ils se connaissent depuis des années. Bref, on s'en fout. Le type s'est entiché d'une fille et mon amie a la preuve que cette fille a commis un délit.

– Quel genre ?

– Effraction. Un truc sérieux, la fille pourrait perdre son poste si mon amie la dénonce. Du coup, elle se demande si elle doit en parler à son collègue.

– Pourquoi elle ferait ça ?

– Pour l'avertir que l'autre est dangereuse, tu vois.

Léonie réfléchit un instant.

– Dangereuse pour qui ? finit-elle par demander. Pour lui ou pour ton amie ?

– Je ne comprends pas.

– Je suis sûre que si.

Les deux femmes se fixaient du coin de l'œil. Œil noir contre œil noisette. Fennetaux lâcha la première.

– Je lui dis quoi, à ma copine ? demanda-t-elle, un peu agacée.

– Dis-lui de laisser couler. Ça m'étonnerait que son collègue se laisse berner par cette fille bien longtemps.

– T'es sûre de toi ?

– Assez, oui.

Un ange passa. Après une courte hésitation, Léonie ajouta :

– Figure-toi que j'ai une pote à qui il est arrivé le même genre de tuile récemment.

– Raconte.

– Elle s'est rendu compte qu'elle ne pouvait pas s'empêcher de comparer la famille de son mec à la sienne. Plus sa belle-mère assurait par exemple, et plus ça la rendait folle.

– Fascinant, ironisa Fennetaux, mais je ne vois pas le rapport avec mon amie.

– Et pourtant… dans les deux cas on parle de jalousie.

– Jalousie ? Ma copine n’est pas jalouse !

Léonie réprima un sourire.

– Si tu le dis. Je ne la connais pas, moi. C’est ta copine après tout.

Fennetaux sembla réfléchir un instant. Finalement elle lâcha :

– Tu fais chier !

Léonie éclata de rire.

– C’est exactement pour ça que tu m’as recrutée.

– Punaise, va.

– Ah non, punaise, c’est l’animal totem d’Océane. Je ne voudrais pas usurper.

– Je vais trouver le tien, t’inquiète.

Léonie sourit. Elle n’avait plus de doute là-dessus.

Épilogue

Névache, Hautes-Alpes

Dominique s'extirpa de la voiture le dos en miettes et la vessie prête à exploser. La route avait été longue, alourdie par la culpabilité de laisser l'association. Les femmes n'arrêtaient pas de se faire tabasser sous prétexte qu'elle prenait quelques jours. Dans des situations comme celle-là, Dominique se rêvait fleuriste ou boulangère.

Un simple coup d'œil sur le paysage lui fit tout oublier. Elle aida sa mère à sortir. Les deux femmes étaient éblouies par le spectacle. Elles étaient arrivées au village de Névache. À mille six cents mètres d'altitude, elles tutoyaient le ciel au milieu des montagnes. Partout du vert et du bleu à perte de vue. Et un air si pur qu'il vous tournait la tête.

Colette serra le bras de sa fille, les yeux embués.

– Je suis heureuse qu'il ait vécu entouré de toute cette beauté.

– Allez viens, la rabroua Dominique, c'est pas le moment de pleurer.

Le petit cimetière comptait à peine une quarantaine de tombes. Un fourgon mortuaire était garé devant les grilles. Dominique s'apprêtait à entrer mais Colette la retint. Pas maintenant. Pas encore.

Un homme se tenait seul devant un caveau ouvert. L'AVC avait laissé des traces, pour autant Paul était debout et sans canne. Ses yeux fixaient un cercueil avec une infinie tristesse. Sur la petite plaque en laiton figuraient deux noms : Neige Thomas et Magali Pasquier. Sa petite Neige... Savoir Villedieu tout près le consolait un peu. Le commissaire veillerait sur Neige pour l'éternité. Et lui ne tarderait pas à les rejoindre. Il avait hâte, maintenant.

Il revoyait Neige à huit ans pendant l'estive, allongée dans l'herbe, la tête posée sur le flanc d'un chien de berger. À dix ans, plongée dans la lecture d'un roman devant la cheminée au chalet. Puis adolescente, toujours de bonne humeur, s'échinant à apprendre la fabrication des fromages à des gosses revêches et perdus. Il revoyait son petit corps meurtri quand il l'avait crue morte dans le terrain vague derrière la maison de sa mère. Les cicatrices avaient séché, blanchi. Elles s'étaient fondues sur le corps athlétique de l'enfant, mais elles n'avaient jamais disparu. On n'efface pas les traumatismes, on apprend juste à vivre avec.

Paul porta la main à sa veste et sortit le lingot qui ne l'avait jamais quitté depuis son agression dans le gouffre en 1942. Il força ses vieilles articulations à le soutenir encore une fois et se pencha pour déposer le lingot sur le cercueil. Cette histoire s'arrêtait ici et maintenant.

Dominique regardait sa mère qui regardait cet homme, et soudain tout fut clair. La tiédeur du couple de ses parents, cette langueur un peu triste qui n'avait jamais quitté Colette. Sa mère était passée à côté de sa vie. Elle restait à la grille de ce petit cimetière comme Moïse était resté aux portes de la Terre promise, s'estimant indigne d'y pénétrer. Elle avait aimé en secret, sans que son amour soit payé de retour. Elle aimait depuis l'enfance ce vieil homme debout devant la tombe de Neige, cet Apé dont son amie lui avait dit tant de bien.

En voyant les yeux embués de sa mère, Dominique sentit ses propres larmes couler. Elle chercha un mouchoir dans sa poche. Ses doigts rencontrèrent une enveloppe. À l'intérieur se trouvait une lettre rédigée trente-cinq ans plus tôt. Elle avait dormi quatre ans dans un tiroir avant que son destinataire ne la découvre et ne la rapporte dans ses montagnes. Elle y avait été pieusement conservée, jusqu'à ce jour de 2018 où, sentant la mort le frôler, Paul l'avait transmise à sa petite-fille pour lui permettre de partir en quête de son histoire. L'histoire s'était finie tragiquement. Pour autant, elle avait été vécue.

Paris, le 16 octobre 1985

Cher Paul,

J'adresse cette lettre aux bons soins du commissaire Villedieu. Si vous êtes toujours en contact, je compte sur lui pour qu'il te la transmette. J'utilise ton véritable nom de famille pour la première fois, ça me fait bizarre. Pour moi, tu seras toujours Paul Thomas. J'ignore tout de ta vie. J'ai du mal à t'imaginer adulte. Es-tu marié ? Père de famille ? J'espère que tu es heureux.

Je suis restée longtemps au village avec mes parents. Je pensais y passer ma vie mais il y a quelques années, j'ai fini par accepter d'épouser un camarade rencontré autrefois à Périgueux. Il s'appelle Régis. Il était gentil, alors pourquoi pas ? Il est technicien à l'EDF. Le mariage est une étrange association quand on s'y embarque sans véritable amour.

Le grand bonheur de ma vie s'appelle Dominique. Elle a quinze ans. Je te raconte tout ça parce que, depuis sa naissance, je vois certaines choses différemment. Je m'étais engagée à garder un secret qui te concerne. Je me suis beaucoup questionnée, mais quand je regarde ma fille il me semble que je n'ai plus le droit de me taire.

Après ton départ du village, Suzanne a découvert qu'elle était enceinte. Marie a demandé à ma mère de faire passer le bébé. Ses « affaires de femmes », si tu t'en souviens, c'était ça. Ma mère exigeait de moi que j'obtienne le nom des pères avant de pratiquer un avortement. J'ai appris à faire parler les filles et les femmes quand elles sont vulnérables. Je n'en suis pas particulièrement fière, mais c'est comme ça. Suzanne m'a juré que l'enfant est de toi. Publiquement, elle prétend avoir été violée par des soldats en 44. C'est faux.

L'avortement était trop tardif, il a échoué. Le bébé est né, une petite fille. Suzanne ne l'a pas gardée. Je ne sais pas ce qu'elle est devenue, j'imagine qu'elle a été adoptée, mais j'ignore par qui, donc j'ignore son nom aujourd'hui, je ne saurais te dire où elle vit. Sache en tout cas qu'il y a quelque part une femme dont tu es le père. Je crois que le Paul que je connaissais aurait voulu assumer sa paternité. Je te présente mes excuses pour te l'avoir cachée si longtemps.

L'honnêteté m'oblige à t'avouer que je t'en ai voulu d'être parti sans me prévenir et sans m'écrire. Notre amitié avait-elle si peu compté pour toi ? Du jour au lendemain, tu avais disparu. Je t'ai attendu longtemps. J'ai lu et relu tous nos livres. J'aime Barjavel maintenant. As-tu lu Le Grand Secret *? C'est une histoire d'amour fou. Deux amants qui s'aiment éperdument mais qui sont séparés. Lui est enlevé. Elle va passer sa vie à le rechercher.*

Voilà, je t'ai tout dit, je crois.

Je ne sais pas si j'ai le droit de t'embrasser, mais je le prends.

Colette

Buttes-Chaumont, Paris 19e

Comme des escargots après une bonne pluie, les Parisiens réinvestissaient les parcs dont ils avaient été privés pendant le confinement. Les pelouses des Buttes-Chaumont étaient pleines de vie, pleines de cris. Dans les allées, joggeurs et poussettes réapprenaient le délicat équilibre du vivre-ensemble. Ben et Léonie avaient transbahuté dix mètres cubes de matériel de puériculture pour s'offrir un peu de verdure. Sac à langer, moustiquaire, pare-soleil, la totale. Harnachés comme des baudets, ils déambulaient à la recherche de l'endroit parfait pour leur pique-nique.

– Léo ? Léonie, c'est toi ?

Un trentenaire talonné par un mini-lui d'environ six ans s'arrêta subitement devant eux. Père et fils portaient fièrement le même maillot numéro 7 du PSG. Léonie écarquilla les yeux, abasourdie.

– Mathias ! Mais… c'est Lulu ? J'y crois pas, qu'est-ce qu'il a grandi ! s'exclama-t-elle en désignant l'enfant.

– C'est sûr qu'en trois ans, ça pousse, acquiesça l'autre. Il s'est passé plein de choses de votre côté aussi visiblement. Salut, princesse !

Ida souriait en battant des mains. Le petit Lucien s'approcha de la poussette et lui montra son ballon de foot comme Jésus avait dû présenter le Saint Graal aux apôtres. La fillette tendit les mains pour attraper l'objet de convoitise. Instinctivement, Ben recula la poussette. La pandémie laisserait des traces durables chez ce grand angoissé.

– Déso, mec, réflexe Covid, s'excusa-t-il auprès de Mathias.

– Pas de problème. On est tous un peu paranos avec ce virus. Félicitations ! Je veux tout savoir. Comment elle s'appelle, quel âge elle a.

– C'est pas notre…

Léonie posa doucement sa main sur le bras de Ben pour qu'il la laisse parler.

– Elle a quinze mois. Ida, je te présente Mathias. On a fait nos études ensemble. Mathias, je te présente notre fille. Ida.

Des deux hommes qui fixaient Léonie, Mathias n'était pas le plus ahuri.

Ils s'installèrent sur un bout de pelouse. Léonie devait des explications à Ben, elle en était consciente. Tout en donnant la becquée à Ida, elle raconta :

– Je me suis rendu compte que j'avais pas mal déraillé, ces derniers temps. Tu avais raison depuis le début, on est ses parents.

– Et Ingrid ?

– Ingrid, c'est moi qui ai une dette envers elle. C'est mon histoire, Ida n'a pas à la porter.

– Waouh… Je ne sais pas quoi dire.

Léonie sourit.

– Ce serait bien la première fois, monsieur l'instituteur. J'ai appelé le juge des affaires familiales cette semaine. Il a accepté de convoquer un nouveau conseil de famille, ça devrait se faire assez vite. On gèle la procédure de tutelle à mon seul bénéfice et on lance une véritable adoption. Conjointe, s'empressa-t-elle de préciser.

Ben était scié. Ses yeux passaient de Léonie à Ida, les deux trésors de sa vie, ils étaient tout embués.

– Ça veut dire qu'Ida portera mon nom ?

– Je t'avoue que je n'ai pas réfléchi à ça, avoua Léonie.

– Franchement I-da Da-manne, c'est pas super heureux. Ça fait un peu « hue dada », tu ne trouves pas ?

Léonie n'en revenait pas de tant de mauvaise foi.

– C'est toi qui as choisi son prénom, je te rappelle !

– J'y suis pour rien si le prénom de ma grand-mère n'est pas compatible avec ton nom de famille.

Il rigolait, mais à moitié. Léonie considéra la question et proposa :

– Elle pourrait porter nos deux noms. On mettrait Alster en premier si tu y tiens. Ida Alster-Damanne, ça claque.

– Et s'il n'y avait qu'un seul nom pour nous trois ?

– Comment ça ?

Elle si vive d'habitude, là ça ne percutait pas. Benjamin n'était pas bien sûr de ce qu'il était en train de faire, mais autant le faire dans les formes. Il sauta sur ses deux pieds et posa un genou à terre.

– Léonie, veux-tu m'épouser ?

Remerciements

Ma grand-mère nous a quittés alors que j'entamais l'écriture de ce roman. Je lui dois mon amour de l'Histoire et des histoires, et la meilleure recette au monde de poulet à l'ail. Elle m'a transmis Maurice Druon, Robert Merle et Henri Troyat. Enfant cachée entre 1940 et 1944, elle m'a appris que la pire année de la guerre, pour elle, avait été 1946. Elle m'a raconté les héros autant que les salauds. Ses récits ont infusé le personnage de Paul. Merci pour tout, Nanou.

La fondation Lalande m'a été inspirée par la fondation Dosne, que j'ai découverte grâce à l'émouvant documentaire « Les belles dames » de Marion Lippmann diffusé sur France 2. Le lieu existe réellement, mais tout ce qui se passe à Lalande n'est que le fruit de mon imagination.

La profession de thanadoula est en pleine expansion. J'ai emprunté la métaphore de la mort comme changement de pièce au sein d'une même maison à l'Américaine Hadley Vlahos, qui promeut son métier sur TikTok, où elle est suivie par deux millions de followers.

La lutte contre les violences faites aux femmes est un combat de tous les instants. De vraies Dominique Grault en chair et en os s'y consacrent corps et âme. Le sac de fuite imaginé par

Neige pour aider les femmes battues à disparaître rapidement fait partie des nombreuses initiatives portées par Sarah Barukh à travers son association 125 et des milliers. Bravo à elle et à tous ses soutiens.

Caroline Ripoll, mon éditrice, a fait sortir ce texte de sa chrysalide informe avec un engagement sans faille.

Lilas Seewald, mon agent, un œil rivé au texte et l'autre sur mon moral, a su me maintenir dans le couloir étroit de l'écriture.

Ce roman leur doit beaucoup.

Merci à Isabel Dubest, dévoreuse de polars, qui s'est sacrifiée en lisant intégralement chacune des versions. Je ne connais pas de meilleure preuve d'amitié.

Merci à Séverine, Chloé, Ava et Fanny, mes sœurs de cœur qui m'accompagnent depuis si longtemps qu'on ne compte plus. Elles ne sont jamais loin du clavier quand j'écris.

Merci à mes parents de m'avoir fait découvrir Névache, dans les Hautes-Alpes. Pour un court moment, nous avons pu appeler cet endroit « maison ». Si le paradis existe, nul doute qu'il ressemble à ce village.

Mon village aujourd'hui, c'est Stéphane, Mina et Esther. Auprès d'eux, je suis à ma place.

DE LA MÊME AUTRICE

Aux éditions Albin Michel

LES LIENS MORTIFÈRES, 2022

Composition : Nord Compo
Impression : Imprimerie Floch, mai 2024
Éditions Albin Michel
22, rue Huyghens, 75014 Paris
www.albin-michel.fr
ISBN : 978-2-226-49446-7
N° d'édition 25931/01 – N° d'impression : 104851
Dépôt légal : juin 2024
Imprimé en France